渡辺 恒彦
와타나베 츠네히코
illustration 아야쿠라 쥬

「아, 프레야 전하」

왕궁에서는 줄곧 드레스만 입던 프레야 공주가
이번엔 바지에 셔츠, 가죽조끼 차림이었다。

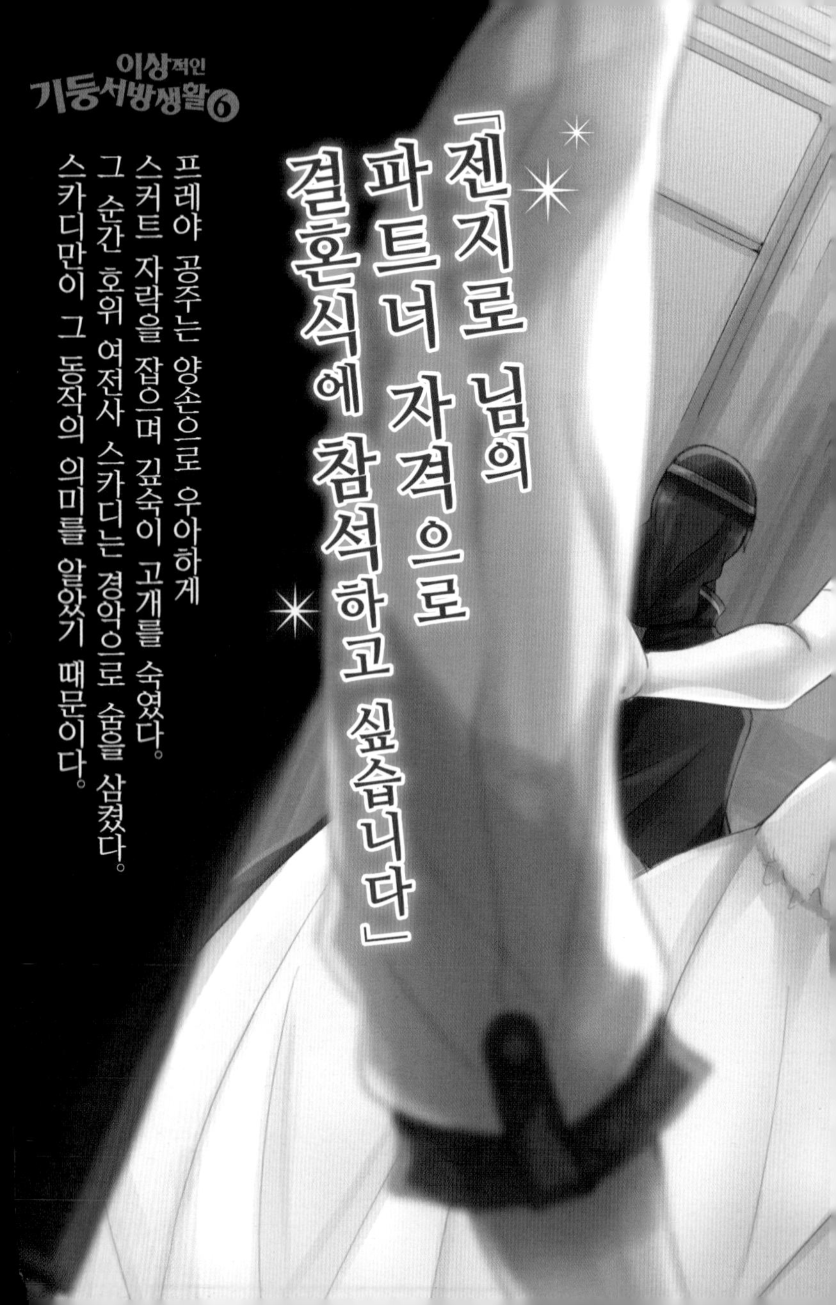
이상적인 기둥서방생활 6
「젠지로 님의
파트너 자격으로
결혼식에 참석하고 싶습니다」
프레아 공주는 양손으로 우아하게
스커트 자락을 잡으며 깊숙이 고개를 숙였다。
그 순간 호위 여전사 스카디는 경악으로 숨을 삼켰다。
스카디만이 그 동작의 의미를 알았기 때문이다。

이상적인 기둥서방생활 6
「저 여전사도 엄청 크네」
「그래도 미인인데. 멋진 여자야」

왕국 수도의 중앙 도로를 몇 대의 용차와 무장한 병사들이 가득 메우며 행진했다.
거대한 군룡 두개골을 실은 짐차가 선두에서 행렬을 이끌었다.
그 위에 선 키 큰 금발의 여전사 스카디는 모여든 관중의 시선을 독차지했다.

이상적인
기둥서방생활 6

어이, 진정해.
욕망이 폭주
하고 있잖아」

젠지로는 망설임 없이
눈앞의 아내에게 바싹 다가갔다.

「으히히히……」

INTRODUCTION
인기폭발 기둥서방
카파 왕국에 온 이래 일편단심 여왕 아우라만을 바라보던 젠지로。
그런 그가 이번에는 아우라와는 완전히 상반되는 타입인 프레야 공주로부터
"프러포즈"를 받는 상황이 벌어진다。 프레야는 아직 10대 소녀。
투명하고 하얀 피부에 가녀린 체구가 보호본능을 자극하는 타입。
그러면서도 젠지로에게 끈질기게 다가서는 적극성을 겸비한 인물。
프러포즈에 대한 젠지로의 대답은 과연?
금실 좋은 부부 사이는 어떻게 될까?
눈을 뗄 수 없는 제6권、 드디어 막이 오르다!
흥미 만점의 제 5권、 시작합니다!
이상적인 기둥서방 생활
6

이상적인 기둥서방 생활

❻

와타나베 츠네히코

길찾기

CONTENTS

일러스트 아야쿠라 쥬 **장정·본문 디자인** 5GAS DESIGN STUDIO
교정 아이카와 카오리(도쿄출판서비스센터) **편집** 다카하라 히데키(주부의 벗)
한국어판 번역 이기진 **로고** 박재성 **교정** 오창성 **마케팅** 이승우 **편집·주간** 박관형

[프롤로그] 카파 왕국의 신년 축제

카파 왕국을 포함한 이곳 남대륙에서 달력이라 함은, 달이 차고 기우는 때를 기준 삼은 위에 윤달로 조율한 태양태음력을 일컫는다.

태양태음력에서는 대개 1년이 365일이 되지 않고, 4년에 한 번 윤달이 있는 해는 368일을 넘는다.

태양력에 익숙한 젠지로는 해에 따라 한 달 이상 날짜가 어긋나는 이쪽의 달력에 상당한 위화감을 느꼈다.

그러나 태음력일지라도 1년이라는 단위가 존재하는 이상 한 해의 끝과 시작이라는 개념이 있고, 당연히 연말연시를 축하하는 풍습도 있다.

특히 카파 왕국의 신년 축제는 일본의 설과 비슷한 점이 많다.

물론 그믐날에 제야의 종을 울리지도 않고 해넘김 국수도 먹지 않는다. 설날 해돋이를 보는 풍습도 없고 신년 참배를 가지도 않는다. 그렇게 세세하게 따지면 비슷하다고 보는 게 무리일지 모른다.

그러나 한 해의 마지막 날을 대청소로 조용히 마무리하고 설날 당일부터 사흘간 성대하게 즐긴다는 점은 큰 틀에서 일본과 똑같다.

단식과 대청소를 하며 조용히 보내는 한 해의 마지막 날.

집안은 시끌벅적할망정 요란한 외출은 삼가하는 새해 첫날.

그리고 새해 둘째 날.

이 시점에서 큰 이벤트가 열린다.

"새해 이틀째 되는 날에 산 물건은 수명이 길다"고 전해 내려오는 탓에, 이날 장을 보러 나가는 풍습이 있다.

셈 빠른 장사꾼들이 이런 대목을 놓칠 리 없어서, 온갖 수단을 동원해 매력적인 상품을 준비한다.

그 결과, 이곳 왕국 수도에서도 매년 새해 둘째 날에는 기존 상점은 물론 이날만 특별히 허가를 받아 열리는 공원 및 대로변의 노점도 손님들로 대혼잡을 이룬다.

"그릇이오! 그릇 바꾸려면 이거외다! 보시오, 이 촘촘한 나뭇결이며 빠짐없이 스며든 기름의 광택. 가격은 좀 하지만 이놈은 평생 가는 물건이오!"

"거기 부인, 옷감 찾으시는 거면 들렀다 가요. 이 순면 좀 봐요, 이렇게 질긴데도 부드럽기가 그지없답니다. 이걸로 바지나 셔츠를 만들면 대단히 오래 입을 수 있어요!"

"식칼, 과도, 냄비. 철제품이 필요하시거든 오늘을 놓치지 마시오! 새해 둘째 날은 시공 정령이 우리 서민들에게도 가호를 내려주시는 특별한 날이잖소, 오늘 안 사면 언제 산단 말이오!"

행실이 거친 노점상은 물론 평소에는 손님을 가려 받는 대형 상점도 이날만큼은 입구에 점원을 세우고 큰 소리로 호객을 했다.

어느 상인이 말한 것처럼, 새해 둘째 날에는 본래 카파 왕가만을 수호하는 시공 정령이 카파 왕국에 사는 모든 이들을 축복한다는 이야기가 전해 내려온다. 새해 둘째 날에 산 물건이 오래간다는 속설의 뒷받침인 셈이다.

물론 그건 전혀 사실이 아니지만, 모름지기 미신도 몇백 년을 이어져 오면 전통이 되는 법이다. 게다가 최근에는 '시공 정령은 왕족에게 깃들어 있으니 왕이 사는 수도는 더욱 강력한 시공 정령의 가호를 받는 곳이다.'라는, 매우 그럴듯하게 들리지만 대충 갖다 붙였음이 분명한 소문이 돌고 있다. 그래서 새해 첫 장사를 위해 일부러 수도까지 먼 길을 마다하지 않는 사람도 늘고 있다.

덕분에 수도는 특수를 누리지만, 뒤에서 고생하는 건 경비 임무를 맡은 병사들이다.

"어이! 대로변에서 싸움은 허락 못 해! 새해 벽두부터 감방에서 지내고 싶나!?"

"줄이 밀렸잖나! 첫 마수걸이부터 물건값 깎지 마라! 정령님 축복이 오다가 말 거야!"

"밀지 마라, 밀지 마…… 밀지 말라는 말 안 들리나!? 그만두지 않으면 연행한다!"

갑옷 차림의 병사들은 온몸이 땀으로 범벅이 되어 걸걸해진 목소리로 외쳤다.

이를 악문 병사들은 목제 곤봉을 양손에 들고 군중을 밀쳐냈다.

평소에는 철제 창날이 달린 단창으로 무장하는 게 표준이지만 오늘만큼은 칼날이 없는 곤봉을 사용한다.

평상시에 사용하는 단창은 '위협'용으로서의 의미가 크지만, 오늘의 무기는 실사용이 목적이기 때문이다.

어마어마한 인파를 소수 인원의 병사만으로 통제하려면 아무래도 말만으로는 불충분하다. 방금처럼 곤봉을 가로로 쥐고 인파를 밀어내는 일은 아무것도 아니다. 곤봉을 진짜 '타격 무기'로 사용해야 하는 경우도 적지 않다.

파는 쪽이나 사는 쪽이나 피가 거꾸로 솟으면 들러붙기 일쑤고, 같은 물건을 노리던 손님끼리 "내가 먼저 집었다." "아니, 내가 먼저다."라며 말다툼을 하기도 한다. 날이 날이니만큼 대낮부터 술에 취한 사람도 부지기수다.

병사는 그런 사람들을 타이르거나 혼내고, 필요하면 체벌도 한다. 그때 손에 들고 있는 것이 날이 선 단창이라면 아무래도 살벌한 결말로 이어질 수 있다.

상대가 적국의 병사이거나 괴수라면 상관없지만, 만취해서 난폭해져 있을 뿐인 자국의 국민에게 흉기를 들이댈 수는 없는 노릇이다.

그래서 이렇게 직접 무기를 사용해야 하는 날은 비교적 공격력이 약한 곤봉을 든다.

공격력이 약하다고는 하지만 곤봉도 엄연한 무기다. 있는 힘껏 내리치면 뼈 부러지는 일이야 예사고, 운이 나쁘면 목숨까지 잃을 수 있다.

그러나 그걸 우려해 주저하다가는 최소한의 질서조차 유지하지 못할 만큼 이날의 거리는 혼돈 그 자체다.

"수고하셨습니다. 교대입니다."

"우와, 굉장하군. 자네들. 몸에서 훈김이 솟고 있잖아. 자, 여기 수건."

교대하러 온 동료가 뒤에서 부르자, 군중과 씨름하고 있던 두 명의 병사가 뒤를 돌아봤다.

"아아, 벌써 시간이 그렇게 됐나."

"다행이다, 무사히 버텼어……"

20대 중반으로 보이는 체격 좋은 병사는 온몸에서 김이 솟아오를 만큼 땀을 흘리면서도 아직 표정에 여유가 있었지만, 그와 한 팀을 이룬 10대 후반의 젊은 병사는 당장 죽을 것 같은 모습이었다.

병사라고 하기엔 맷집이 약한 편인 젊은 병사는 갓 태어난 새끼 사슴처럼 다리를 휘청거리며 교대하러 온 동료들 곁으로 갔다.

"그럼 뒤를 부탁합니다……"

"그래, 맡겨 둬."

"괜찮습니까? 그거, 유언이 되는 건 아니죠? 쉬기 전에 샤워하고 땀을 씻어내는 게 좋을 겁니다."

동료들의 농담에 대답할 여유도 없는지, 젊은 병사는 초점이 어긋난 눈과 반쯤 벌린 입을 한 채 한 번 끄덕이고는, 건네받은 수건을 목에 두르고 유령처럼 흐느적 사라져 갔다.

"으아아……"

"바로 저게 한나절 후의 우리 모습인가……"

혼이 빠진 듯한 동료의 뒷모습을 보며 몇 시간 후의 자신의 모습을 상상하고 만 교대 병사는 낯빛이 파래졌다.

"괜찮나? 자, 물."

"예…… 고맙습니다……"

힘든 임무가 한 차례 끝나고 한숨 돌린 두 병사는 중심가에서 떨어진 골목길을 걷는 중이었다.

번화가에 사람들이 몰려 있는 만큼, 거기서 한 발짝 떨어지면 개미 새끼 한 마리 보이지 않을 정도로 한산했다.

사람들이 득실거리는 번화가를 경비하는 것도 임무 중 하나지만, 이렇게 인적이 거의 없는 주택가를 순찰하는 것도 중요한 임무다.

이날, 번화가에서 사소한 다툼이 끊이지 않는 것처럼, 인적이 끊긴 주택가에서는 빈집털이가 기승을 부린다.

두말할 필요 없이, 모두가 장보기에 정신이 팔린 지금이 불한당들에게 빈집털이할 절호의 기회다.

"어때, 조금 안정이 됐나?"

"예, 고맙습니다. 그나저나, 각오는 하고 있었지만, 확실히 부족했네요…… 제 각오."

연배 있는 동료의 마음 씀씀이에 젊은 병사는 간신히 발걸음을 추스리며 자책했다.

고개를 푹 꺾는 동료에게 다른 한 병사는 빙글빙글 짓궂게 웃어 보였다.

"그야 어쩔 수 없지. 너, 원래 여기 출신이 아니잖아? 그러니까 이 소동을 미리 예상하는 게 더 말이 안 되지. 하긴, 그래도 이번 기회에 잘 알았지? 수도경비대가 결코 편한 부서가 아니라는 걸."

"뼈저리게 깨달았습니다……"

젊은 병사는 목제 곤봉을 지팡이처럼 짚으며 수긍했다.

수도경비대는 다른 부서에 비해 사상자가 덜 나온다. 왜냐하면, 왕국 수도 경비라는 책무를 맡은 이상, 비록 전쟁이 난다 해도 전선에 나갈 수 없고 지방 왕령 근무자처럼 용류 퇴치에 내몰릴 일도 없다.

말하자면 '실전'에서 제일 먼 부서인 셈이지만, 이렇게 매해 한 번씩 지옥을 경험해야 한다는 걸 생각하면 특별히 편한 곳은 아니다.

인구가 많은 만큼 주민과의 이런저런 사건에 휘말릴 확률도 지방보다 훨씬 높다.

적군을 상대할 일은 없지만, 지켜야 하는 시민의 수가 엄청나게 많다는 건 웬만한 적을 상대하는 것보다 힘든 일이다.

어쨌거나 두 명의 병사는 따각 따각, 곤봉으로 돌바닥을 찧는 단단한 소리를 내며 수도의 주택가를 누볐다.

곤봉을 찧어 소리를 내는 것도, 큰 목소리로 대화하는 것도 의도적인 행동이다. '수도경비대가 순찰한다'는 것을 드러냄으로써, 쓸데없는 꿍꿍이를 지닌 잠재적인 범죄자들에게 경각심을 일깨우기 위해서이다.

버젓한 구실도 있겠다, 병사들은 마음껏 대화를 나눴다.

"그나저나, 역시 이 시기는 시원하군요. 저쪽은 혹서기로 착각할 만큼 더웠는데 말이죠."

병사는 번화가에서 미어터지는 사람 때문에 질식할 뻔했던 것을 떠올리고 새삼스럽게 심호흡을 했다. 그리고는 사람 냄새가 배지 않은 공기의 맛을 음미하듯이 천천히 말했다.

"지금은 한창 '활동기'니까 말이야. 지금이 더우면 환장하지."

연배의 병사는 살짝 어깨를 으쓱하며 그렇게 대답했다.

카파 왕국은 일본과 달리 1년을 3계절로 나눈다. '우기', '혹서기', '활동기'가 그것이다.

일본의 사계절에 대응시키면, '우기'가 봄, '혹서기'가 여름, '활동기'가 가을과 겨울에 해당한다.

즉, 1년에 반이 '활동기'이라는 얘기다. 그중에서도 가을에 해당하는 활동기 전기는 다소 덥긴 해도 움직이는 데 지장 없는 정도인데 반해, 겨울에 해당하는 활동기 후기는 아침저녁으로 시원하고 낮에는 따뜻한, 1년 중에서 가장 쾌적한 계절이다.

"그건 그런데요, 저쪽에 있으니 계절이 무색하던 걸요."

"하긴. 저기만큼은 혹서기로 되돌아간 것 같으니."

지긋지긋하다는 듯이 투덜거리는 10대 병사의 말에 20대의 병사도 쓴웃음을 지으며 동의했다.

혹서기의 더위에 익숙한 카파 왕국 사람이라도 군중이 밀집한 곳의 열기에는 혀를 내두르고 마는 모양이다.

"그래도 1년에 한 번 있는 첫 장날이니까. 차마 자숙하라고는 못하지."

"뭐, 저도 가능하다면 참가하고 싶었을 정도니까, 기분은 이해하지만요."

"뭐라고? 너도 사고 싶은 게 있었어?"

"예, 뭐."

별 뜻 없는 질문이었지만 젊은 병사의 뺨이 붉어지며 눈빛이 흔들렸다.

뭔가를 눈치챈 다른 한 병사는 빙긋하고 짓궂게 웃으며,

"오호라, 여자 친구 선물이로군. 그렇지? 그런 거지?"

왼쪽 팔꿈치로 젊은 병사의 옆구리를 쿡쿡 찍었다.

딱 걸려버렸다고 단념했는지 젊은 병사는 뺨을 붉힌 채 끄덕이고는,

"예. 고향에서 기다리는 애인 반지를…… 그, 가능하면 청동제로."

라며 순순히 자백했다.

청동은 동과 주석의 합금이다. 청동은 동과 주석의 비율에 따라 적동색, 금색, 백은색을 띠게 된다.

금, 은에 비하면 저렴한 편이라 서민이 반지나 팔찌 같은 장신구의 소재로 선호한다.

하지만 아직 젊은 병사에게는 꽤 고가의 물건이다. 평범하게 마음에 든 여자애의 환심을 사기 위해 가벼이 살 수 있는 물건이 아니다.

장래를 약속한 소중한 사람에게 보내는 선물임에 틀림없다. 그걸 알아챈 병사는 젊은 동료를 더욱 추궁했다.

"그거 혹시, 커플 반지냐? 그 말이야, 요새 유행하는 '결혼반지'라는 거?"

젠지로가 아우라에게 선물한 결혼반지. 그 풍습이 최근 1, 2년 사이에 부자연스러우리만치 빠른 속도로 온 왕국에 퍼졌다. 젠지로

가 사는 후궁에 드나드는 어용상인이 의도적으로 퍼트린 것이다.

모름지기 일류 상인이라면 이런 한몫 단단히 잡을 얘기를 그냥 지나칠 리 없다.

상인이 노린 대로, 최근에는 귀족 계급뿐 아니라 비교적 넉넉한 서민들도 '결혼반지'라는 풍습을 받아들이기 시작했다.

이 젊은 병사도 새로운 풍습을 적극 수용한 사람 중 하나였다.

"예. 제 저축으로 고급품은 무리겠지만, 그럭저럭 저랑 여자 친구 것 한 쌍은 살 수 있겠지 싶어서요. 아무래도 이런 게 있으면 든든하거든요. 청혼할 때."

카파 왕국 사람답게 거뭇한 얼굴을 새빨갛게 물들인 젊은 병사의 말에 다른 한 병사도 깊이 수긍했다.

"응, 그건 그래. 나도 그런 게 있었으면 좀 더 수월했을 텐데."

아무래도 이쪽은 이미 유부남인 모양으로, 아내에게 청혼했을 때를 떠올렸는지 입가에 쓴웃음을 지었다.

확실히, 빈손으로 결혼을 청하기보다 결혼반지를 손에 들고 청혼에 임하는 편이 마음이 든든하리라.

그리 생각하면 청혼을 앞둔 남성에게 결혼반지란 '의지할 수 있는 무기'가 되고, 청혼을 받는 여성 또한 반지를 받아서 나쁠 건 없다. 물론 반지를 파는 장인과 상인도 좋고. 모든 이에게 이로운 풍습이다.

"예, 제 고향 사람들도 결혼반지 얘기를 다 알고 있으니, 여자 친구도 제가 반지를 받아 달라고 하면 그 의미를 알아주리라 생각해요. '결혼해 줘.'보다는 '받아 줘.' 쪽이 말 꺼내기도 쉽지 않을까요?"

"단순한 선물로 받아들이지 않도록 신경 써야겠네."

선배 병사는 들뜬 후배에게 일침을 놓으면서도, 이 '결혼반지'라는 풍습이 머지않아 카파 왕국에 완전히 뿌리내릴 거라고 확신했다.

새해 이튿날의 '첫 장'이 한낮의 축제라면 마지막 사흘째 날은 밤의 축제다.

간신히 빛을 회복하기 시작한 얇은 초승달을 응원하듯이, 사람들은 저마다 등불을 들고 밤거리를 한껏 밝게 비춘다.

이틀째 날에 사람들로 문전성시를 이뤘던 상점가는 물론이고, 주택가, 장인 거리, 그리고 빈민가에서조차 휘황찬란하게 조명을 밝히고 밤을 지새운다.

만약 이날의 왕국 수도를 상공에서 내려다본다면 마치 과하게 전구를 두른 크리스마스 트리처럼 마을 전체가 번쩍번쩍 빛나 보이리라.

그중에서도 특히 찬란한 빛을 내뿜는 곳은 왕궁 앞 정원이다.

1년에 한 번, 이날 밤에만 일반 시민에게 개방되기에, 수많은 시민이 왕궁 앞 정원에 몰려든다.

물론 개방되었다 해도 그곳은 왕궁이다. 이틀째 날 장터에서와 같은 소동은 허용되지 않았다. 정원에 모인 사람들은 근위병들의 감시하에 얌전히 처신했다.

카파 왕국에서 일반적으로 사용하는 조명은 액상의 식물 기름을 태우는 랜턴이나 등잔불이지만, 현재 왕궁 앞 정원에 모인 군중은 '촛불'을 들고 있다.

초는 식물 기름보다 훨씬 비싸지만, 고체연료인 만큼 안전하다.

그래서 이곳 왕궁 앞 정원에서 새해 사흘째의 '등야제'를 즐기려면 입구에서 초를 사야 한다.

그러다 보니 1년에 단 한 번의 사치일지언정 역시 어느 정도 주머니 사정이 넉넉한 사람들만이 참여할 수 있다.

필연적으로 정원에 모인 이들은 시민 중에서도 비교적 있는 집 사람들이다.

무수한 군중이 든 촛불이 만들어낸 불꽃의 물결이 너울거리는 정원.

젠지로는 그 광경을 아내 아우라와 함께 왕궁 2층의 발코니에서 내려다보았다.

"굉장해……"

이세계 출신 남편이 감탄하는 소리에, 여왕은 입가를 끌어올리며 자랑스럽게 말했다.

"볼 만하지? 마치 밤하늘의 별 같아. 난 1년에 한 번 이 광경을 보는 게 제일 즐거워."

수많은 사람이 비추는 무수한 등불.

가지런히 정렬하지 않은 불규칙한 광점들. 아우라의 말대로 밤하늘의 별빛을 연상시키는 자연스러운 아름다움이었다.

“예, 실로 훌륭합니다. 이건 왕의 특권이군요.”

일단 주위를 배려해 신하의 말투로 아내에게 대답하면서도 젠지로의 시선은 땅 위의 별무리에 꽂힌 채였다. 겉치레나 막연한 추종이 아니라, 진심으로 눈앞의 장관에 마음을 빼앗겼다.

사실 ‘왕의 특권’이라는 말은 애매한 데가 있다.

딱히 일반인이 ‘등야제’의 풍경을 높은 곳에서 내려다보아서는 안 된다는 법은 없지만, 현실적으로 왕궁의 2층 발코니 외에 정원을 한눈에 내려다볼 수 있는 장소가 없기 때문이다.

이렇게 발코니에 설치된 특별석에 여왕과 나란히 앉아 눈앞에 펼쳐진 불꽃의 장관을 바라보고 있자니 이 자리에 모인 온 국민이 자신들을 숭배하는 듯한 위험한 착각마저 들었다.

수많은 불꽃이 어둠을 몰아내고 왕국 수도를 한가득 비췄다.

이렇게 ‘등야제’로 밤을 몰아내면 그만큼 그 해의 낮이 길어지고 밤이 짧아진다는 속설도 있다.

여기서 말하는 ‘낮’과 ‘밤’은 단순히 태양이 들고 나는 시간을 의미하지 않는다.

낮은 행복한 시간, 밤은 불행한 시간을 은유한다. 밝은 불빛으로 불행의 상징인 어둠에 맞서고, 마침내 아침이라는 승리를 맞이함으로써 한 해의 행복을 부르는 것이다.

(그나저나 나도 올해로 이 광경을 두 번째 보는 것일 텐데, 작년엔 이걸 본 기억이……?)

이쪽 세계로 넘어와 두 번째의 새해를 맞은 젠지로는 내심 고개를 갸웃했다.

하지만 이내 그 이유를 떠올렸다.

(아아, 그렇군. 작년엔 이 광경을 '아름답다'고 느끼지도 못할 만큼 경황이 없었던가.)

새해 사흘째 날의 '등야제'는 왕족이라면 누구나 참가해야 하는 중요한 공식행사다.

게다가 작년 이맘때엔 아우라의 뱃속에 제1왕자가 있었다.

몸이 무거운 아내를 보살피면서 처음으로 참가하는 나라 제일의 행사였기에, 젠지로는 축제를 즐길 마음의 여유가 전혀 없었다.

젠지로가 지금 몸에 걸친 것은 요즘 비교적 익숙해진 제3정장이 아니라, 지금까지 거의 입어 본 적이 없는 제1정장이다.

머리는 터번으로 빈틈없이 감았고, 터번을 고정한 건 브로치라기보다 왕관에 가까운 무겁고 호화로운 물건이었다.

제1정장에 장식된 장신구와 금사 자수가 주위의 조명에 반사되어 온몸이 번쩍번쩍 빛났다.

아우라와 같은 미녀라면 몰라도 자기처럼 수수한 남자가 온갖 보석 장식으로 몸을 치장해봤자 꼴사나울 뿐, 오히려 위엄이 떨어지는 느낌이 드는 건, 젠지로의 가치관이 일본의 일반 서민 수준에서 크게 벗어나지 못했기 때문일까.

젠지로가 곁에 앉은 아내에게로 시선을 향하자 민감하게 그 시선을 알아챈 여왕 아우라는 빙긋 웃어 보였다.

아우라도 여왕으로서 당연히 제1정장을 갖추었다. 평상시에 주로 입는 북대륙풍 드레스와 달리, 정장은 동남아시아의 민속의상을 연상케 하는 카파 왕국 전통 민족의상이다.

심홍색 천을 우아하게 몸에 두르고 젠지로보다 훨씬 많은 장신구로 온몸을 치장한 그 모습은 젠지로와는 달리 보석의 광채에 눌리는 기색이 없었다.

불빛에 반사된 광채가 마치 아우라 자체에서 뿜어 나오는 것 같은 착각이 들었다. 그녀의 위엄과 미모는 여왕이라는 개념을 구현해 놓은 듯했다.

남편이 황홀한 눈길로 자신을 바라보고 있음을 눈치챈 여왕은 기뻐서 한층 깊은 미소를 지었다.

카를로스 왕자를 출산하고 상당히 늘었던 체중도 꾸준한 노력 끝에 최근 간신히 원래로 돌아왔다.

남편의 시선에 괜히 뜨끔하지 않게 가슴을 펼 수 있어서 무척 기분 좋았다.

지금까지는 임신을 거듭함으로써 국정에 지장을 초래할까 염려되어 둘째가 생길 만한 행위를 거부해 왔지만, 한편으로 펑퍼짐해진 몸을 드러내는 것을 망설인 탓도 있다.

(몸도 원래대로 돌아왔고 카를로스도 이제 2살이니, 슬슬 둘째를 진지하게 생각해 봐도 괜찮겠지.)

아우라는 남편에게서 발코니 아래에 펼쳐진 별무더기로 시선을 옮기며 속으로 생각했다.

참고로 아우라의 아들, 카를로스 젠키치는 오늘 이 자리에 데려오지 않았다. 카파 왕국 식으로 햇수로 따지면 벌써 두 살이지만 만 나이로 치면 아직 한 살도 먹지 않은 젖먹이다. 정확히 말하면 만 0세 6개월을 조금 넘었다.

태어난 시점에서 한 살로 치고, 생일이 아닌 새해를 맞을 때마다 한 살을 먹는 방식과 태어난 순간을 0세로 하고 생일을 기해 한 살씩 더하는 만 나이 방식에는 이렇게나 큰 인식의 차이가 있다.

특히 어릴수록 폐해가 더 크다. 27세와 29세는 나이차가 별반 느껴지지 않지만, 23세와 25세는 굉장히 다르게 느껴진다. 하물며 6개월과 두 살은 하늘과 땅 차이이다.

그러나 아우라가 슬슬 둘째를 진지하게 고민하는 건 결코 잘못된 판단이 아니다.

오늘 밤부터 아이 만들기에 돌입한다 해도 그 아이가 태어나기까지는 순조로워도 9개월은 걸린다.

요컨대 카를로스와 둘째 사이에는 만 나이로 따져도 1년 반, 햇수로 따지면 한 살, 많게는 두 살의 터울이 생기게 된다.

여왕이 둘째를 갖기에 그리 나쁘지 않은 타이밍이다. '혈통마법' 계승자의 수가 국력과 곧바로 비례하는 이쪽 세계에서 아이는 많으면 많을수록 좋다.

물론 후계자 문제가 발생할 소지도 크지만.

"…………"

"…………?"

아우라의 미소에 의미심장한 색기가 섞인 것을 느낀 젠지로는 순간 의아함에 고개를 갸웃했다. 하지만 지금은 '등야제'가 한창. 몇 마디 잡담을 나눌 수는 있지만, 주변을 무시하고 대화에 몰두할 만한 장소는 아니다.

"…………"

"…………"

그 후, 여왕과 그녀의 반려자는 정원에 모인 신민들이 밝힌 무수한 불꽃을 동쪽 하늘이 희끗희끗 밝아올 때까지 조용히 지켜보았다.

[제1장] 장군의 결혼

일본으로 치면 가을과 겨울에 해당하는 '활동기.' 1년 중 반을 차지하는 이 시기는 명칭 그대로 사람들이 가장 활동하기 쉬운 계절이다.

사흘에 한 번 비가 내리는 '우기'나, 볕 아래 몇 시간 서 있기만 해도 건강에 문제가 생기는 '혹서기'에는 가능한 한 실내에서 조용히 지내는 게 상책이다. 그래서 남대륙 사람들은 '활동기'가 되면 다른 계절의 손실을 메꾸듯 더욱 정력적으로 움직인다.

지난 대전에서도 '활동기'에 주요 전투가 벌어졌고, '우기'와 '혹서기'에는 몇 차례의 기룡전투를 제외하면 거의 휴전 상태로 있었다.

그건 평상시에도 마찬가지다.

물론 '우기'와 '혹서기'라고 해서 모든 활동을 멈추지는 않는다. 일부 상인들처럼 '다른 사람들이 움직이지 않는 지금이 가장 좋은 시기'라고 여기는 부류도 있고, 인간의 사정에 아랑곳없이 자연재해가 터지거나 짐승 피해가 일어나기도 하기 때문이다.

그러나 사람이 일정을 조율할 수 있는 행사는 최대한 활동기에 집중해서 치른다.

그 중 대표적인 것이 '결혼식'이다.

맺어지는 두 남녀는 물론, 친족들에게도 '결혼식'은 일생일대의 이벤트다.

특히 귀족이나 부유한 평민 자제의 결혼식쯤 되면 전국에서 친족과 관계자가 모여 두 사람의 새로운 출발을 축하하고, 새롭게 친족의 연을 맺은 사람들끼리 친목을 다진다.

오랜 기간 여행을 해야 하므로, 필연적으로 건강에 무리가 없는 '활동기'에 결혼식이 몰린다. 혹서기에 치른 젠지로와 아우라의 결혼식은 지극히 이례적이었다.

그런 연유로 이 시기에 결혼식이 잦다.

활동기에 결혼식이 몰리는 사태는 여왕 아우라에게 결코 남의 일이 아니다. 왜냐하면, 고위 귀족의 혼인은 왕의 허가를 받도록 국법에 정해져 있기 때문이다.

물론 대부분 비서관이 작성한 허가증에 사인하면 끝나지만, 그것도 양이 많으면 꽤 중노동이다. 게다가 중진급 귀족이라면 아우라가 직접 허가증에 '축전' 비슷한 메모를 첨부해야 한다.

때로는 왕가에서 직접 축의금을 내는 일도 있다. 허례허식은 금물이지만 왕가로서 부끄럽지 않을 정도는 되어야 하기에, 금액을 정하는 일도 꽤 신경이 쓰인다.

그나마 이런 자잘한 일들뿐이면 다행이다. 진짜 골치 아픈 케이스는 두 가지다.

하나는 왕족이 직접 결혼식에 얼굴을 내밀어야 하는 고위 귀족의 결혼. 또 하나는 왕가가 쉽사리 결혼 허가를 내기 어려운 유력 귀족끼리의 결혼이다. 그리고 지금 아우라 앞에는 그 두 가지 조건을 모두 충족하는 최악의 결혼 허가 신청서가 놓여 있다.

기젠 가문의 당주 푸죠르 기젠과 가질 변경백 장녀의 혼인 허가 신청.

그 서류를 들고 집무실의 소파에 앉은 여왕 아우라는 맞은편 소파에 나란히 앉은 두 남자에게 골고루 시선을 주었다.

푸죠르 기젠과 사비에르 가질.

소파에 앉았는데도 아담한 여성의 신장만큼 앉은키가 큰 거한의 장군과 남자치고 왜소한 편인 젊은 차기 변경백.

대조적인 것은 두 사람의 체격만이 아니다. '뻔뻔스럽다'고 해도 좋을 만큼 당당한 푸죠르 장군과 비교하면 옆에 앉은 사비에르는 한눈에 봐도 긴장해서 어깨에 힘이 잔뜩 들어간 모양새다.

젊은 귀족의 안절부절못하는 태도에 여왕은 속으로 흐뭇해하면서도 겉으로는 털끝만큼도 그런 기색을 보이지 않으며, 일부러 표정을 지운 목소리로 말을 꺼냈다.

"잘 왔다, 푸죠르 장군, 사비에르 경. 바로 본론으로 들어가지. 지금 내 앞에 장군과 가질 변경백 가문의 루신다 양의 혼인 신청서가 있는데, 이건 양가의 합의가 이루어진 사안인가?"

"예."

"문제없습니다. 당주인 아버지를 대신해 저 사비에르 가질이 가문을 대표해 말씀 올립니다."

침착한 푸죠르 장군의 목소리와 긴장을 감추지 못하는 사비에르의 목소리가 이어졌다.

아우라는 짐짓 과장되게 고개를 끄덕이고 말을 이었다.

"그렇군. 알겠다. 푸죠르 기젠의 결혼이라. 확실히 기젠 가문의 당주인 자네가 여태 미혼이라는 건 왕국으로서도 그리 바람직한 일은 아니지."

"이해해 주셔서 다행입니다, 폐하."

푸죠르 장군은 오른손 주먹을 왼쪽 어깨에 갖다 대며 앉은 채 고개를 숙여 예법에 충실한 동작을 취했다.

하지만 그래도 여전히 거한의 전사──푸죠르 장군에게서 '뻔뻔스럽다'는 인상이 지워지지는 않았다.

그런 점은 본인의 감출 수 없는 기질이리라. 아우라는 불쾌한 감정이 표정에 드러나지 않게끔 애쓰며 무표정을 가장한 채 거듭 확인했다.

"그리고 상대는 가질 변경백 가문의 루신다 양. 사비에르 경이 동석한 것으로 보아 저번 군룡 퇴치 때의 인연인가 보군."

여왕의 말에 푸죠르 장군은 낯두껍게 웃었고, 사비에르는 긴장으로 부르르 몸을 떨었다.

"그렇습니다. 그 작전을 계기로 여기 있는 사비에르 경과 친분을 맺게 되었습니다. 그 후, 사비에르 경이 직무상 홀로 이곳 수도로 상경했기 때문에, 제가 경의 부대를 책임지고 가질 변경백령까지 이끌게 되었습니다."

"예, 그 일은 제가 장군께 신세를 지고 말았습니다."

푸죠르 장군이 침착하게 설명하자, 사비에르는 순진하고 생기발랄한 목소리로 예를 표했다.

작년에 카파 왕국을 소란스럽게 만든 소금 도로의 군룡 퇴치. 그 사건은 결국 소금 도로에서 멀리 떨어진 항구도시, 발렌티아에서 마무리됐다.

우여곡절이 있어 첫 책임자였던 사비에르 가질이 부대에서 떨어져 나와 단독으로 행동했기 때문에, 푸죠르 장군이 책임지고 사비에르가 이끌던 부대를 가질 변경백령까지 데리고 간 것이다.

국군의 장군이 지방 영주군을 맡은 모양새였기에, 국경까지 데려다 주고 "그럼 여기서 이만."하고 돌아올 수는 없었다.

영주관(국경에 있는 지방 영주의 거처는 성이라기보다 요새에 가깝다)까지 확실하게 군대를 이끌고 가 영지의 책임자에게 통솔권을 인계하고 변경백군이 해산하는 것을 확인해야 하는 것이다.

말하자면 푸죠르 장군과 예의 인물――루신다 가질의 만남은 지극히 자연스러운 흐름이었던 셈이다.

아우라는 마주 앉은 푸죠르 장군과 사비에르 가질의 얼굴을 공평히 바라보면서 미리 조사한 루신다 가질에 대한 정보를 다시 한 번 상기했다.

(루신다 가질. 가질 변경백 가문의 장녀. 지난 대전 때 자리를 비운 아버지와 오빠를 대신해 어린 남동생과 영지를 지키며 영주 대행이라는 막중한 임무를 수행해 낸 여걸. 하지만 그 결과 자신의 혼기를 놓친 탓에 아직 미혼, 이라. 살짝 친근감이 드는군.)

이쪽 세계에서 여성의 결혼적령기는 대략 15세부터 20세까지다. 물론 이건 햇수로 세는 연령이고, 만나이로는 13세, 14세 소녀를 '적령기', 19세, 20세 처녀를 '노처녀'로 치는 셈이다.

루신다 가질은 그토록 귀중한 결혼적령기를 전란 중에 가문을 지키느라 홀랑 날려 버렸다.

루신다는 이미 26세. 노처녀 중에서도 상노처녀다. 아무리 집안에서 강력하게 밀어 줘도 그 신분에 합당한 상대를 찾는 건 하늘의 별 따기다.

"가질 변경백도 이 내용을 알고 있는가?"

그래서 아우라는 확인차 질문하면서도 이미 푸죠르 장군 일행의 대답을 거의 확신했다.

"예, 다행히도 변경백도 흔쾌히 승낙해 주셨습니다. 사비에르 경은 성미 급하게 벌써 저를 '매형'이라고 부르고 있지요."

"아, 매형! 그걸 폐하 앞에서 폭로하면 어떡합니까!"

예상했던 대답을 돌려주는 푸죠르 장군과 당황해서 비명을 지르는 사비에르 가질.

그 대답을 듣고 아우라는 속으로 한숨을 쉬었다.

가질 변경백에게 장녀 루신다의 결혼은 틀림없이 커다란 걱정거리였을 것이다.

자신이 전쟁에 나가느라 영지를 지키지 못한 탓에 딸이 혼기를 놓친 거나 다름없기 때문이다. 사비에르도 그때 어머니 대신 자기를 보살펴 준 누나에게 미안한 마음이 적지 않았으리라.

그런 와중에 튀어나온 푸죠르 장군과의 혼담이다.

물론 젊고 순수한 사비에르야 그렇다 쳐도, 가질 변경백은 푸죠르 장군의 속내를 간파했을 터이다.

기젠 가문이 가질 변경백 가문과 혼인으로 맺어지면 손쉽게 가질 변경백 가문의 무력과 재력을 포섭할 수 있다. 누가 봐도 명백한 의도지만, 귀족이라면 크건 적건 그런 종류의 계산을 하기 마련이다.

그런 속셈을 일일이 배제하다간 결혼 따위 평생 못 한다.

게다가 지방귀족의 웅자인 가질 변경백은 영지를 기반으로 무력과 재력을 갖췄지만, 중앙과의 라인은 약하다. 그런 면에서 가질 변경백 가문에게도 중앙에서 강한 지위를 가진 기젠 가문과 인연을 맺는 것은 결코 나쁜 일이 아니다.

(그래서 더더욱 본래라면 왕가 입장에서는 절대 인정할 수 없는 혼인이란 말이지.)

국정에 대해 강한 영향력을 지닌 중앙귀족과 지방에 독자적인 기반을 갖춘 영주 귀족이 혼인으로 맺어진다. 그것이 왕가에게 얼마나 위험한 일인지는 말을 보탤 필요도 없다.

장래 국내에 왕가보다 더 유력한 세력이 생길 수 있는 계기가 될지도 모른다.

하지만 이번만큼은 이 결혼을 저지하기가 어렵다. 그런 사실을 인지하기에 아우라는 애써 웃음으로 대답했다.

"하하하, 꽤 성미가 급하군. 그런데 루신다 양은 줄곧 변경에서만 살아오지 않았나? 이곳 생활에 그리 쉽게 적응하지 못할 텐데?"

"걱정하실 것 없습니다. 루신다 양은 제 곁이라면 어디든 따라가겠다고 했습니다. 그만한 여성이 여태 미혼이라니, 우리나라 남자들은 참 보는 눈도 없지요."

"매형…… 아니, 푸죠르 장군이 그리 말씀해주시니, 누나의 마음고생도 다 풀어지겠습니다."

천진난만하게 기뻐하는 사비에르는 어쨌거나, 푸죠르 장군이 한 말인즉슨, 이미 당사자와 얘기가 끝났다는 선언이다.

여왕은 미소를 유지한 채 움찔 뺨을 떨었다.

"그래? 아주 푹 빠졌군, 그래. 이거 안 되겠는데. 우리나라 군대의 기둥이 이리 물렁해 빠져서야. 으음, 이건 눈물을 머금고 비정한 결단을 내려야 하겠는걸."

그건 '견제'의 의미를 포함한 진한 농담일 뿐이었지만, 이 자리에는 그런 장난스러운 뉘앙스를 알아채지 못할 만큼 잔뜩 긴장한 청년이 있었다.

"그, 그러하오면 폐하! 소인 사비에르 가질이 지난번에 세운 무공을 대가로 허가를!"

청년의 눈치 없는 폭주에 옆에 앉은 거구의 장군은 순간 '망했다'는 표정을 지었다. 그러나 이미 왕에게 올린 말을 도로 주워담을 수는 없다.

게다가 아우라도 이런 틈을 그냥 흘려보낼 생각이 없었다.

오늘 이 자리에서 처음으로 반격의 기회를 잡은 여왕은 미소에 깊이를 더하며,

"호오? 사비에르 경은 스스로 한 말의 의미를 잘 알고 있는 겐가?"

비장한 말투로 다짐을 두었다.

"예, 예에."

사비에르는 반사적으로 수긍했지만, 아우라가 묻는 말의 의미는 그리 가볍지 않았다.

무공으로 혼인 허가를 대신한다. 그 자체는 흔히 있는 일이다.

문제는 그렇게 하면 무공에 따른 보상을 받을 수 없게 된다는 점이다.

군룡 퇴치 때 사비에르 가질은 가질 변경백군을 이끌었다. 그 병사들에게 줄 급여, 병사와 주룡의 양식, 소비한 화살촉이나 파손된 무기, 게다가 소수이긴 해도 전사한 병사의 유족에게 건넬 위로금.

통상 이러한 경비를 계산해서 왕가에서 지급하는 '보상금'에 얹을 수 있게끔 되어 있다.

그런데 여기서 '무공의 대가로 혼인 허가'를 받아버리면 당연히 한 푼도 받을 수 없게 된다.

가질 변경백처럼 덩치가 큰 집안의 뿌리가 뽑힐 정도의 금액은 아니지만, 전부 부담하기에는 꽤 출혈이 크다.

(보상금 문제를 차기 당주가 독단으로 결정할 리가 없지. 그렇다면 가질 변경백도 이미 승인했다는 건가. 과연, 그만큼 루신다의 결혼에 목맸다는 얘기로군.)

이 결혼을 강제로 무산시키면 푸죠르 장군뿐 아니라 가질 변경백에게도 상당히 미운털이 박히게 된다.

아우라는 이내 이 혼인을 무산시키기 어렵다는 결론에 이르렀다.

그렇다면 이 혼인을 인정함으로써 최대한 왕가의 이익을 도모해야 한다. 생각을 바꾼 아우라는 엄중한 표정으로 짐짓 한숨을 쉬어 보이고는, 거구의 장군과 젊은 변경백 후계자에게 말했다.

"……알겠다. 자네들이 그렇게까지 나온다면야, 나도 피눈물 없는 목석은 아니니. 자, 사비에르 경의 누나를 생각하는 마음씨를 기특히 여겨 특별히 푸죠르 기젠과 루신다 가질의 혼인을 허락한다."

"가, 감사합니다, 폐하!"

아우라는 희색이 만연해서 자리를 박차고 일어나는 사비에르를 일별하고 푸죠르 장군에게로 시선을 향했다.

"자네가 이날까지 혼자 몸이었던 건 나한테도 책임이 있지. 특례 중의 특례지만, 자네가 반려자를 맞이하면 나도 자네에 대한 마음의 짐을 내려놓을 수 있다."

그렇게 아무렇지도 않게 덧붙였다.

명문 기젠 가문의 당주인 푸죠르 장군이 서른이 넘도록 독신이었던 이유는, 다름 아닌 여왕 아우라의 신랑 후보였기 때문이다. 그래서 아우라는 푸죠르 장군의 혼인에 관해 애초부터 원칙을 고수할 수 없었다.

"이 결혼을 인정해 줄 테니 자네를 신랑 후보로 발 묶었던 과거의 빚을 청산해 달라"는 뜻으로 특례 중의 특례라고 거듭 강조한 것이다.

가질 변경백 가문에는 군룡 퇴치의 금전적 부담을 지우고 기젠 가문에는 지금까지 푸죠르 장군을 속박해 온 빚을 청산 받는다.

어차피 두 가문의 혼인을 막지 못한다면 이렇게 조금이라도 왕가의 이익을 도모겠다는 아우라의 복안이었다.

그러나 유순한 사비에르라면 몰라도, 푸죠르 기젠이라는 남자에게만큼은 이런 밀당이 통하지 않는다.

"예, 폐하의 특별한 온정에 감사드릴 말씀이 없습니다. 그러하면 가질 변경백령에서 열리는 저희들의 결혼식 초대장을 보내드리겠습니다. 다망하신 폐하를 감히 모실 수 있으리라고는 기대치 않습니다만, 좋은 날에 폐하께서 축복의 말씀 한 마디 얹어 주신다면 더는 바랄 것이 없겠사옵니다."

푸죠르 장군의 말에 아우라의 한쪽 눈썹이 꿈틀 치켜 올라갔다.

"호오…… 식을 변경백령에서 올린다고?"

아우라의 미묘한 변화를 눈치채지 못한 사비에르는 호들갑스럽게 말했다.

"누나와 아버지는 수도해서 올려도 괜찮다고 했지만, 푸죠르 장군이 저희 영지를 고집해 주셨습니다. 덕분에 누나는 고향에서 마지막 꽃무대에 설 수 있게 됐습니다."

카파 왕국에는 일반적으로 신부의 고향에서 결혼식을 올리는 풍습이 있다. 만약 데릴사위라면 신랑의 고향에서 한다.

결혼이란 나고 자란 고향을 등지고 다른 가문 사람이 되는 것을 의미하기 때문이다. 그래서 추억이 어린 고향에서 마지막 무대를 화려하게 장식하게 해 준다.

하지만 어디까지나 일반론일 뿐, 언제나 예외는 존재한다.

특히 이번처럼 한쪽의 본거지가 왕국 수도라면 일부러 수도에서 식을 올리는 일도 많다.

상식적으로 생각해도 국경에 접한 변경백령보다 수도에 훨씬 사람이 많이 모일 수 있고, 결혼식을 핑계로 수도 구경을 할 수 있으니, 가질 변경백 쪽 친척들도 반길 얘기다.

그런데도 푸죠르 장군은 일부러 자신의 본거지인 수도가 아니라 가질 변경백령에서 결혼식을 올리겠다니, 분명 무슨 의도가 있다.

아우라는 곧바로 푸죠르 장군의 의도를 간파했다.

(여왕이 되어서 푸죠르 장군의 결혼식에 축사만 보낼 수는 없는 노릇. 최소한 대리를 세우든가, 아니면 내가 직접 갈 수밖에 없지.)

푸죠르 장군은 아우라의 신랑 후보였다. 그의 결혼식에 냉랭한 태도를 보이면 "아우라 폐하는 실은 아직 푸죠르 장군에게 미련이 있는 게 아닌가?"라는 오해를 불러일으킬 공산이 크다.

그건 곤란하다. 남자가 아내 외의 여자를 마음에 두면 '사내답다'는 소릴 듣지만, 여자가 남편 외의 남자에게 추파를 던진다고 여겨지면 '바람기가 있다'는 소릴 듣는다.

아우라는 그걸 잘 안다. 당연히 푸죠르 장군도 다 알고서 변경백령에서 식을 올리기로 한 것이리라.

(그렇다면 남은 건, 내가 직접 갈지, 서방님에게 대리를 부탁할 것인지 뿐인가.)

아우라가 직접 참석하든, 남편인 젠지로가 대리로 참석하든 추문을 억제하기에는 충분한 효과를 기대할 수 있다. 말하자면 여왕 부부가 함께 푸죠르 장군의 결혼을 진심으로 축복하고 있다는 걸 드러내 주면 된다. 왕족이 자신의 결혼식에 참석하기 위해 몸소 변경까지 행차했다는 사실이 푸죠르 장군의 체면을 세워 줄 터이다.

푸죠르 장군은 그걸 노린 것이다.

선택지는 두 가지. 그러나 현실적으로 여왕인 아우라가 오랫동안 자리를 비우기는 어렵다. 그렇다면 남은 선택지는 하나뿐.

(또 서방님에게 폐를 끼쳐야 하나.)

아우라는 내심 전전긍긍하며 조금이라도 왕가에 이익이 되는 방향을 찾고자 푸쵸르 장군에게 물었다.

"과연, 푸쵸르 장군은 상당한 의리파니까. 이 나라의 창과 방패를 맡아주는 장군의 결혼식인데, 당연히 왕가에서 참석해야지. 그런데 나도 서방님도 업무로 바쁜 몸이라. 자네도 알다시피 현재 우리나라에는 두 나라의 왕족 세 분이 머물고 있다네."

쌍왕국의 프란체스코 왕자와 보나 왕녀, 그리고 조만간 웁살라의 프레야 공주도 오기로 되어 있다.

가능하면 발렌티아에 발을 묶어놓고 카파 왕가 단독으로 대륙간 무역 협상을 결판내고 싶었지만 어려울 듯하다. 저번 군룡 퇴치 작전에서 프레야 공주의 부하인 여전사가 보스 군룡을 때려눕혔기 때문이다.

게다가 그 무용담이 노래가 되어 이미 왕국 수도에까지 속속들이 알려졌다.

이야기가 대중적으로 알려진 이상 아우라도 카파 왕국의 여왕이라는 입장에서 그녀들을 수도로 초빙해 치하하는 수밖에 없다.

예정대로라면 며칠 내로 프레야 공주의 개선 행렬이 수도에 도착한다. 소문에 듣자하니 거대 군룡의 두개골을 앞세워 수도에 입성할 거라 하니, 웬만한 축제 못지않게 소란스러워질 터이다.

"그런 연유로 우리는 자리를 비우기 어렵네. 다음의 '예산회의'가

신속하게 마무리된다면야 얘기가 달라지겠지만."

"과연……"

이번엔 푸죠르 장군이 표정을 지우고 침묵에 빠졌다.

아우라의 의도는 간단했다.

"너희 결혼식에 나나 젠지로가 얼굴을 내밀어 줄 테니 대신 다음 예산회의 때 내 의견에 따르라"는 말이다.

다음 예산회의에서는 요전번 군룡 퇴치 때 사용한 예산을 어떻게 보충할지를 논의하기로 되어 있다.

대전 직후라서 카파 왕국은 재정이 여유롭지 않았다. 뜻밖의 지출이 생기면 반드시 어딘가의 예산을 삭감해야 하는데 그게 어디든 강한 반발이 나올 수밖에 없다.

일을 강제로 밀어붙이면 예산이 잘린 부서의 원망이 온통 아우라를 향하겠지만, 푸죠르 장군이 화살받이로 나서 주면 원망과 반발이 아우라가 아닌 푸죠르 장군을 향할 것이다.

나쁘게 말하면 원래 아우라가 뒤집어써야 할 흙탕물을 푸죠르 장군이 대신 뒤집어써 달라는 제안이다.

그러나 푸죠르 장군에게는 그리 나쁘지 않은 얘기다.

애초에 푸죠르 장군은 강한 야심을 감추지도 않는 사람이라 적이 많다. 그 숫자가 조금 더 늘어난다 해도 아무렇지도 않다. 오히려 "다른 귀족의 분노를 사면서까지 국군을 위해 예산을 따냈다"는 평판이 생기면 군에서의 명성은 더욱 드높아지리라.

머릿속에서 이해득실의 감정을 재빨리 마친 푸죠르 장군은,

"알겠습니다. 그런 사정이시라면 저도 최대한 협력하겠습니다."

그렇게 동의를 표했다.

푸죠르 기젠과 사비에르 가질이 물러간 후, 여왕은 지금까지 말없이 뒤에 대기하던 심복에게 말을 건넸다.

"파비오. 잘 봤지? 이 결과에 대해 자네의 솔직한 의견은?"

중년의 비서관은 뾰족한 턱에 오른손을 갖다 대고 잠시 생각한 다음 여왕에게 말했다.

"네. 요컨대 푸죠르 장군과 루신다 님의 결혼식에 아우라 폐하의 대리로서 젠지로 님을 보내 체면을 세워 준다. 그 대신 다음 회의 때 푸죠르 장군의 전면적인 협조를 약속받았다… 라는 것이로군요."

"음."

중년의 비서관은 눈웃음을 짓듯이 눈꼬리를 가늘게 만들고는 한 번 고개를 끄덕였다.

"잘 된 것 아닙니까? 어차피 푸죠르 장군의 결혼에 관해서는 왕가가 접고 들어가야 하는 부분이 많아서 웬만하면 저쪽의 요구를 들어 줘야 했으니까요. 이 혼인을 인정함으로써 푸죠르 장군에 대한 왕가의 빚을 청산하고, 나아가 가질 변경백 가문에 군룡 퇴치 보상금을 주지 않아도 되게끔 되었지요. 이만하면 충분히 왕가의 이익을 도모한 거래였다고 할 수 있지 않을까요?"

"그래?"

비서관의 말에 여왕은 안심하며 어깨에서 힘을 뺐다. 그러나 비서관은 곧 여왕의 심기를 뒤집으며 신랄한 의견을 덧붙였다.

"대신에 젠지로 님께는 꽤 부담을 안겨 드리게 됐습니다만, 그것도 큰 문제는 아니겠지요. 이만큼 앞뒤가 딱 들어맞는 부탁을 그분이 거절하실 리 없으니까요. 대가도 바라지 않고 어떤 명령이라도 따르시죠. 무엇보다 절대 배신할 리 없죠. 그것참, 젠지로 님은 이제 폐하께 무엇으로도 대신할 수 없는 충실한 '장기말'이로군요."

"뭐!?"

아우라는 비서관의 비꼼에 격앙해 오른손으로 테이블을 내리치며 자리에서 일어날 뻔했으나 금세 평정심을 되찾았다.

"……내가 서방님을 '말' 취급한다고. 그렇게, 보이나?"

아우라는 한숨을 쉬며 의자에 다시 궁둥이를 붙이고는 다소 힘빠진 목소리로 그렇게 물었다.

"솔직히 말씀드려 요즘 폐하의 젠지로 님에 대한 태도를 뵈면 달리 표현할 말이 없습니다만."

"그런가……"

파비오 비서관의 대답에 아우라는 한 번 깊이 한숨을 내쉬었다.

"…………"

아우라는 의자 등받이에 등을 기대고 눈을 꼭 감은 채 몇 번인가 세게 고개를 저었다.

격앙한 것도, 그다음에 힘이 쭉 빠진 것도 다 아우라에게 켕기는 구석이 있기 때문이다.

요즘 들어 자연스럽게 간단한 용무라면 "젠지로가 대신해도 문제없겠지"라고 생각하게끔 되었다.

남편이 자신의 말에 무조건 따라 주는 걸 점차 '당연한 일'로 받아들이고 있는 자기 자신을 발견하고, 여왕은 새삼스럽게 부르르 몸을 떨었다.

그런 주인의 모습을 보며 비서관이 담담한 어조로 물었다.

"무슨 문제라도 있습니까? 분명히 말씀드리지만, 폐하께서 그렇게 독단적으로 일을 맡기는 것에 대해 젠지로 님은 아무런 불만도 품고 계시지 않습니다. 폐하가 공연히 죄책감에 시달리신다 해도 전혀 의미가 없다는 말씀이지요."

"질리지도 않고 독설을 뿜어내는군 ……."

여왕은 괴로움과 분노가 뒤섞인 시선으로 심복 파비오를 바라보았지만 입을 다물라고 명령할 생각은 없었다.

애초에 이런 식으로 천연덕스럽게 직언할 줄 아는 사내이기에 곁에 두고 있다.

하지만 그의 말을 여과 없이 전부 삼키지는 않는다.

여왕은 어깨를 크게 들썩이며 한 번 심호흡 하고 의연한 표정으로 반론했다.

"자네의 말도 일리는 있지만, 내가 지나치게 서방님을 의지하게 된 건 사실이야. 그런 자각은 있어야지, 안 그러면 더 심해져."

"그건 바람직한 자세입니다. 헌데 폐하와 젠지로 님은 부부입니다. 아내가 남편을 아예 의지하지 않는 것도 뭔가 부자연스러운 일 아닙니까? 지금 폐하는 자제심이 지나친 나머지 오히려 부자연스러워 보입니다만."

"으음……"

듣고 보니 아우라도 할 말이 없었다. 확실히 부부 사이에 이것저것 재는 것도 편치 않은 일이다.

사실 아우라도 젠지로의 청렴함에 잔뜩 안달이 난 상황이다. 다른 이에게 폐를 끼치지 않겠다는 생각은 지극히 건전하지만, 그 타인의 범주에 자신이 포함되어 있다고 생각하면 왠지 서운한 감정마저 들었다.

생각에 잠긴 여왕에게 중년의 비서관은 그 좁은 얼굴을 무표정하게 굳힌 채 거듭 직언했다.

"그런데 이번 일만큼은 폐하가 젠지로님께 미안해하시는 게 마음고생 축에도 들지 않을 수도 있습니다. 젠지로 님이 결혼식에 폐하와 함께 참석하지 않는다면, 대신에 다른 파트너가 필요할 테니까요."

"으, 으음. 그런… 가."

심복의 지적에 여왕은 아픈 데를 찔린 것처럼 얼굴을 찡그렸다.

카파 왕국에서는 성인이 결혼식에 참석할 때 가능한 한 남녀가 쌍으로 가는 것을 예의로 여긴다.

기혼자라면 아내와 함께 가면 되지만, 그럴 형편이 아니면 친척 여성에게 대역을 부탁한다. 반대로 미혼인 사람이 "결혼식에 참석하는데 파트너가 되어 달라"고 말한다면 사랑의 고백으로 여긴다.

젠지로는 엄연한 유부남이지만 '아우라의 대리' 신분으로 참석하는 마당에, 아우라를 파트너로서 대동할 수는 없다.

결국, 젠지로는 누군가 다른 여성을 골라 파트너로 삼아야 한다.

그럴 경우, 파트너로 선택받은 여성이 유력한 측실 후보로 물망에 오르리라.

젠지로는 다른 건 몰라도 측실을 들이는 일만큼은 확실하게 거부반응을 보인다. 그런 그에게 파트너 이야기를 어찌 해야 할지, 아우라도 마음이 무거웠다.

"어쩔 수 없지. 서방님이 조금 무리를 해 주는 수밖에. 아니면 파스쿠알라 할멈한테 도움을 청하거나."

파스쿠알라는 궁정수석마법사인 에스피리디온의 아내인데, 이미 70세에 가까운 노인이다.

기혼자인 노파를 파트너로 대동하면 누가 봐도 측실 후보로는 보이지 않을 테니.

"그런다고 다른 귀족들이 수긍할까요? 절호의 찬스인데."

"다 수긍하진 않겠지. 기껏해야 대충 얼버무리고 넘어가는 정도일까. 은근슬쩍 넘어가지 못하게 되면…… 이번에야말로 진짜 측실 탄생인가. 서방님이 좋게 생각해 주면 좋을 텐데."

아우라는 우울하게 한숨지었다.

풀이 죽은 주군의 모습을 마주한 비서관은 꽤 재미있다는 듯이 목소리를 높였다.

"그나저나 폐하는 젠지로 님 얘기만 나오면 늘 소심해지시네요. 폐하를 오래 뵈어 왔지만, 상당히 신선한 구경거립니다."

"닥쳐."

아우라는 이번에야말로 거칠게 내뱉으며 심복을 노려보았다.

그러나 실제로 젠지로에 관한 일에는 왠지 소심해진다는 걸 스스로도 느꼈다. 젠지로가 한 점의 의혹도 없는 순수한 호의를 보여 주기 때문에, 그 호의를 조금이라도 욕보이지 않기 위해 무의식적으로 그런 상태가 된 건지도 모른다.

아우라는 의자에 앉은 채 눈을 감고 테이블 위에 올려놓은 오른손의 검지로 톡, 톡 테이블을 두드리며 생각에 잠겼다.

"……그렇지만 현재로서는 서방님에게 대리를 부탁하는 수밖에 대안이 없어. 한 번 흉금을 털어놓고 대화를 나눠 봐야 할까?"

"그게 좋겠습니다. 만에 하나 젠지로 님이 언짢아하신다 해도, 이제 며칠만 있으면 마음을 풀어 드릴 수 있는 게 도착하니까요."

"아아, 그랬지 참."

단번에 아우라의 표정에 밝은 빛이 비쳤다.

마음을 풀게 할 물건이란 다름 아닌, 프레야 공주에게 받은 '산양'이다.

산양 자체는 '카를로스 왕자의 생일선물'이라는 명목으로 프레야 공주에게 공짜로 받았지만, 따로 돈이 들지 않는 건 결코 아니다.

그도 그럴 것이 카파 왕국 최초의 포유류 가축이다.

왕궁 안에 산양을 키울 우리를 만들고 산양의 먹이가 될 풀을 심고, 산양을 돌볼 인원을 육성한다.

이 모두 상당한 자금이 필요한 일들이다.

산양은 비교적 먹성이 좋고 몸도 튼튼해서 기르기 쉬운 가축이지만, 그래도 오늘날까지 포유류를 접한 경험이 전혀 없는 카파 왕국 사람에게는 결코 간단한 일이 아니다.

현대 일본의 낙농가에 이구아나 사육을 맡기는 일이나 마찬가지다.

처음엔 프레야 공주의 부하에게 하나에서부터 열까지 도움을 받아야 하리라. 물론 부하 협력비까지 공짜일 리는 없다.

돈도 들고 품도 드는 귀찮은 일. 심지어 꼭 필요한 일도 아니다. 단지 젠지로의 요구일 뿐이다.

"프레야 공주 일행을 맞이하고 거기에 거대 군룡을 쓰러뜨린 여전사의 개선 행사도 치르려면 여간 번거롭지 않겠는걸. 그래도 해서 못 할 일은 없지. 조금 귀찮긴 하지만 서방님을 위해서니까."

귀찮다고 하면서도 아우라는 부자연스러울 정도로 입꼬리가 흐물거렸다. 그야, 여태껏 아무것도 요구한 적 없는 남편이 처음으로 원한다고 말한 일이다. 그의 요구를 들어줄 수 있다는 게 기뻐서 견딜 수 없었다.

그런 주군의 표정을 보고 비서관이 아니꼬운 듯이 말했다.

"이거야, 첫 손주에게 줄 선물을 고르며 눈을 반짝이는 손주 바보 할머니가 따로 없군요."

"……엄마 정도로 봐 줄 수는 없나?"

찔리는 데가 있는지, 여왕의 반박에 패기라곤 없었다.

"어머니의 애정에는 좀 더 엄격함이 담겨 있지요."

"으음……"

비서관의 똑 부러진 반론에 여왕은 할 말을 잃고 입을 다물었다.

그날 밤.

후궁의 거실에서 막 목욕을 마친 여왕 부부가 소파에 나란히 앉아 잔을 기울였다.

목제 테이블을 사이에 두고 마주 놓인 소파를 둘러싸듯 서 있는 네 개의 LED 스탠드라이트가 아우라와 젠지로가 든 적, 청의 키리코 글래스를 밝게 비췄다.

잔의 내용물은 무색투명에 가까운 술. 이제는 익숙한 증류주였지만, 이건 젠지로가 직접 만든 술이 아니다.

젠지로가 가져온 증류장치를 본떠 이쪽 세계의 장인이 만든 복제품으로 증류한 술이다.

증류장치의 구조는 그다지 복잡하지 않다. 구리 제품 가공기술이 어느 정도 발달한 카파 왕국의 장인이라면 복제할 수 있다.

문제는 증류에 적합한 온도 관리인데, 이 또한 시행착오 끝에 간신히 정답에 가까운 지점에 이르렀다고 한다. 물론 전기렌지를 이용해 1도 단위로 온도를 관리할 수 있는 젠지로의 증류장치에 비하면 효율성이 확연히 떨어지지만, 실용 가능한 정도는 되었다.

그렇게 만들어진 증류장치를 사용해 이쪽 세계 사람이 증류한 술이 지금 아우라와 젠지로의 잔에 담겨 있다.

젠지로는 증류주 시제품을 천천히 음미하듯이 혀 위에서 굴린 다음 목구멍으로 넘기고 고개를 끄덕였다.

"음, 문제없는데. 내가 만든 것과 거의 같아. 내 미각이 믿을 게 못 되고, 애초에 아마추어인 내가 만든 술과 똑같다고 해서 '문제없다'고 할 수 있는지, 과연, 알 수 없지만."

함께 잔을 기울였던 여왕도 남편의 말에 미소를 지었다.

"응, 나도 그렇게 생각해. 좋아. 이제 증류주는 대량생산 체제로 들어가도 되겠어."

"으으음, 글쎄? 본격적으로 대량생산하려면 좀 더 큰 증류장치를 만들어야 하고, 크기가 커지면 예상치 못한 문제들이 속출하지 않을까 걱정되는데."

젠지로는 늘 안 좋은 측면부터 생각하는 버릇이 있어 그렇게 말했지만, 아우라는 여전히 웃는 얼굴이다.

"그렇게 되면 그때 일이지. 새로운 일에는 시행착오가 따라오는 법이니까. 그리도 당분간은 많은 인원을 할당하지는 못할 테니 일단은 소소하게 해 보려고."

카파 왕국은 지금 전쟁 후유증이 채 가시지 않은 상태다. 안 그래도 사람이 모자라는데 새로운 사업을 한답시고 인원을 빼내는 건 아무리 왕이라고 해도 어려운 일이다.

그러나 이미 왕궁의 야간 파티 등에서 귀족들에게 증류주를 선보여 호평을 얻은 바 있다. 대량생산 체제만 갖추면 초기 투자를 회복하는 건 시간문제라고, 아우라는 생각했다.

"이제 됐어. 증류주에 대해서는 이제 더 왈가왈부할 것도 없어, 젠지로."

"응?"

입가에서 미소를 지우고 옆에서 똑바로 이쪽을 향해 강한 시선을 보내는 아내를 보자, 젠지로는 저도 모르게 등을 펴며 고개를 갸웃했다.

"조금…… 아니, 본격적으로, 진지하게 마음을 터놓고 대화를 나누고 싶어. 괜찮지?"

"알았어."

젠지로는 짧게 대답하는 대신 행동으로 보여주겠다는 듯 증류주가 든 푸른 키리코 글래스를 테이블 위에 올려놓고는, 자리에서 일어나 여왕의 맞은편 소파로 가서 앉았다.

"먼저 일단 보고부터 할게. 푸죠르 기젠이 가질 변경백 집안의 장녀, 루신다 가질과 결혼하게 됐어. 당신이 나 대신 가질 변경백령에서 열리는 결혼식에 참석해줬으면 해."

"응, 알았어."

굳은 표정으로 고하는 여왕의 말에 젠지로는 진지한 표정으로 끄덕이며 대답했다.

"…………에? 그뿐이야?"

서두가 요란해서 잔뜩 긴장했건만, 전혀 대단치 않은 아우라의 말에 젠지로는 맥 빠진 표정으로 고개를 갸웃했다.

한편 아우라는 그런 남편의 반응을 보며 슬쩍 한숨을 토하고는 쓴웃음을 지었다.

"역시, 파비오 말이 맞았어. 당신한테는 전혀 문제가 아니라는 건가."

"문제?"

긴장이 풀린 아우라는 이번에도 고개를 갸웃하는 젠지로에게 찬찬히 설명해주었다.

"저번에 발렌티아에 갔던 일도 그렇고, 이번에 가질 변경백령에 가는 일도 그렇고, 난 당신 의견을 묻기도 전에 당신이 할 일을 결정했어. 파비오는 내가 당신을 '편리한 장기말' 취급한다는데, 솔직히 반박할 수 없었어."

"아~ 그랬구나."

젠지로는 풀이 죽은 아내를 보고 겨우 이해했다는 듯이 손바닥을 마주쳤다.

젠지로는 저번에 일방적으로 발렌티아 행이 결정됐을 때 아내에게 가볍게 불만을 토했던 걸 기억했다. 하지만 그건 그거고 이건 이거다.

"듣고 보니 요즘 사후승낙이 많긴 했어. 하지만 정치의 세계는 속전속결이 필요할 때가 있다는 걸 나도 잘 아니까, 나중에 제대로 설명해 준다면야 뭐, 문제없어."

젠지로의 말은 아우라가 예상한 대로였다. 아니, 정확히 말하면 낮에 파비오 비서관이 예측한 대로라고나 할까.

'폐하가 그렇게 독단으로 일을 결정하심에 대해 젠지로 님은 딱히 아무런 불만도 없으실 겁니다.'

파비오 비서관의 말대로였다.

아우라가 '장기말 취급' 운운해도 젠지로는 서운한 표정을 짓지 않았다.

"당신은 정말 화를 안 내네. '장기말 취급'당하는데 불만이 없어?"

아우라가 솔직히 물었다.

카파 왕국에도 '장기말 취급'에 대해 반발하지 않는 부류의 사람들이 많이 있다.

가령 아우라에게 충성을 맹세한 기사들은 '여왕의 장기말'임을 오히려 자랑스럽게 여긴다.

그러나 그들도 같은 지위에 있는 동료 기사가 '장기말 취급'을 한다면 틀림없이 화를 낼 것이다. 아우라가 그들을 장기말 취급해도 문제가 되지 않는 건, 여왕과 기사라는 명확한 상하관계에 있기 때문이다.

만약 젠지로가 심적으로 여왕 아우라의 '부하'라고 느낀다면 이해가 가지만, 이렇게 서로 마주하는 시간을 보면 알 수 있듯이, 젠지로와 아우라의 정신적 관계는 대등하다.

"으음, 일단 지금 상황에는 불만이 없다고나 할까? 물론 이제부터 '왜 내가 결혼식에 가야 하는가?'에 대해 물어볼 참이고, 그 내용을 수긍할 수 없으면 아마 화를 내겠지만."

젠지로는 딱히 아우라에게 '장기말 취급'당한다는 느낌을 갖지 않았다. 오히려 능력 부족으로 여왕으로서 늘 어깨가 무거운 아내를 많이 도와줄 수 없어서 아쉬울 따름이다.

"음……"

남편의 대답이 이해 가지 않는지 여전히 아우라는 석연치 않은 표정이다.

"근데 말이야, 아우라는 왕이고 나는 국서니까, 아우라가 어느 정도 내 업무를 결정하는 건 오히려 자연스러운 일 아닌가?"

젠지로는 대등한 위치의 사람에게 지시를 받는 상황을 단순히 '처지의 차이'로 받아들였다.

중학교, 고등학교 때 축구부였던 젠지로는 시합 중에 후배의 지시에 따라 왼쪽 사이드를 맡은 일도 있고, 사회에 나가서는 또래의 프로젝트 리더의 지시에 멤버들이 묵묵히 따르는 상황을 여러 번 겪었다. 다음 프로젝트에서 다른 사람이 리더로 뽑히면 또 처지가 바뀐다.

현대 일본 사회에서는 '인간은 본래 평등하다'는 가치관과, 조직을 신속하고 원활하게 움직이기 위해서는 지시를 내리는 자와 따르는 자가 필요하다는 사실이 모순 없이 공존한다.

아우라는 신분의 차이가 그대로 명령계통에 반영되는 이쪽 세계에서 나고 자랐기에, 젠지로의 그런 감각을 좀처럼 이해하기 어려웠다.

"……그런가. 뭐, 당신이 불만 없다면 그걸로 됐어. 그런데 지금 상황이 이미 우리가 약속했던 원칙에서 많이 어긋나 버렸어. 그래서 나는 당신하고 다시 한 번 흉금을 털어놓고 대화를 나눠야겠다고 생각했어."

"약속했던 원칙?"

"응. 당신을 소환했을 때 내가 말했지? '아이 만들기에 협력해 준다면 다른 건 아무것도 바라지 않는다'고."

"아아, 그거?"

아우라의 대답에 젠지로는 손바닥을 마주쳤다.

"그거라면 신경 쓰지 마. 사실 처음부터 지켜질 거라고는 생각하지 않았으니까."

"뭐라고!?"

여왕이 난생 처음 깊이 상처받은 표정을 지은 모습을 보자 젠지로는 황급히 변명했다.

"아, 그, 아니, 그게 아니고, 그게 아니야, 아우라. 아우라를 믿지 않았다는 얘기가 아니라, 조건이 지나치게 좋잖아? 사실 국서도 엄연한 왕족이니까, 완벽하게 놀고먹기만 하기는 어렵지 않을까 생각했을 뿐이야. 정말로, 그뿐이라니까!"

열변이 통했는지 아우라의 표정이 조금 누그러졌다.

젠지로는 겨우 안도의 한숨을 내쉬고 말을 이었다.

"그러니까 아우라가 속내를 털어놓고 전부 다 얘기하자고 한 제안에는 나도 찬성해. 서로 눈치 보거나 배려하거나 상황파악 같은 건 죄다 내다 버리고, 순수하게 희망 사항을 꺼내 보는 거야."

"음. 일단 그럴까."

여왕은 겨우 제정신으로 돌아왔다는 듯이 소파에 앉은 채 몸을 앞으로 기울였다.

"그러면 먼저 당신의 희망부터 말해 봐. 젠지로, 당신은 어떻게 하고 싶어? 앞으로 여기서 어떤 생활을 하기 원해?"

진지한 아내의 질문에 젠지로는 살짝 압도된 것처럼 한 번 헛기침하더니, 천천히 입을 열었다.

"응. 그러면, 좀 지리멸렬하지만, 순서에 상관없지 일단 내 희망 사항을 말해 볼게. 일단 나는 아우라와 함께 지내는 시간을 더 원해. 젠키치와 계속 함께 살고 싶어. 세 식구가 나란히 내 천(川)자로 누워서 자고 싶어. 하지만 아우라랑 둘만 자는 것도 좋아. 물론 그땐 그냥 잠만 자지는 않겠지만. 그리고 여자는 아우라만 있어도 돼. 후궁은 내 집, 내 가정이니까 가족 외에 다른 사람은 불편하지. 그 밖에는, 음…… 그래. 슬슬 고향 음식이 그리워. 샴푸도 다 떨어져 가는 중이라 구하고 싶어. 내가 응원하는 축구팀의 성적이 궁금해. 동네 축구라도 좋으니 축구를 하고 싶어. 좋아하는 가수의 신곡이 듣고 싶어. 인터넷을 하고 싶어. 대낮부터 빈둥거리는 것도 힘드니까 어느 정도는 생산적인 활동을 하고 싶어. 증류주 만들기도 재밌었어. 하지만 외교 같은 책임이 막중한 일은 힘드니까 싫어. 파티에 참석해서 귀족들의 측실 권유를 줄기차게 거절하는 일도 엄청나게 짜증나. 하고 싶지 않아."

성인군자 같은 젠지로도 그동안 울분이 꽤 쌓였던 걸까? 처음엔 머뭇거리던 말투가 뒤로 갈수록 청산유수가 되어 끝도 없이 이기적인 욕망과 불만을 쏟아냈다.

아우라는 쏟아지는 말의 홍수를 받으며 겉으로는 평정을 가장했지만 내심 안도의 한숨을 내쉬었다.

(이런 자리를 마련하길 잘했어. 본인도 모르는 사이 꽤 불만이 쌓였나봐.)

젠지로는 눈치 빠르고 참을성 많은 성격이다. 하고 싶은 일이 있어도 하지 못할 정당한 이유가 있으면 받아들이고, 하기 싫은 일이라도 해야 하는 상황임을 이해하면 성실하게 해낸다.

그래서 본인도 잘 모르고 넘어가지만, 사실 하고 싶은 일을 하지 못하는 욕구불만이나 하기 싫은 일을 억지로 해야 하는 울분이 쌓

이지 않을 리가 없다.

하는 수 없다, 해야만 한다. 머리로는 그렇게 이해해도 감정은 무마되지 않는다. 본인도 깨닫지 못하는 와중에 불만의 감정이 앙금처럼 차곡차곡 쌓여, 사소한 일에도 화를 내거나 비뚤어진 태도를 보이게 된다.

다행히 젠지로의 감정 용량이 비교적 넉넉해서 아직 표면으로 드러나지는 않았지만, 막상 말을 꺼내 보니 이렇게나 불만이 쌓여 있었다.

"아아, 왠지, 제멋대로에 철딱서니인 줄은 알지만, 뭐, 이 정도일까."

어린아이처럼 욕구를 쏟아낸 것이 창피했는지, 젠지로는 뺨을 붉히면서도 어딘가 속이 시원하다는 표정으로 그렇게 말했다.

남편의 솔직한 욕망을 처음 들었다. 아우라에게도 물론 할 말은 있다. 하지만 아우라는 바로 반응하지 않고 약속한 대로 이번엔 자신의 요구를 말했다.

"내가 당신에게 바라는 건, 크게 나누자면 두가지야. 하나는 당신의 아내로서의 바람. 또 하나는 이 나라의 여왕으로서 젠지로라는 왕족에게 바라는 점. 전자는 별 문제없어. 나도 여자로서 당신을 평생 나만의 반려로 삼고 싶고, 카를로스와 함께 세 식구 오붓한 시간을 보내고 싶어. 그 부분은 당신의 바람과 크게 어긋나지 않아. 그러니까 이제부터 말하는 건, 어디까지나 여왕으로서의 요구임을 먼저 이해했으면 해."

"응, 알았어."

젠지로는 지금 진지한 표정을 지어야 할 때임을 직감했지만, 왠지 자꾸만 뺨이 허물어졌다.

평소에 자꾸만 짓궂게 '사랑해' 등등 부끄러운 말을 시키려는 아우라의 기분을 조금은 알 것 같았다. 아무리 애정을 확신하는 사이라 해도 이렇게 말로 표현하는 건 전혀 다른 문제다. 온몸이 오그라드는 쑥스러움이 싫지 않았다.

젠지로가 얼굴 근육을 움찔거리자 여왕도 순간 표정이 누그러지려 했으나 곧 진지한 표정을 되찾고 말을 이었다.

"내가 여왕으로서 당신에게 바라는 건, 다른 무엇보다 측실이야. 국내 귀족들의 요구를 무시하는 데도 한계가 있어. 밀약을 맺은 쌍왕국이 가만있진 않겠지만, 그쪽 사람도 한 명 측실로 들일 생각이야. 미래에 유리구슬 마법 도구가 대량으로 생산되면 아마 대륙의 정세가 격변할 거야. 그때를 대비해서 우리나라에 '부여마법'을 계승하는 영지 없는 귀족 가문을 하나 만들어 놓고 싶어. 슬슬 유리 제조도 본격적으로 착수하고 싶으니까 당신이 조언해줬으면 좋겠어. 수차 개량이나 증류주 제조처럼 왕가의 재력을 불릴 수 있는 제안도 대환영이야. 그리고 여왕 대리 업무도 많이 맡기고 싶어. 우리나라에 성인 왕족이라곤 당신과 나 둘뿐이니까. 왕족의 지위가 필요한 외교 자리는 셀 수 없이 많아. 왕족이 얼굴을 내밀기만 하면 되는 자리에 당신이 대리로 참석해주면 그만큼 내 어깨가 가벼워져."

"우와아……"

여왕 아우라의 솔직한 희망을 듣고 젠지로는 잔뜩 얼굴을 찡그리며 속에서 우러나는 신음을 토했다.

예상은 했지만 역시나, 두 사람의 희망 사항은 정면으로 대치했다. 가까스로 일치한 부분이 있다면 유리나 증류주 만들기에 관한 것뿐, 그 외에는 하나같이 젠지로가 싫어하는 일일수록 여왕이 바라는 일이다.

아우라는 여왕다운 표정을 무너뜨리지 않은 채 말을 이었다.

"하지만 내가 가장 두려워하는 건, 당신과 나 사이에 돌이킬 수 없는 균열이 생기는 거야. 그러니 당신은 너무 걱정할 필요 없어. 참을 필요도 없고. 당신의 감정이 내가 늘어놓은 희망 사항보다 우선이니까. 단, 나에 대한 불만은 이곳 '후궁'에서만 토로해 주길 바라. 왕궁에서는 나를 비난하는 언동을 자제해 줘. 그게 나에게는 가장 치명적인 흠이 되니까."

여왕의 말에 젠지로는 놀라움을 금치 못했다.

"아우라를 비난하다니, 그런 짓은 절대 하지 않아. 응? 이 나라의 남성우월주의가 그렇게나 뿌리 깊은 거야?"

아우라는 굳은 표정으로 고개를 가로저었다.

"아니, 원래 그렇게까지 문제가 되지는 않아. 아무리 남자를 치켜세우는 문화라 해도, 왕관이 의미하는 위엄과 무게를 무시하지는 못하니까. 그리고 전쟁으로 아버지, 오빠, 남동생, 숙부를 차례로 잃은 혼란의 와중에 나라를 이끌며 전쟁을 승리로 끝낸 나의 권력기반은, 내 입으로 말하긴 뭐해도, 그리 약하지 않아. 애초의 계획대로 당신이 후궁에 틀어박혀 나와 아이 만드는 일에만 열중했더라면 아무런 문제도 없었겠지. 당신이 그럭저럭 외교 업무를 수행할 수 있는 재능과 뛰어난 소통능력과 인격의 소유자라는 걸 이제 모두가 알아버렸어."

"아, 혹시 나, 너무 설친 거야?"

"아니, 당신은 너무나 잘해주고 있어. 이건 나의 완벽한 실수야. 처음엔 최소한으로 필요한 자리에만 대리를 부탁할 생각이었는데, 당신이 생각보다 유능한 사람이어서, 무의식중에 점점 더 당신에게 의존하게 됐어."

결정적인 계기는 역시 아우라의 임신이었다.

확실히 젠지로는 그전까지 필요한 최소한의 공무만을 맡았다. 하지만 아우라가 임신하고 생각보다 훨씬 몸 상태가 안 좋아지자, 천하의 아우라도 여왕의 책무를 완벽히 해내기 어려웠다.

그런 아우라의 대리를 수행할 지위에 있는 사람은 젠지로뿐이었다. 젠지로가 왕의 대리 역할을 충분히 소화해 낼 능력을 지녔다는 점이 불행이라면 불행이었달까.

출산 후에도 젠지로는 산후조리로 움직임이 자유롭지 않은 아내를 보좌했다. 그 상태에 익숙해진 여왕은 몸 상태가 회복된 후에도 남편에게 대리를 맡기는 걸 당연히 여기게 되었다.

그리고 결정타는 얼마 전에 있었던 발렌티아 군룡 습격사건이다.

실제 토벌 성공의 주역은 사비에르 가질, 라파엘로 마르케스, 그리고 웁살라 왕국의 여전사 스카디—빅토리아 크론크비스트, 이 세 명이지만, 형식상으로는 젠지로가 군룡 토벌작전의 총대장이다.

즉 젠지로는 근 1년 반 동안 왕족으로서 갖춰야 할 최소한의 자질과 더불어, 여차하면 전쟁터를 지휘할 만한 담력의 소유자라는 사실을 안팎에 검증하고 만 셈이다.

이제 젠지로는 본인이 그럴 생각만 있다면 왕궁에 자기 파벌을 만들 수 있는 권력을 갖게 되었다 해도 과언이 아니다.

아내로부터 그런 설명을 듣고, 젠지로는 자신을 향한 부담스러운 평가에 곤혹을 느끼는 한편, 자신이 처한 상황을 깨닫고 심각한 표정으로 끄덕였다.

"알겠어. 지금까지도 나름 조심하긴 했는데, 앞으로는 지금까지보다 훨씬 후궁 밖에서의 언동을 조심할게. 악의에서 비롯한 소문이란 건 본인의 의사와 상관없이 퍼지기 마련이니까."

"응, 부탁해."

여전히 아량 깊은 대답이다. 아우라는 안도의 한숨을 내쉬려다 문득 깨달았다.

(이런, 오늘은 서방님의 속내를 전부 캐물을 생각이었는데, 어느 틈에 내 요구를 들이밀고 있잖아. 정신 차려야지. 자꾸 이 사람의 관대함에 기대려는 버릇이 생겨버렸어.)

반성과 의지를 굳게 다진 후, 여왕은 새로운 마음가짐으로 다시 남편을 향해 고쳐 앉았다.

"그건 앞으로 조심해 주는 걸로 하고, 그 외에는 가능한 한 당신의 원하는 바를 반영하고 싶어. 먼저 증류주 같은 새로운 발명품 개발에 힘을 기울이는 건 당신의 바람이기도 하니까, 그 부분은 믿고 맡길게."

"응. 일단 자석을 완성하려고. 그다음에 산양이 도착하면 치즈랑 버터를 만들고 싶은데, 이건 웁살라 왕국에 이미 있다고 하니까,

내가 시행착오를 겪기보다 프레야 공주에게 제조법을 배우는 편이 빠르겠어."

"아아, 그러고 보니 당신한테 아직 전하지 않았네. 프레야 공주 일행이 발렌티아를 출발했다는 보고를 받았어. 물론 당신이 학수고대하는 산양도 같이. 며칠 있으면 수도에 도착할 거야."

"오오, 진짜 기대돼."

아우라의 말에 젠지로는 만면에 미소를 지었다. 치즈, 버터, 생크림 등의 유제품이 있으면 지금까지 재현하지 못한 과자류에 도전할 수 있다. 기호식품이 늘어난다는 건 생활이 윤택해진다는 뜻이다.

즐거운 화제로 분위기가 부드러워졌을 때, 아우라는 다음으로 어려운 문제를 꺼냈다.

"그러면 다음. 당신은 외교나 사교계에 참석하는 게 힘들다. 가능하면 하고 싶지 않다. 라고 했지?"

"응. 솔직히 말하면. 단, 왕족이 된 이상 내가 해내야 할 책무라면, 싫어도 해야 한다고는 생각해."

젠지로는 소파의 등받이에 기대 천장을 노려보며 잠시 생각한 후 그렇게 말했다.

책무. 혹은 왕족의 의무라고 해도 좋다.

"그건, 굳이 안 해도 될 일이라면 안 하는 편이, 당신은 좋다, 라는 뜻?"

여왕이 거듭 묻자 젠지로는 자신의 속내를 들여다보듯 깊이 생각에 잠겼다가 아내 고개를 저었다.

"……아니. 그렇지 않아. 좀 애매하지만, 일이 있는데도 하지 않는 건 그것대로 마음이 불편해. 일 그 자체가 없는 게 제일 좋지만, 일이 버젓이 있는데도 내가 피하고 도망치는 건 좀 아니라고 생각해."

"응? 좀 더 자세히 설명해 줘. 좀 어렵네."

여왕은 고개를 갸웃거렸다. 젠지로는 이번에도 한참 생각에 잠겼다가 자기도 고개를 갸웃하고는 대답했다.

"그러니까, 뭐라고 말하면 좋을까? 외교나 사교계 일이 싫은 건 사실이야. 하지만 왕족으로서 그 일을 해야 할 의무가 있는데도 외면하거나 모른 척하는 건, 일이 싫은 것보다 더 싫은 느낌, 이랄까."

말하자면 학생이 임시휴교로 학교에 안 가는 것과 땡땡이치고 빠지는 것의 차이이다. 매일 학교에 가는 게 귀찮아도 땡땡이치고 빼먹는 건 뒤가 켕겨 싫다. 당당하게 쉴 수 있는 임시휴교는 좋다. 하지만, 마음 불편하게 땡땡이치느니 귀찮아도 학교에 가는 편이 낫다.

적당한 성실함과 적당한 근면함. 그리고 적당한 귀차니즘. 현대 일본인에게 흔히 보이는 사고방식이다.

설명에 상당히 애를 먹었지만, 두뇌 회전이 빠른 여왕은 젠지로가 무슨 말을 하고 싶은지 대략 파악했다.

"과연. 그러니까 싫은 일이라도 그게 자신의 책무라면 등을 돌리는 건 마음이 찜찜하다. 그러느니 차라리 싫은 일을 하는 편이 마음 편하다는 얘긴가."

"응. 대략 그런 느낌이지. 아, 물론 한도는 있어. 지금은 아직 허용범위지만, 요새 내 일이 점점 늘고 있지? 이 상태로 계속 늘어나면 나도 장담은 못해."

"음, 그랬지. 미안. 조심할게."

다짐을 두는 남편에게 여왕은 순순히 사과했다.

"응, 부탁해. 아, 하지만 이번 결혼식 참석 건이나 저번 발렌티아 일처럼 긴급한 상황일 때는 사양하지 않아도 돼."

"과연."

아우라는 일단 결론을 내렸다.

(즉, 급할 땐 지금까지처럼 젠지로에게 일을 맡겨도 된다. 그러나 일상적인 업무로서 외교, 사교계 일은 가급적 줄이는 편이 좋다, 라는 얘긴가.)

외교 업무 중에는 프란체스코 왕자와 보나 왕녀, 며칠 후에 도착할 프레야 공주의 일처럼 젠지로가 나서야만 하는 상대도 있지만, 그 밖의 타국 외교관이나 국내 귀족을 상대하는 자리에 반드시 왕족이 나갈 필요는 없다. 왕족이 얼굴을 내밀면 얘기가 좀 더 순조롭게 풀리는 것뿐이다.

"이해했어. 앞으로 외교나 사교계 일은 무리가 가지 않을 정도로 줄일게."

여왕은 국서라는 카드를 최대한 활용할 수 없게 되어 조금 아쉬웠지만, 이쯤에서 한발 물러날 포인트라고 판단했다.

"그리고 이것저것 원하는 걸 얘기했는데, 내가 잘 알아들을 수 없다는 건 아마도 당신 고향에 관련된 얘기겠지? 여기서는 절대로 구할 수 없는 것들이야? 아, 돈이나 인원은 고려하지 말고, 가능한지 아닌지만 말해 줘."

금전이나 인력을 차치하라는 아우라의 말에 젠지로는 시선을 천장으로 향하고 생각했다.

"으음, 적어도 축구시합 관전은 불가능하겠지. 반대로 여기서 축구를 하는 건 사람들을 모아서 규칙을 가르치면 가능하긴 한데, 공연히 귀찮은 인간관계를 만들면서까지 하고 싶지는 않달까. 신곡을 듣는 것도 무리네. 솔직히 방법도 모르겠고. 먹을거리에 관해서는 산양을 손에 넣었으니 상당 부분 해결될 것 같아. 뭐, 떠오르는 건 산양 젖으로 만들 수 있는 과자 종류가 대부분이지만. 그리고 샴푸 대용품은 벌써 만들기 시작했어. 애초에 입욕 용품 같은 소모품은 언젠가 여기서 만들어야 한다고 생각했으니까. 만드는 방법도 컴퓨터에 저장해 왔고. 비누, 샴푸, 해초, 재와 감귤류의 즙을 섞은 린스 따위."

"흐음. 비누나 샴푸에 관해서는 나도 남의 일이 아니니까. 재료를 구하는 일이라면 나도 도울 수 있어."

여왕은 잠시 아내의 얼굴이 되어 끄덕였다.

아우라도 젠지로와 같은 비누와 샴푸를 쓴다. 젠지로와 아우라가 같은 침대를 쓰기 때문이다. 젠지로가 아무리 몸을 청결히 한다 해도 아우라가 동참해주지 않으면 의미가 없다.

그런 의미에서 아우라는 남편에게 상당한 양보를 했다고 봐야 한다.

원래 카파 왕국은 고온다습한 기후 탓에 목욕 문화가 꽤 정착한 편이지만, 아무리 왕후 귀족이라도 매일 씻지는 않는다. 대신 머리카락이나 몸의 냄새를 없애기 위해 향유를 듬뿍 사용한다. 그러나 향유의 냄새와 끈적이는 촉감을 극단적으로 싫어하는 젠지로 때문에, 아우라도 후궁에서는 향유류를 전혀 사용하지 않는다.

물론 카파 왕국의 여왕으로서 왕궁에서 공무를 볼 때는 상식에 맞게 향유를 거르지 않는다.

덕분에 아우라는 왕궁에서는 향유를 바르고 후궁에서는 그것을 씻어내는 생활을 매일, 때로는 하루에도 몇 번씩 반복하고 있다.

남편의 취향에 맞춰 자신을 바꾼다. 그런 순종적인 모습을 보면 아우라도 어쩔 수 없는 카파 왕국 여자인지 모른다.

아내의 헌신을 아는지 모르는지 젠지로는 웃는 얼굴로 끄덕이고는

"응. 부탁해. 목욕에 관해서 만큼은 도무지 적응이 안 돼서. 뭐, 요즘 같은 기온이면 간단한 샤워로도 괜찮지만, 눅눅한 우기나 두피까지 땀범벅이 되는 혹서기에는 욕탕에 들어가지 않고는 못 배기겠어."

자기가 다소 이기적이라는 자각은 있는지, 조금 겸연쩍은 얼굴로 말했다.

"으음. 우기는 그렇다 치고, 혹서기에도 냉수 샤워가 아니라 뜨거운 욕탕이 좋다는 취향은 이해하기 어렵지만, 그게 당신에게 그토록 중요한 일이라면 나도 동참할게."

여왕, 온 나라가 떠받드는 존재가 날 위해 생활 습관을 바꿔 준다.

생각해 보면 평소에 거실에 시녀를 들이지 않는 것도 순전히 젠지로의 억지 때문이다. 왕족으로 태어나고 자란 아우라는 오히려 늘 시녀가 곁에 있는 일상이 자연스럽고 당연할 터이다.

그렇지만 젠지로가 원하는 대로 사적인 공간에 시녀를 들이지

않고 방 안의 물건을 스스로 가져오거나 간단한 탈의 정도는 스스로 하고 있으니, 그 나름대로 스트레스가 쌓일 법도 하다.

"고마워, 아우라."

젠지로는 아내의 헌신적인 애정을 새삼스럽게 깨닫고 진심으로 감사를 표했다.

이쪽 세계의 상식에서 벗어난 가치관을 지닌 남자를 반려자로 맞이한 탓에 아우라도 이것저것 참고 지내는 중이다.

(늘 그 점을 명심해야겠어. 자칫 잊어버리고 나만 참고 산다는 생각을 하면 그보다 더 오만한 일은 없으니까.)

젠지로는 다시 한 번 속으로 다짐했다.

"응. 그렇게 인사를 받을 만한 일은 아니라고 생각하지만. 그리고 뭐가 있었더라?"

아우라는 별것도 아니라는 듯이 흘려버렸다. 젠지로는 웃음을 지으며 말을 이었다.

"남은 건 인터넷인데, 전에 아우라가 무리라고 했지만 마법도구 몇 개만 있으면 가능하지 않을까 생각해. 이쪽 세계에서 인터넷에 접속하는 거. '이세계 소환'은 별자리의 영향을 받지. 그렇다면 '시간역행'이나 '시간가속'으로 작은 공간을 별자리가 일치하는 시간에 맞추면, 그곳만은 '이세계 소환'이 가능한 공간이 되지 않아? 거기서 '이세계 소환'을 사용하면 저쪽과 이쪽을 희미하게나마 연결할 수 있다고 생각하는데."

젠지로는 인터넷의 무료 와이파이 존에 접속해서 컴퓨터의 인터넷 환경을 갖추고 싶었다.

그러려면 아우라가 젠지로를 소환했을 때처럼 사람 한 명이 들락거릴 만큼 공간이 클 필요는 없다. 무선 전파만 통한다면 가령 바늘구멍 크기라도 상관없다.

하지만 젠지로의 상세한 구상을 듣고도 아우라는 유감스러운 표정으로 고개를 저었다.

"아니, 전에도 말했지만 역시 그건 무리야. 일단 '시간역행'은 특정 물체에 거는 마법이지 공간에 거는 마법이 아니야. 만약 공간에 작용케 하려면 주문을 미세조정해야 하고, 필요 마법량도 달라져. 거의 새로운 주문을 하나 만들어 내는 수준이야."

"새로운 주문을 만든다니, 아우라가? 그런 것도 가능해?"

젠지로가 깜짝 놀라며 묻자 아우라는 미소로 대답했다.

"물론 궁정마법사 같은 전문가가 아니니까 기존의 마법을 개량하는 정도지만. 혈통마법은 왕가만의 비법마술이니 왕족이 개발하는 수밖에 없잖아?"

아우라는 정치나 군사 분야가 전문이라서 마법 개발에는 그다지 열의를 보이는 편이 아니다. 그러나 혈통마법을 다음 세대로 물려줘야 하는 왕족의 의무를 충분히 이해하고 있기에 최소한의 지식과 기술은 익혔다.

실제로 젠지로를 이쪽 세계로 이끈 '이세계 소환' 마법은 아우라가 손을 봤다.

원래 '이세계 소환'은 불러들일 사람의 모습을 뇌리에 선명히 떠올려야 소환할 수 있다는 한계가 있다. 그걸 '이세계에 사는 시공마법 혈통을 지닌 남자'라는 조건을 적용해 일면식도 없는 인물을 이쪽 세계로 불러들였다.

사실 마법 개발자로 유명한 선대 왕, 카를로스 2세가 거의 완성한 마법을 아우라가 마지막에 자잘하게 수정했을 뿐이지만.

그리고 아우라는 마지막 쐐기를 박았다.

"게다가 '이세계 소환'도 문제야. 그건 원래 이세계에서 특정 인물이나 물건을 순간적으로 소환하는 마법에 지나지 않아. 당신이 하고 싶은 건 이세계의 특정 부분과 계속 접속하는 거잖아? 그거랑 '이세계 소환'은 전혀 별개의 마법이야. 이름을 붙이자면 '이세계 접속'일까. 기존의 마법을 개량하는 데만도 1년 남짓의 시간이 필요한데, 하물며 완전히 새로운 마법을 개발하려면 대체 얼마나 걸릴지 알 수 없어."

"으음……"

문제점이 끝도 없이 튀어나왔다. 젠지로는 이마에 주름을 짓고 침묵에 잠겼다.

젠지로의 마법 지식은 아직 얕았지만 '시간역행' 마법을 개량하면서 '이세계 접속'이라는 새로운 마법을 개발하는 게 얼마나 큰일인지 막연하게나마 이해할 수 있었다.

공사다망한 아우라에게 부탁하기보다 젠지로가 마법 공부에 전력투구해 스스로 달성하는 편이 차라리 빠를지도 모른다.

머리로는 이해하면서도 젠지로는 여전히 미련을 버리지 못하고 아내에게 물었다.

"아~ 현실적으로 당장 실현할 수 없다는 건 알겠어. 그런데 이론적으로는 어때? 가령 '시간역행'을 공간에 적용할 수 있게 개량하고 '이세계 접속' 마법을 개발하면, 내가 말한 게 가능할까? 아니, 애초에 '시간역행' 개량과 '이세계 접속' 개발이 가능해?"

남편의 물음에 여왕은 커다란 가슴 아래로 팔짱을 끼고 잠시 생각한 후 대답했다.

"음, 나도 마법에 전문가만큼의 지식은 없어서 단언할 수 없지만, 기본적으로 마법의 개량과 개발은 가능해. 일단 '시공마법'의 범주니까. 하지만 당신이 하려는 건 솔직히 어려워. 개량한 '시간역행'으로 공간을 과거 상태 상태로 유지하며, '이세계 접속'으로 이쪽 세계와 저쪽 세계를 연결하려면, 내내 방대한 마력을 사용해야 해. '미래보상'으로 마력을 끌어다 쓰지 않는 한 그 상태를 유지하기는 힘들어."

그렇다면 '미래보상'이 이중으로 필요하다는 얘기다. 잘못하면 5분 인터넷에 접속하려고 아우라의 마력을 수개월치 써야 할지도 모른다.

"우와~ 그렇게나 마력이 필요해? 아, 잠깐, 프란체스코 왕자가 만들어 준 미래보상 마법도구로 아우라의 마력을 조금씩 모으고 있지? 그걸 사용하면……"

젠지로는 돌파구를 찾은 것처럼 기뻐했지만, 여왕은 무표정하게 고개를 저었다.

"아니, 그건 허락 못 해. 그 마력은 쓸 데가 정해져 있으니까. 당신이 가져온 물건들은 수명이 있다며? 그 물건들에 정기적으로 '시간역행'을 거는 데 쓸 거야."

아우라가 말한 젠지로의 물건들이란 다름아닌 가전제품들이다.

LED 플로어스탠드, 냉장고, 에어컨, TV, 컴퓨터 등등. 설명서에 따르면 이 제품들의 수명은 대체로 5년에서 10년. 가정용 수력발전기도 15년에서 20년이 수명이다. 게다가 일본보다 훨씬 고온다습한 기후다. 메이커의 보증기간보다 수명이 짧을 가능성이 높다.

"아아, 과연. 확실히 인터넷에 접속하는 것보다 그쪽이 중요하네. 냉장고나 에어컨의 수명을 늘릴 수 있다면 그보다 더 좋은 건 없겠지."

젠지로는 손뼉을 마주치며 알았다는 표정을 지었다. 원래는 카파 왕국의 생활에 익숙해질 때까지 보조 도구로 사용할 요량이었지만, '시간역행'이라는 반칙 마법으로 가전제품들의 수명을 늘릴 수 있다면 그보다 더 좋은 일은 없다.

특히 지금 젠지로가 열거한 두 가지――냉장고와 에어컨은 더위가 극심한 남대륙에서 최고의 귀중품이다.

여왕도 그 매력에 완전히 매료되었기에 하마터면 남편의 의견에 동의할 뻔했지만, 유혹을 뿌리치듯 고개를 가로저었다.

"음, 확실히…… 아, 아니. 그게 아니고, 가능하면 그것들도 보존하고 싶지만, 최우선 목록은 아니야. 당신이 가져온 컴퓨터, 그게 최우선이야."

예상 밖의 대답에 젠지로는 허를 찔린 것처럼 눈을 동그랗게 뜨고 고개를 갸웃했다.

"컴퓨터? 아우라는 컴퓨터를 못 다루잖아? 그런데 어째서?"

당연하지만 젠지로의 컴퓨터는 일본어 기반의 OS와 프로그램만 탑재되어 있다. 일본어도 영어도 습득하지 않은 아우라에게는 무용

지물이나 마찬가지다.

그러나 아우라는 자신만만한 표정으로 단언했다.

"그야 물론 당신한테 앞으로 매년 '납세 상황 재확인'을 부탁할 거니까. 그게 있고 없고에 따라 세수에 엄청난 차이가 발생하거든."

지금껏 젠지로는 연말마다 아우라가 건네준 각 지방의 납세보고서를 컴퓨터의 표계산 프로그램에 입력하고 재계산했다.

그 수치를 근거 삼아, 아우라는 지방영주 귀족의 탈세를 잡아내고 국세 수입을 늘리는 데 성공했다.

인격적으로 신뢰할 수 있는 인물이 마지막 세금 체크를 '혼자서 한꺼번에 정확히' 해낸다는 건 엄청난 장점이다. 덕분에 현 왕가에 서류상의 탈세가 전혀 통하지 않는다는 세간의 평판이 자자하다.

물론 서류 조작 외에도 탈세 수단은 많다. 현물을 나를 때 짐용차의 크기를 교묘히 바꿔 속이는 수법, 영내의 인구와 경작 면적을 축소해 보고하는 수법, 있지도 않은 재해를 꾸며내 면세받는 수법 등, 다양한 조작이 가능하다.

그래서 스프레드시트 프로그램의 재계산으로 잡아낼 수 있는 건 전체 탈세의 일부에 불과하지만, 그래도 서류상의 조작을 가려냄으로써 지방귀족들을 압박할 수 있다.

그 설명을 듣고 젠지로는 아우라의 의도를 이해하면서도 한 가지 의문을 떠올렸다.

"음…… 컴퓨터의 가치는 알겠는데, 국정에 나 한 사람밖에 사용할 수 없는 시스템을 적용하는 게 무섭지 않아? 아니면 아우라도 사용법을 익힐 생각이야?"

여왕은 그 질문에 대해 진지한 표정으로 고개를 저었다.

"아니. 시간이 허락하면 내가 배워도 좋지만, 우리 딸이 익힐 거야."

"'딸'? 응? 무슨 소리야?"

두말할 필요도 없이, 현재 두 사람 사이에 아이는 카를로스 젠키치 왕자뿐이다. 하물며 왕자는 아들이다.

고개를 갸웃하는 젠지로에게 아우라는 차근차근 설명했다.

"응, 실은 전부터 생각한 일인데, 컴퓨터를 사용한 왕가의 독자적인 최종 확인 시스템을 우리 대에서 끝내는 건 아깝잖아? 그렇다면 후대에 물려주면 돼. 나와 당신의 아이라면 당연히 '시공마법'을 사용할 수 있을 테니. 그리고 딸이라면 어른이 될 때까지 후궁에 머물 수 있어. 어릴 때부터 시간을 들여 가르치면 사용법을 익히는 건 어렵지 않겠지. 물론 '시공마법'도 가르칠 거야. '미래보상'과 '시간역행'을 가르쳐서 당신의 '유산'을 유지, 관리하는 데만 사용케 하면 거의 영구적으로 보전할 수 있어."

"으, 으응…… 무슨 말인지는 알겠는데……"

젠지로는 떨떠름한 표정으로 말꼬리를 흐렸다.

앞으로 태어날 딸 하나를 가전제품을 관리하고 보전하는 책임자로 키운다. 왕가 전체의 이익을 생각하면 과연, 효율적이다.

그러나 현대 일본의 일반 가정에서 나고 자란 젠지로는 그렇게 자기 딸의 역할을 태어나기도 전에 '전자제품 관리자'로 결정해 버리는 게 영 내키지 않았다.

하지만 그렇게 말하면 태어난 순간 차기 국왕으로 사실상 결정된 제1왕자 카를로스 젠키치도 마찬가지다. 왕족인 이상 어쩔 수 없는 일인지도 모른다.

"장차 모계로 왕가의 분계를 형성하고 그 가장이 대대로 역할을 하도록 할 생각도 있어. 분계 왕가에 지나치게 특수한 권한을 부여하면 주종 역전이 일어날 위험도 있지만, 같은 '왕가'라는 결속력이 있다면 그리 나쁜 선택지는 아니라고 생각하는데, 어때?"

여왕은 젠지로의 표정에서 그가 이 제안을 탐탁지 않게 여긴다는 걸 눈치채고는 그렇게 설득하듯이 설명을 덧붙였다.

"으음, 그래……"

젠지로는 습관적으로 "아우라의 판단에 맡길게."라는 말을 뱉을 뻔했지만, 오늘 이 자리는 서로 기탄없이 하고 싶은 말을 하기로 했음을 떠올렸다.

소파 위에서 무릎을 가지런히 하고 살짝 몸을 앞으로 기울인 젠지로는 긴장한 표정으로 속내를 털어놓았다.

"저기, 태어나는 순간부터 역할이 정해져서 한 가지 삶밖에 선택할 수 없다면, 과연 그 아이가 행복할 수 있을까?"

솔직히 대국의 여왕님은 젠지로의 그런 솔직한 감정을 이해하기 어려웠다.

"으응? 왕족으로 태어난다는 건 그 시점에서 삶의 방식이 정해지는 거잖아? 그 안에서 행복할 수 있을지 아닌지는 가족인 우리의 애정과 주위의 환경, 그리고 무엇보다 본인의 노력에 달린 것 아냐?"

신분제도가 존재하고 가업을 잇는 전통을 당연히 여기는 이쪽 세계의 가치관에서는 태어날 때부터 역할이 정해져 있는 상황을 결코 불행으로 여기지 않는다.

오히려 부모의 뒤를 잇지 못해 장래에 대한 보장이 없는 차남이나 삼남 입장에서는 부러운 상황이다.

머리로는 그렇게 이해하면서도 젠지로는 역시 쉽게 받아들일 수 없었다.

정해진 미래의 틀 안에서 행복을 추구한다는 이쪽 세계의 가치관과, 표면적일지언정 직업 선택의 자유를 인정하는 현대 일본의 가치관 사이에는 너무나 큰 간극이 존재한다.

젠지로는 이성적으로 납득하면서도 감정적으로 받아들여지지 않는 이 상황을 주체할 수 없어서 평소와 달리 불편한 심기를 드러내며 머리를 벅벅 긁었다.

"아아, 응. 그야 그렇지. 뭐, 그렇긴 하지만. 태어난 시점에서 모든 것이 결정된다는 게 좀 무섭네. 가전제품은 그렇다 치고, 컴퓨터는…… 어쩌면 그 아이가 지독한 기계치일지도 모르는데."

물론 현대 일본이라면 컴퓨터 익히기 정도는 문제가 아니지만, 이곳 카파 왕국에서는 사정이 전혀 다르다. 카파 왕국의 왕족으로 태어난 이상 당연히 남대륙 서방어를 모국어로 익힌다. 문자 습득도 남대륙 서방어가 먼저다.

그런 사람이 하나부터 열까지 일본어와 영어로만 표기된 컴퓨터를 능숙하게 다루려면 각고의 노력이 필요하다. 심지어 가르치는 처지인 젠지로도 컴퓨터나 소프트웨어에 관해 '전문가' 수준이라 하기는 어렵다. 훌륭한 선생이 되리라는 보장이 없다는 얘기다.

물론 어릴 때부터 젠지로가 딱 달라붙어 집중적으로 가르치면 최소한 사용법 정도는 익힐 수 있겠지만, 이 또한 장담할 수는 없다.

"으음, 차라리 컴퓨터나 가전제품들의 설명서를 만들어 둘까?"

"음, 그거 좋은데. 말로 전하면 아무래도 오랜 시간을 거칠수록 와전될 가능성이 크니까. 문서 형태로 물려줄 수 있다면 굉장히 든든할 것 같아."

젠지로의 지식을 문서로 남기는 행위는 꽤 번거롭긴 하겠지만 사실 그리 어려운 일은 아니다. 왜냐하면, 이쪽 세계에는 '언령'이라는 자동번역 시스템이 존재하기 때문이다.

젠지로가 하는 말을 아우라가 남대륙 서방어로 옮겨 쓰면 그만이다. 한꺼번에 하려고 하면 쉽지 않겠지만 매일 밤 조금씩 꾸준히 한다면 그리 큰 부담은 아니다.

"응. 나중에 어찌 될지 몰라도 설명서를 만들어 둬서 나쁠 건 없겠어. 그런데 말야."

"응? 뭔데?"

젠지로가 갑자기 눈 둘 곳을 못 찾고 애매하게 웃자, 여왕은 수상쩍다는 듯이 고개를 갸웃했다.

"그, 아까부터 우리 '딸' 얘기를 하고 있는데, 우린 아직 딸이 없잖아?"

앞으로 딸이 생길 거라는 전제로 한 대화. 즉, 그동안 자제해 온 '아이 만들기 작업'을 재개한다는 의미가 아닌가? 여왕은 온몸으로 욕망을 뿜어내는 남편에게 빙긋 웃으며 그가 기다려 마지않는 대답을 돌려주었다.

"그거 말야? 그거라면 당신이 예상하는 대로야. 카를로스도 순조롭게 자라는 중이고, 당신도 여왕 대리 역할을 웬만큼 할 수 있게 됐고. 내 컨디션도 문제없으니까, 둘째를 만들어도 좋지 않을까 해서."

"……흐으."

낮은 목소리로 대답하는 젠지로의 눈이 활처럼 가늘어지고 코밑이 한없이 늘어났다.

"눈빛이 징그러워."

천하의 아우라가 반사적으로 몸을 뒤로 뺄 만큼, 욕정이 그대로 드러난 표정이었다.

"……흐흐으."

젠지로는 양손을 얼굴 근처로 들어 올리더니 열 손가락을 불규칙적으로 구부렸다 폈다 했다.

"손짓도 징그러워."

몸의 위험을 감지했는지 아우라는 재빨리 양팔로 가슴골을 가리며 자신의 몸을 감싸 안았다. 그러나 얇은 잠옷인데다가, 아무리 양팔을 동원한다 해도 아우라의 그 풍만한 몸이 가려질 리 없다.

오히려 가슴골이 더 강조되어 선정적으로 보일 뿐이다.

"흣흣흣흣흣……"

젠지로는 욕정이 가득 담긴 눈빛과 손짓을 한 채 나즈막한 자세로 소파에서 일어나 천천히 앞으로 나아갔다.

"세상에, 그 손짓은 대체 뭐야."

소파 등받이에 딱 붙어 거리를 확보하는 아우라.

"쿄쿄쿄쿄쿄……"

젠지로는 소파와 소파 사이에 놓인 목제 테이블에 주저없이 오른발을 올리고 그대로 마주앉은 아내를 향해 슬금슬금 다가갔다.

"어이, 진정해. 욕망이 폭주하고 있잖아."

"오늘 사양하지 말고 솔직하게 원하는 바를 표현해 달라고 한 게 누구더라?"

"그런 의미가 아니야! 솔직히 말해 달라고 했지, 누가 이 자리에서 덮치라고 했냐고!"

반박하면서도 소파에서 달아나지 않는 걸 보아, 아우라도 젠지로를 받아들일 요량이다. 개인 전투능력으로 치면 두 사람은 고양이와 호랑이나 마찬가지다. 만약 아우라에게 거절할 마음이 있다면 얼마든지 그럴 수 있다.

젠지로는 슬금슬금 테이블을 넘어가서 소파에 앉은 아내를 천천히 덮쳤다.

"우히히히……"

"잠깐, 그러면 침실로 가자."

"침실은 멀어."

"멀다니, 바로 저긴데!"

"지금 나한테는 이루 말할 수 없이 멀어."

젠지로가 이렇게까지 아우라에게 반항한 적은 예전에 없었다. 그만큼 젠지로가 이 상황을 기다리고 또 기다렸다는 반증이다.

소용없다. 막는다고 멈출 상황이 아니다.

"아이 참, 당신은……"

상황을 파악한 여왕은 살짝 쓴웃음을 짓고 단념한 듯이 양팔을 벌려 덮쳐 오는 남편을 받아들였다.

"크헤헤헤……!"

"어휴, 최소한 사람 말로 하면 안 돼?"

그렇게 말하며 아우라는 가슴에 얼굴을 파묻는 남편의 뒤통수에 살짝 꿀밤을 먹였다.

[제2장] 왕국 수도의 개선 행사

개선 행사와 같이 수도에서 갑작스럽게 열리는 이벤트는 시민에게 민폐이면서 동시에 최대의 오락거리이기도 하다.

평상시에 수많은 사람과 물자가 이동하며 도시의 대동맥으로 불리는 중앙 도로가 온종일 폐쇄되기 때문에 민폐가 아닐 리 없다.

그러나 한편으로는 일종의 비일상, 말하자면 축제와 같은 하루이기 때문에 즐거움이기도 하다. 약삭빠른 상인들은 폐쇄된 중앙도로 근처에 노점을 차리고 중앙도로에 접한 집에 사는 사람들은 구경꾼들에게 2층이나 다락을 빌려주고 용돈을 번다.

며칠씩 계속되면 곤란하지만 어쩌다 한 번, 하루 정도는 기분전환이 된다.

그래서 항구도시 발렌티아에서 온 프레야 공주 일행의 개선 행렬은 그럭저럭 호의적인 분위기 속에 입성할 수 있었다.

몇 대의 용차와 완전무장한 병사들이 왕국 수도의 중앙도로를 누비며 나아갔다.

거대한 군룡의 두개골을 실은 짐용차가 선두에 있었다. 토벌하고 꽤 시간이 지났기 때문에 부패한 가죽과 고기를 발라내고 깨끗하게 광을 낸 뼈뿐이었지만, 뼈만으로도 거대한 두개골의 위용이 충분히 느껴졌다.

"굉장해! 저렇게 크다니!? 머리만 해도 내 배꼽 근처까지 오겠는걸!"

"놈을 쓰러뜨린 게 저 위에 타고 있는 금발의 여전사라며."

"저 여전사도 크네. 되도록 옆에 서고 싶지 않은걸."

"그래도 미인인데. 멋진 여자야."

모여든 관중의 시선을 사로잡은 건 역시 거대 군룡의 두개골과 그 위에 올라선 장신의 금발 여전사 빅토리아 크론크비스트, 통칭 스카디다.

남대륙에는 여전사가 지극히 드물다. 더구나 군대를 통솔하며 거대 용류를 한 발에 쏘아 넘어뜨릴 정도의 강자라니, 그것만으로도 충분히 구경거리가 된다.

게다가 스카디의 미모도 사람들의 이목을 끌 만했다.

여성으로서는 파격적인 180센티 후반의 큰 키에, 먼발치에서도 확연히 알 수 있을 정도로 단련된 몸이다. 그런데도 가슴이나 엉덩이는 여성스러운 라인을 그리고 있고, 얼굴도 눈빛이 조금 날카롭긴 해도 상당한 미인이라 할 수 있다.

무훈을 세운 이국의 미인 여전사. 사람들이 주목하지 않을 이유가 없다.

스카디도 주군인 프레야 공주로부터 '그대가 무훈을 세워줘서 협상하기 쉬워졌다'는 칭찬을 들은 후라, 의식적으로 가슴을 펴고 해수의 어금니로 만든 단창을 휘두르며 관객에게 응답했다.

그 뒤를 따르는 웁살라 왕국의 병사들도 주목의 대상이다.

"그나저나 북대륙 녀석들은 다 한 덩치 하네. 이놈도 저놈도 우리보다 머리통 하나는 크잖아?"

"아, 진짜. 북대륙은 거인국이냐?"

금색 혹은 밝은 갈색의 머리카락. 파랑, 녹색, 회색 등 알록달록한 눈동자 색. 윤곽이 뚜렷해서 이마가 튀어나와 보이는 생김새. 턱에서 입까지 덮은 수염. 그리고 압권은 작으면 180센티, 큰 사람이면 190센티를 훨씬 넘는 기골 장대한 체격.

이상하게 생긴 거인들이 희한한 모양의 갑옷과 사슬옷으로 몸을 감싸고, 검이나 단창을 겨누고 활보하고 있다. 안전하다는 걸 알면서도 저절로 한 발짝 뒤로 물러설 정도의 박력이었다.

구경꾼 중에서 젊은 사내 몇몇은 저도 모르게 자기들의 팔과 가슴팍을 쓰다듬으며 눈앞에 지나가는 거인 군단과 비교하기도 했다.

덕분에 병사들의 호위를 받으며 대열 한가운데에서 행진하는 호화로운 장식의 객용차는 시선을 피할 수 있었다.

나름대로 크고 호화로운, 주룡 네 마리가 끄는 용차였지만, 거대 군룡의 두개골이나 북대륙의 거인 병사들에 비하면 아무래도 시민들 눈에 익숙한 편이다.

그 안에 타고 있는 프레야 공주가 은발과 아이스 블루 눈동자의 미모를 군중에게 내보인다면 모를까. 그러나 애석하게도 지나친 배려 때문인지 객용차의 창문이 몹시 작았다.

프레야 공주도 창가에 앉아 길가에 모인 시민에게 손을 흔들긴 했지만, 그 모습을 눈여겨본 시민은 별로 없었다.

오히려 프레야 공주 쪽이 창문 밖으로 보이는 낯선 이국의 도시를 열심히 관찰하고 있었다.

(이 정도면 예상보다 훨씬 번화한 도시네. 큰 도로에는 차량 바퀴 홈이 파인 석조 바닥. 가옥은 대부분 목조지만 만듦새가 훌륭하고. 대로변에는 거의 2층집. 개중엔 3층 건물도 있어. 사람들의 표정도 여유롭고, 못 먹어서 비쩍 마른 사람이나 부랑아도 거의 안 보여. 전쟁이 끝난 지 얼마 지나지 않았는데 이 정도라는 건, 상당히 풍요로운 나라임이 분명해.)

프레야 공주는 다시금 확신했다. 이 나라와의 무역이 모국 움살라 왕국에 지대한 이익을 가져다줄 거라는 걸.

"가능하면 계속 젠지로 님이 창구를 맡아주시면 좋겠는데……"

프레야의 입에서 불쑥 속내가 튀어나왔지만, 떨어져 앉은 카파 왕국 시녀의 귀에까지는 닿지 않았다.

프레야 공주는 젠지로와 불과 며칠 밖에 대화를 나눠보지 않았지만, 젠지로라는 남자의 사람됨을 대체로 파악했다.

왕후 귀족 중에서는 보기 드물게 성실하고 올곧은 사람이다. 국서라는 지위에 맞는 권한이나 결정권을 지니지는 않았으나, 다소 권한이 약해도 성실하고 의리 있는 편이 협상 상대로는 바람직하다.

거칠게 표현하자면 프레야 공주는 젠지로를 '코꿰기 쉬운' 상대로 보았다.

(젠지로 폐하는 국서이자 현재 국내에 사실상 둘 뿐인 왕족 중 한 사람. 그렇다면 역시 문제는 다른 한 사람, 아우라 폐하인가. 지금까지 수집한 정보가 반만 사실이라도 꽤 어려운 상대일 것 같아.)

은발의 공주님은 미소를 짓고 새하얀 손을 흔들며 속으로 그런 생각을 했다.

프레야 공주가 이끄는 웁살라 왕국 사절단이 수도의 중앙도로에서 개선 퍼레이드를 펼치고 있을 즈음, 한 발 먼저 상경한 라파엘로 마르케스는 마르케스 백작가의 저택에서 아버지 마누엘과 오랜만에 환담을 나누고 있었다.

“오랜만이구나, 라파엘로. 잘 지냈느냐? 이번엔 아주 어려운 임무를 잘 해내주었다.”

“아닙니다, 아버님. 특별히 어려운 일은 없었습니다. 저야말로 보람 있고 제 적성에 맞는 일을 시켜주셔서 감사합니다.”

부자간의 대화라고 하기에는 다소 딱딱하게 들리지만, 마르케스 백작 부자는 고위 귀족의 가정치고는 그나마 친밀한 관계인 편이다.

아버지는 아들을 유능한 후계자로 인정하고 아들은 아버지를 사려 깊은 인생 선배로 존경한다. 가끔 의견이 충돌할 때도 있지만 다른 귀족이 보면 부러워할 정도로 사이좋은 부자다.

활짝 열린 창문 너머로 간간이 시민의 함성이 들렸다. 마누엘 마르케스 백작은 그쪽으로 시선을 향했다.

“프레야 전하 일행이 무사히 수도에 입성한 것 같구나. 여기까지 환호성이 들린다니 인기가 굉장한가 보다.”

“북대륙 병사들이 워낙 눈에 띄니까요. 게다가 선두에 선 거대

군룡의 두개골과 빅토리아 님도 좋은 구경거리죠. 거대 군룡을 퇴치한 얘기가 이곳까지 소문이 자자하니까요."

라파엘로는 도중까지 프레야 공주 일행과 발렌티아에서 수도까지의 여정을 함께했다.

"그 말은 좀 뻔뻔스럽게 들리는구나."

아마도 눈앞에 앉은 자신의 아들이 앞장서서 소문을 퍼뜨린 장본인이리라. 마르케스 백작은 쓴웃음을 지으며 확신했다.

들려오는 소문에 의하면 군룡 퇴치 작전은 명목상 젠지로가 총지휘를 맡고 사비에르 가질이 주력부대를 이끌었으며, 빅토리아 크론크비스트가 보스인 거대 군룡을 일격에 쓰러뜨렸다고 한다.

그건 마르케스 백작이 왕궁의 믿을만한 정보통에게 들은 이야기와 일치했다.

즉, 거리에 떠도는 소문이 거의 왜곡되지 않은 사실이라는 얘긴데, 이 또한 어떤 의미에선 부자연스럽다.

소문이라는 건 본래 '대체 어디서 그런 얘기가 나왔나?' 싶을 정도로 과장되고 왜곡되기 마련이다.

그런데도, 있는 그대로의 사실이 소문이 되어 나돈다는 건 누군가가 손을 썼다고 볼 수밖에 없다.

아마도 라파엘로는 이번 사건이 사실 그대로 전파됨으로써 무언가 이득을 챙겼으리라. 저간의 사정을 자세히 캐물을 필요가 있었지만, 마르케스 백작은 일단 공식적인 사안부터 언급했다.

"서류는 대충 훑어보았다만, 너한테 직접 듣고 싶구나. 프레야 전하와의 협상은 성공한 게냐?"

현 당주의 질문에 차기 당주는 입가에 웃음을 지우고 진지한 표정으로 긍정했다.

"예. 젠지로 님과 프레야 전하 사이에 카파 왕국과 웁살라 왕국의 대륙 간 무역에 대한 긍정적인 대화가 오고 갔습니다. 세부적인 사항은 이제부터 조율하기로 되어 있습니다만, 양쪽 왕가의 독자 무역이라는 점은 분명합니다."

"그런가."

라파엘로의 보고를 듣고 마르케스 백작은 빙긋 웃었다.

다른 귀족들의 간섭이 들어오기 전에 대륙 간 무역을 양 왕가의 독자 사업으로 확정했다면 일단 마르케스 백작의 의도가 성공했다고 볼 수 있다.

양국 간의 무역이 왕가의 독자 사업이 되면 앞으로 발렌티아 항구에 웁살라 왕국의 무역선이 들어와도 카파 왕가 외에는 접촉할 수 없다.

그뿐이라면 왕가의 독식을 마르케스 백작이 지원사격할 이유가 없다. 이야기는 거기서 끝나지 않는다.

북대륙 국가인 웁살라 왕국이 원하는 무역품은 주로 설탕, 향신료, 용피, 용골 등 남대륙의 특산품인데, 그것들을 모두 왕가에서 준비하는 건 불가능하다.

따라서 대륙 간 무역을 왕가가 독점한다는 건 창구가 제한된다는 의미일 뿐, 직간접적으로 귀족이 끼어들 여지는 충분하다.

마르케스 백작의 노림수는 우선권을 확보하는 것이다.

사전에 여왕과 밀담을 나눈 결과, 마르케스 가문이 이번 조약 체결에 협력하는 대신, 왕가는 마르케스 백작에게서 중간 마진을 취하지 않기로 했다. 따라서 직접무역과 큰 차이 없는 이익을 기대할 수 있다.

"잘 해주었구나. 다음은 내가 아우라 폐하와 담판을 지으마. 아우라 폐하와 프레야 전하가 대륙 간 무역에 대해 조율하는 일정에 따라가야 하니까 좀 시간이 걸리겠지만, 그리 큰 문제는 없을 게다."

"예, 아버님께 맡기겠습니다."

아들은 자신만만하게 바통을 이어받는 아버지에게 전폭적인 신뢰를 보냈다.

"음."

한편 아버지인 마르케스 백작은 표정에는 드러내지 않아도 내심 불만이 있었다. 아버지의 지시대로 움직이고 만족스러운 결과를 내는 아들임은 분명하지만, 라파엘로도 벌써 서른이다. 이제 '말 잘 듣는 아들'이 아니라 다소 미숙하더라도 '집안의 가장'으로서 처신해주지 않으면 자리를 물려주기가 불안하다.

능력이 뛰어나면서 순종적인 아들을 성품 그대로 키웠더니 대가문의 가장답지 않게 수동적인 인물이 되고 말았다.

조만간 다소 거친 방법으로라도 성격을 바꿔줘야겠다고 생각했지만, 이번 일은 왕가가 밀접하게 연관돼 있어서 자식 교육에 활용하기엔 적합하지 않다.

마르케스 백작은 아들에 대한 걱정을 머릿속 한구석에 접어 넣고, 당장 눈앞의 문제로 시선을 돌렸다.

"그러면 아까 얘기로 돌아가서 다시 한 번 확인하마. 지금 세간에 나도는 '있는 그대로의 소문'은 네 작품이렷다?"

질문이라기보다 확인에 가까운 아버지의 말에 라파엘로는 진지한 얼굴로 수긍했다.

"예. 제가 손을 써서 퍼뜨렸습니다."

"왜 그랬는지 말해 주겠니?"

거듭 묻는 마르케스 백작에게 아들은 처음부터 대답을 준비하고 있었다는 듯 망설임 없는 어조로 대답했다.

"예. 가장 큰 목적은 젠지로 님에 대한 악평을 막기 위함입니다. 그 상황에서 자연스럽게 소문이 퍼지면 젠지로 님의 무훈이 실제보다 부풀려질 가능성이 있었습니다. 그건 젠지로님의 본의에 반하니까요."

아들의 대답이 조금 예상 밖이었는지, 마르케스 백작은 고개를 갸웃하며 재차 물었다.

"음? 무슨 소리냐? 아니, 젠지로 님이 무훈이 부풀려지는 걸 바라지 않으시는 건 안다. 그분은 아우라 폐하께 충실하니까. 자신의 영향력이 비대해져서 아우라 폐하의 권력기반을 흔드는 일이 없도록 세심하게 주의를 기울이고 계시지. 그런데 너는 어째서 젠지로 님을 위해 그토록 애쓰는 게냐? 젠지로 님이 부탁하시더냐?"

"아뇨. 어디까지나 저의 독자적인 행동입니다."

아들이 단호히 잘라 말하자 마르케스 백작은 미간에 살짝 주름을 모았다.

"그건 어째서지? 너는 젠지로 님의 사람됨을 어떻게 생각하는 게냐?"

아버지의 추궁에 라파엘로는 의자에 앉은 채 등허리를 쭉 펴고 한 번 깊이 심호흡을 한 다음 대답했다.

"예. 두렵기 때문입니다. 그분은, 젠지로 님은 '괴물'입니다."

주저 없이 대답하는 라파엘로의 표정에 농담의 기색이라곤 없었다.

"무슨 소린 게냐? 자세히 설명해 보려무나."

아들은 지극히 수동적인 데다 공격성이라곤 눈곱만큼도 없는 국서를 '괴물'이라고 잘라 말했다. 머리가 비상한 마르케스 백작은 눈을 가늘게 떴다.

다른 사람이 한 말이라면 웃어넘기겠지만, 아들은 사람 보는 눈이 확실하다.

라파엘로는 잠시 생각에 잠기듯 입을 다물었다가 뗐다.

"글쎄요. 괴물은 괴물이라고밖에 표현할 도리가 없습니다만…… 물론 외모나 능력 얘기가 아닙니다. 내면이랄까요. 구체적으로 말씀드리면 그분은 뭔가 다릅니다. 본질적으로 굉장히 온후하고 이성적인데다가 공식적인 자리에서 감정을 드러내는 일이 거의 없어서 저도 뒤늦게 깨달았습니다만, 평범한 인간이라 여기고 대했다간 반드시 치명적인 잘못을 범할 것입니다."

라파엘로는 아버지 앞에서 그렇게 단언했다.

"으음…… 그래, 젠지로 님의 가치관이 약간 특수하다는 건 인정하겠는데, '괴물'이라는 부분이 좀 이해가 안 가는구나. 요컨대 젠지로 님이 푸죠르 장군이나 라라 후작만큼 강한 상대라는 게냐?"

여전히 이해하지 못하는 마르케스 백작에게 라파엘로는 테이블 위로 몸을 약간 내밀며 덧붙였다.

"아니요. 푸죠르 장군은 '괴물 못지않게 강인'하고, 라라 후작은 '괴물 못지않게 강대'하지만, 그건 강함과 거대함의 문제일 뿐입니다. 육체로 따지면 인간이면서 용류보다 힘이 세거나 일반인보다 훨씬 키가 큰 사람을 '사람이 아니다'라고 표현하는 것과 마찬가집니다. 그에 비해 젠지로 님의 내면은 말 그대로 '괴물'입니다. 얼핏 보면 인간과 똑같이 생겼지만 사실 목 위는 장식이고 발등이 급소라거나, 등에 보이지 않는 세 번째 팔이 달렸거나 하는, 그런 의미에서 진짜 '괴물'입니다."

진짜 괴물, 별종 운운하는 아들의 말에 마르케스 백작은 이번에야말로 본격적으로 고개를 갸웃했다. 아무리 생각해도 그 순해 빠진 국서가 그토록 위험한 인물이라고는 여겨지지 않았다.

"언뜻 보면 평범해 보인다, 라는 점이 가장 까다로운 부분입니다. 아버님도 젊은 시절 검을 들고 싸운 적이 있으시지요? 생각해 보십시오. 체력은 보통, 검술은 초보. 그러나 조금 전에 제가 말씀드린 신체적 특징을 지닌 상대와 대결한다면, 아버님은 얼마나 승산이 있다고 보십니까?"

도무지 황당한 비유였지만, 아들의 심각한 표정을 본 백작은 진지하게 생각한 후 대답했다.

"글쎄다…… 조금 애매하지만, 기술과 체력이 뛰어나지 않다면 큰 어려움 없이 쓰러뜨릴 수 있지 않겠냐."

라파엘로는 바로 그 대답을 기다렸다는 듯이 반문했다.

"아버님. 지금 아버님은 그 괴물이 머리는 장식이고 발등이 급소고 등에 제3의 팔을 감추고 있다는 걸 알고 있다는 전제 하에 승산이 있다고 하신 것 아닙니까?"

"응? 아아, 과연. 그런 얘기인가."

두뇌 회전이 빠른 편인 마르케스 백작은 이쯤에서 아들이 말하고자 한 뜻을 완전히 이해했다.

"과연. 확실히 그렇구나. 괴물의 특징을 알기 때문에 이길 수 있다고 생각했다. 아무것도 모른 채, 평범한 인간이라 생각하고 승부했다간 장식인 머리를 벤 순간 승리를 확신할 테지. 허나 그 순간 등에 감췄던 제3의 팔이 휘두른 흉기에 죽임을 당한다. 이런 조건이라면 나는 고사하고 푸죠르 장군이라도 당하기 십상이겠구나. 네가 두려워하는 게 바로 그것이지? 젠지로 님의 어떤 부분을 공략해야 하는지, 또 반대로 무엇을 건드려서는 안 되는지, 아무도 파악하지 못했으니까."

"예. 그렇습니다. 젠지로 님께 섣불리 접근하는 건 가령 '역린'의 위치도 모르면서 용의 전신을 함부로 쓰다듬는 것과 마찬가집니다. 젠지로 님은 확실히 온후하고 이성적인 분이지만 결코 감정이 없는 건 아닙니다."

발렌티아에서 지낸 한 달 동안, 라파엘로는 젠지로가 감정을 억누르지 못하고 행동으로 옮기는 모습을 직접 보았다.

예를 들어, 프레야 공주가 '산양'을 가져왔다고 했을 때, 젠지로는 너무나 기쁜 나머지 앞뒤도 가리지 않고 덥석 산양을 사겠다고 말했다.

비록 '환희'의 감정이었지만, 젠지로도 이성을 잃고 감정적인 언동을 보일 때가 있다는 반증이다.

만약 젠지로의 내면에 절대 양보할 수 없는 분노나 증오의 포인트가 있다면, 누군가 그걸 건드렸을 때 이성이 아닌 감정에 의해 처벌당할 가능성도 있다는 얘기다.

그러나 라파엘로는 '젠지로의 분노 혹은 증오를 자극하는 포인트'가 당최 무엇인지 알 수 없었다.

라파엘로는 사람 대하는 일에 남다른 재주가 있어서 사람의 내면과 가치관을 꿰뚫어보는 데 일가견이 있다. 상대방이 미처 표현하지 못한 감정을 읽고 적절한 대답을 해주거나 듣고 싶어 하는 말을 해주며 대화를 원만히 이끄는 것이야말로 라파엘로의 처세술이다.

단, 젠지로에게는 그의 처세술이 전혀 통하지 않았다. 물론 젠지로뿐 아니라 저마다 개성이 다른 사람들의 내면과 가치관을 완벽하게 파악하기는 어렵다.

그러나 젠지로는 그 레벨이 전혀 달랐다. 가치관을 파악할 수 있는 희미한 실마리조차 잡지 못했다.

라파엘로는 사람의 나이, 성별, 신분, 직업을 알면 대략 그 사람의 가치관이 보인다고 생각한다.

예를 들면 군에 종사하는 젊은 남자 귀족은 대개 장래성이 밝다고 추켜세우면 좋아하고, 소심하다고 지적하면 화를 낸다.

물론 개중에는 예외도 있지만, 극소수에 불과하고 대부분은 틀에서 벗어나지 않는다. 간혹 틀에서 많이 벗어난 사람을 뒷조사해 보면 신분이나 직업을 속인 케이스가 많았다.

라파엘로의 분류에 젠지로를 적용해 보면, 젊은 남성에 왕족이고 무직이다.

무직이라는 표현이 거슬린다면 직업을 '왕족' 혹은 '국서'라고 해도 좋다. 왕족이나 귀족은 신분이 곧 직업으로 이어지기도 한다.

어쨌거나, 젠지로는 라파엘로의 분류에 근거한 '젊은 왕족 남자'라는 틀에 전혀 들어맞지 않았다.

남자를 여자로 바꿔도, 젊은이를 노인으로 바꿔도, 왕족을 평민으로 바꿔도, 무직을 농민이나 군인으로 바꿔도 마찬가지다.

이세계 사람이기 때문일까. 아예 분류할 수 없는 타입이다.

"저는 이번 일을 계기로, 그분이 '여왕 폐하의 꼭두각시'라는 세간의 험담이 전혀 진실이 아님을 확신했습니다. 그분은 확고한 인격의 소유자이며, 자신의 판단에 따라 '여왕 폐하의 꼭두각시'처럼 행동할 뿐이다, 라고요. 굳이 표현하자면 '꼭두각시'가 아니라 '자동인형'이랄까요."

젠지로를 꼭두각시라고 폄하하는 귀족 중에는 아우라를 끌어내리고 젠지로를 옥좌에 앉히려는 자들도 있다. 젠지로라는 꼭두각시 인형을 손에 넣으면 자신들의 뜻대로 조종할 수 있다고 착각하는 것이다.

그러나 이번 일을 통해 라파엘로는 진실을 깨달았다. 젠지로는 결코 여왕의 꼭두각시가 아니다. 그 증거로, 제때 여왕의 지시를 받기에는 너무 멀리 떨어진 발렌티아에서 젠지로는 거의 시간차이 없이 일을 처리했다.

젠지로가 진짜 꼭두각시 인형이라면 여왕의 지시를 받을 수 없는 발렌티아에서 돌발사태가 일어났을 때 허점을 드러냈어야 했다. 그러나 현실은 그렇지 않았다. 젠지로의 행동은 왕궁에서 여왕 대리를 수행할 때와 거의 다르지 않았다.

그 점이 무엇보다 두렵다. 즉, 젠지로라는 사내는 예전부터 확고한 자유의사로 자신을 통제하며 여왕에게 가장 이득이 되는 언동을 취해왔다는 얘기다.

여왕 아우라가 최소한의 지시만 내리면 알아서 결과를 내 주는 분신과도 같은 사람. 라파엘로의 예상이 적중한다면, 여왕 아우라의 권력은 이후 더욱 공고해지리라.

라파엘로는 심각한 표정으로 말을 이었다.

"그래서 저는 그분의 인격과 내면을 좀 더 파악할 때까지는 어느 정도 거리를 두시라고 말씀드리고 싶습니다. 적대시하는 건 물론이고 자기편이라 여기는 것도 위험합니다."

상대방의 가치관을 알 수 없을 땐 공격은 물론 아부도 위험하다.

남자에게는 '기가 세다'는 말이 칭찬이지만 여자에게는 욕이다. 귀족에게는 '돈에 집착하지 않는다'는 말이 칭찬이지만 장사꾼에게는 반드시 그렇지만도 않다.

"젠지로 님은 무술 실력이 없다는 지적에도 전혀 마음 쓰는 기색이 없고, 아내인 아우라 여왕의 지시에 복종하는 걸 눈곱만큼도 서운하게 여기지 않습니다. 어떤 말로 칭찬해야 좋아할지, 또 뭘 지적하면 기분이 상하는지 모르는 이상, 섣불리 거리를 좁히지 않는 편이 상책이라 생각합니다."

라파엘로는 용무가 끝나면 영지로 돌아갈 예정이다. 아버지 마누엘 마르케스 백작은 수도에 상근한다. 다라서 앞으로는 아버지가 젠지로를 상대할 가능성이 높다. 라파엘로가 다짐에 다짐을 두는 까닭이다.

"음. 네 염려는 잘 알겠다. 옳은 말이다. 당분간은 아우라 폐하를 통해서만 왕가와 접촉하도록 하마."

산전수전 다 겪은 마르케스 백작에게도 여왕 아우라는 결코 쉽지 않은 협상 대상이다. 그러나 어느 정도는 성향을 파악하고 있다. 힘겨루기에서 밀릴 수는 있지만, 알지도 못하고 호랑이의 꼬리를 밟기보다는 낫다.

이해해준 아버지에게 아들은 안도의 한숨을 쉬어 보이고 가볍게 목례 했다.

"예, 그리하시는 게 좋습니다. 그리고 이건 제 사견입니다만, 만약 젠지로 님의 성품을 어느 정도 파악하신 다음이라면, 가능한 한 그분을 같은 편으로 만들 방법을 찾으셨으면 합니다."

아들이 드물게도 적극적인 의견을 말하는지라 마르케스 백작은 조금 눈을 크게 떴다.

"호오? 그러니까 젠지로 님에게 그럴 만한 가치가 있다는 게냐? 그 정도로 유능하신가?"

아버지의 말에 아들은 조금 난해한 표정이 되어 단어를 골라 대답했다.

"아뇨, 유능하냐고 묻는다면 그렇다고는 못합니다. 물론 무능하지 않은 건 틀림없습니다만. 제가 그분을 우리 편으로 만들자, 아니 그분의 편이 되어야 한다고 말씀드리는 건, 보통 귀족과 왕족 사이에 충돌하기 쉬운 이해관계가 그분과는 일치할 가능성이 높기 때문입니다."

"계속해 보거라."

진지한 표정으로 이야기를 재촉하는 아버지에게 아들은 순순히 설명했다.

"예. 저는 이번 일을 통해 비교적 오랜 시간 가까이에서 젠지로 님을 접할 수 있었습니다. 그 결과 더욱 그분의 사람됨을 알 수 없게 돼버렸지만, 그런 와중에도 몇 가지 그분에 대한 확신을 얻었습니다. 첫 번째로 그분은 제가 생각했던 만큼 감정 조절에 탁월하지도, 표정을 감추는 데 능숙하지도 않다는 점입니다. 그 증거로, 프레야 전하가 산양을 데려왔다고 했을 때 젠지로 님은 앞뒤도 따지지 않고 감정적으로 산양 구입을 결정했습니다. 제가 지금까지 젠지로 님이 감정 제어에 능하다고 생각한 건, 아우라 폐하의 대리로서 눈에 띄지 않게 그림자를 자처하는 이성적인 모습 때문이었습니다. 그러나 젠지로 님이 그렇게까지 완벽하게 감정을 제어할 수 있는 분이 아니라고 한다면 다른 가능성이 떠오릅니다. 요컨대 젠지로 님은 스스로의 감정을 억누르는 게 아니라, 진심으로 지금 자신의 처지에 불만이 없다는 얘깁니다."

"그래서?"

“게다가 젠지로 님은 이번에 명목상 군룡토벌대의 사령관이 될 수밖에 없었는데, 그때 아주 잠깐이지만 몹시 불편해하는 기색을 보였습니다. 종합해 봤을 때, 젠지로 님은 왕족이면서도 표면에 나서는 것보다 음지에서 일하기를 좋아하고, 남자임에도 무공에 집착하지 않는 사람이라는 겁니다. 이 추측이 사실이라면 장차 우리가 공적을 세우고 싶을 때, 일족의 명예를 떨치고 싶을 때, 협조를 구하기에 이만큼 적당한 분도 없으리라 생각합니다.”

“과연, 그렇구나. 무슨 말인지 알겠다. 확실히, 그게 사실이라면 흥미로운 얘기다.”

아들의 긴 설명을 듣고 마르케스 백작은 표정을 바꾸지 않은 채 깊이 끄덕이며 동의를 표했다.

라파엘로의 주장은 간단하다. 보통 귀족 남성이라면 누구나 원하는 입신양명과 명예를 떨칠 기회를, 누구보다 쉽게 거머쥘 수 있는 왕족이 눈곱만큼도 원하지 않는다면, 꽤 괜찮은 협상을 펼칠 수 있으리라.

애주가가 모은 귀한 술을 달라고 조르기보다, 술에는 요만큼도 관심 없는 사람이 우연히 손에 넣은 명주를 양보해 달라고 하는 편이 좋은 술을 얻어 마시기에 훨씬 수월한 이치다.

“괜찮은 생각이구나. 물론 네 사견만으로 집안의 방침을 정할 수는 없지만, 마음에 새겨 두마. 수고했다.”

“예. 그러면 아버님, 다른 용건이 없으시면 전 프레야 전하 일행의 환영파티가 끝나는 대로 영지로 돌아갈까 합니다만, 그래도 괜찮겠습니까?”

라파엘로는 자신의 뜻이 아버지에게 통했음을 확신하고 웃는 얼굴로 복귀 허가를 청했다. 현 영주와 차기 영주가 둘 다 영지를 비우는 건 그다지 바람직하지 않다. 물론 마르케스 백작가처럼 거대한 영지라면 반년 정도는 영주 없이도 웬만큼 돌아가기 마련이지만 없는 것보다야 있는 쪽이 백배 낫다.

그러므로 라파엘로의 복귀는 지극히 당연한 수순이지만, 아버지인 마르케스 백작은 예상을 깨고 고개를 옆으로 저었다.

"아니. 아무래도 네 복귀를 좀 더 미뤄야겠다. 실은 아직 아는 사람만 아는 얘기지만, 조만간 푸죠르 기젠이 결혼한다."

아직 왕궁 내에 거의 알려지지 않은 정보라서, 라파엘로는 조금 놀란 듯이 눈을 동그랗게 떴다.

"호오, 드디어 말입니까. 상대는 어느 댁 아가씨랍니까?"

"음, 가질 변경백의 장녀 루신다 양이다."

아버지의 대답에 라파엘로는 잠시 할 말을 잃고 쓴웃음을 지으며 어깨를 으쓱했다.

"그건…… 그것 참, 푸죠르 장군답다고 해야 할지요. 변함도 없이 두려움을 모르는 야심가로군요."

"그래. 득이 크지만, 실도 많은 선택이지. 적어도 아우라 폐하가 살아계신 동안에는 푸죠르 기젠에 대한 경계를 멈추지 못하게 될 게야. 뭐, 우리와는 상관없는 얘기지만. 아무튼, 그런 이유로 네가 마르케스 가문을 대표해서 그 결혼식에 참석해줘야겠다. 동행할 여성도 곧 정할 생각이다."

"아아, 과연, 그런 일이 있군요. 물론 새어머니나 밀레라를 데리고 가라는 건 아니시겠죠?"

라파엘로가 확인차 물었다. 일반적으로 성인 미혼 남성이 결혼식에 여성을 에스코트 할 때는, 이 여자와 남녀관계로 발전할 뜻이 있음을 주위에 보여주고자 할 때다.

반대로 그런 상대가 없는 남성은 친척 중 기혼 여성에게 대역을 부탁한다.

참고로 밀레라는 라파엘로의 의붓 여동생이다.

라파엘로의 질문에 마르케스 백작은 당연한 걸 묻는다는 듯이 한 번 끄덕이고는,

"아니다. 네 결혼상대다. 푸죠르 장군을 의식하는 건 아니지만, 너도 슬슬 가정을 꾸려야 할 나이가 아니냐. 일단 내가 후보를 고르겠지만, 희망 사항이 있으면 반영해 주마. 어떠냐?"

라며, 자기가 아들의 결혼을 결정하겠다고 당당히 선언했다.

한편 당사자인 라파엘로도 불만의 기색 없이 아버지의 방식을 당연한 일로 받아들였다. 이런 부분이 바로 라파엘로가 '착한 아들'이라는 반증이다.

"결혼상대 말입니까? 글쎄요, 아버님 눈에 드는 여성이라면 문제없겠지요. 굳이 희망을 말씀드리자면, 새어머니 같은 여성이 이상형이랄까요."

라파엘로는 그렇게 다섯 살 연하인 새어머니를 이상형으로 언급했다.

아들이 아버지를 향해 "내 이상형은 당신의 후처다"라고 말한 셈이다. 살짝 아슬아슬한 농담이 오고 갈 수 있을 만큼 친밀한 부

자지간이랄까. 또한, 옥타비아 부인의 여전한 미모와 인기가 설득력을 더했다.

아들에게 한 방 먹은 아버지가 입가에 가진 자의 미소를 지어 보였다.

“그건 좀 무리겠는데. 카파 왕국이 아무리 넓어도 옥타비아 만한 여자는 또 없거든.”

“예, 예. 잘 알고 있습니다. 하지만 그밖에는 정말로 이렇다 할 바람이 없습니다. 인격이나 능력에 큰 문제만 없다면, 원만한 부부 관계를 이루는 건 저와 아내 될 사람의 노력에 달렸으니까요.”

“그러냐. 그럼 내가 마음에 둔 첫 번째 후보에게 말을 넣어보마. 마사나 남작가의 차녀, 키샤 양이다.”

“마사나 남작가의 키샤 양 말씀입니까? 그 집안이라면 우리 마르케스 가문과 먼 친척뻘이기도 하고 영지도 바로 옆이지요. 가문의 격도 그럭저럭 어울리는 편이긴 하지만……”

라파엘로는 이해할 수 없다는 듯이 고개를 갸웃했다. 왜냐하면, 마사나 남작 가문의 지위가 낮지는 않아도 결코 높다고도 할 수 없기 때문이다.

영주 귀족이긴 해도 영지가 상당히 작은 약소 영주다. 권력으로 치면 영지나 작위가 없어도 요직에 앉은 궁정귀족이 더 낫다.

그렇긴 해도 엄연한 영주 귀족이라 독자적 지역 기반과 병력을 보유하고 있고, 영지가 마르케스 백작가의 영지와 인접해 있어서 인연을 맺어 손해 볼 일은 없다.

하지만 카파 왕국에서 열 손가락 안에 꼽히는 대귀족인 마르케스 백작가의 차기 당주, 라파엘로의 정실로 맞기에는 다소 격이 안 맞는 느낌이다.

파란보다는 안정, 하이 리스크 하이 리턴보다는 로우 리스크 로우 리턴을 선호하는 마르케스 백작의 신조에는 부합하지만, 아무리 그래도 리턴이 너무 적은 것 아닌가.

의아해하는 아들에게 마르케스 백작은 빙긋 웃어 보인 후 조근조근 설명했다.

"얼추 네가 상상하는 대로다. 차기 당주 부인의 친정이 지나치게 대단하면 접대나 예우가 몹시 번거로우니까. 가문의 격차는 문제없는 범위 내에서 가능성을 열어 두는 게 바람직해. 그리고 또 하나는, 마사나 남작 가문이 아니라 키샤 양 본인이 지닌 매력이다."

"아아, 그러고 보니 예전에 몇 번인가 이름을 들은 적이 있습니다. 상당한 미인이라고 사교계에서 화제가 됐었지요, 아마. 새어머니와는 다른 타입의 미녀인 듯합니다만."

"음. 옥타비아와 인기를 양분한다고까지는 못해도, 옥타비아보다 키샤 양이 좋다는 남자도 꽤 많아. 그런 여성이다. 나이가 옥타비아보다 다섯 살 어려서 사교계에서 두 사람이 함께 거론된 기간은 매우 짧았지만."

청초하고 나긋나긋하고 순종적인, 카파 왕국 남자들의 이상을 구현해 놓은 듯한 옥타비아 부인과 달리, 키샤 마사나는 육감적인 몸매와 요염한 표정이 어울리는 화려한 미녀다.

카파 왕국 전통 무용이 특기라서 최고의 댄서만 입을 수 있다는, 카파 왕국의 상징색인 '붉은색' 의상을 허락 받았다.

붉은 민족의상을 입고 격렬하게 춤을 추는 그녀의 모습을 현대인이 보면 '카르멘'을 떠올릴지도 모른다.

"어머니보다 다섯 살 아래라는 건, 올해 스무 살입니까? 키샤 양 같은 미녀가 여태 결혼하지 않았다니, 뜻밖이군요. 마사나 남작은 간당간당할 때까지 딸의 혼처를 고르고 있답니까?"

그렇다면 마사나 남작의 계획은 대성공이다. 이렇게 마르케스 백작가의 차기 당주와의 혼담을 받게 됐으니까.

그러나 마르케스 백작은 아들의 짐작을 눈치채고도 시치미를 뚝 떼고 예상 밖의 대답을 했다.

"아니, 키샤 양은 스무 살을 조금 넘겨도 결혼하는 데 아무런 문제가 없어. 왜냐하면, 키샤 양은 작년부터 후궁의 시녀로 들어가 있으니까. 후궁 시녀라면 조금 나이가 있어도 문제가 되지 않지."

"……과연, 그렇군요."

라파엘로는 훅, 숨을 내뱉고 피로를 떨치기 위해 오른손 검지손가락과 엄지손가락으로 눈 사이를 주물렀다.

"아버님은 조금 전에 제가 젠지로 님과 거리를 두라고 드린 말씀을 받아들이시지 않았습니까……?"

아들은 전에 없이 비난 섞인 말투로 아버지를 몰아세웠다. 아버지는 천연덕스럽게 어깨를 으쓱하고는,

"물론 그럴 생각이고 말고. 허나 우리 마르케스 가문은 카파 왕국의 대귀족이고, 젠지로 님은 아우라 폐하의 배우자시다. 언제까지 거리를 둘 수 있을지 미지수가 아니냐. 그렇다면 어느 정도는 이쪽에서 적극적으로 움직여서 한시라도 빨리 젠지로 님을 파악할 필

요가 있지."

하고, 꽤 그럴듯한 이유를 댔다. 그러나 마르케스 백작은 라파엘로의 결혼상대를 이 자리에서 즉흥적으로 결정할 뜻은 없었다. 애초에 마음에 두고 있던 혼처를 언급했을 뿐이다.

라파엘로도 젠지로의 사람됨에 대한 확신만 있다면 우리 편으로 만들어야 한다고 권유한 입장에서 그 이상 아버지를 비난 할 수는 없었다.

마르케스 백작은 설명을 계속했다.

"후궁에 드나드는 옥타비아가 준 정보에 의하면, 젠지로 님은 놀랄 만큼 후궁 시녀들과 사이가 좋다는구나."

"그 말씀은, 후궁 시녀 중에 '성은'을 입은 자가 있다는 얘깁니까!?"

라파엘로는 놀라서 저도 모르게 목소리를 높였다. 그러나 돌아온 대답은 그보다 훨씬 예상을 뛰어넘는 것이었다.

"아니, 그런 의미가 아니다. 남녀관계로 발전한 자는 아무도 없지만, 평상시에 거리감이 전혀 없고, 시녀들이 무척이나 편안해한다는 게야. 후궁 시녀들 사이에서 인기도 높다는구나. 물론 후궁 시녀들에게 직접 들은 얘기가 아니라 옥타비아 개인의 의견일 뿐이지만."

"남녀관계가 아닌데도 시녀와 사이가 좋다고요? 시녀에게 호의를 보이지만 손은 대지 않는다는 말인가요? ……솔직히, 저는 젠지로 님에 대한 경계심이 한층 높아지는군요. 대체 뭡니까, 그건. 그분의 인간성이나 가치관을 전혀 이해할 수 없습니다."

라파엘로는 두 손 두 발 다 들었다는 것처럼 황당한 표정으로 양 손을 들어 항복의 동작을 취했다.

"그런데 그렇다면 키샤 양이 시녀 중에서 특히 젠지로 님과 사이가 돈독하다는 얘긴가요?"

"아니, 유감스럽게도 그렇지는 않다. 단지 후궁 시녀들 중에서 키샤 양의 마사나 남작 가문이 그나마 우리 마르케스 가문과 격이 맞는다는 것뿐이지. 가문으로 따지면 레갈라도 자작도 있지만, 그 집안은 너도 알다시피 조금 특수해서 섣불리 건드리면 위험하거든. 게다가 레갈라도 자작가의 딸은 나이가 너무 어려. 키샤 양이 연령으로는 너와 가장 어울릴 게다."

"그렇군요."

아들은 턱에 손을 대고 생각에 잠겼다.

불과 얼마 전까지 사교계의 총아였던 미녀에, 현재는 후궁 시녀로 일하는 스무 살 처녀.

외모는 두말 할 필요도 없고, 후궁 시녀로 뽑혔다는 건 인격에도 큰 문제가 없다는 얘기다. 스무 살이라는 나이도 간신히 초혼 적령기를 넘지 않았고, 2년 동안 후궁 시녀로 지냈다는 점을 고려하면 전혀 문제되지 않는다.

이윽고 결론에 다다른 라파엘로는 주저 없이 결정했다.

"알겠습니다. 키샤 양을 한 번 만나보겠습니다. 예기치 않은 상황이 생기면 거절할 수도 있으니 당장 결정하지는 마시고, 일단 결혼을 전제로 일을 진행해 주십시오."

"알겠다. 네가 승낙하는 대로 약혼 발표를 할 수 있도록 준비해 두마. 가능하면 푸죠르 장군의 결혼식에 네 약혼자로서 데려갔으면 하니까."

역시 기대를 저버리지 않는 아들에게 마르케스 백작은 만족스럽게 끄덕여 보였다.

개선 퍼레이드를 무사히 마치고 왕궁에 들어간 프레야 일행이 알현의 방에서 형식적인 입국 의식을 치르고 난 사흘 후의 밤.

발렌티아에서 수도까지 긴 여행의 여독이 풀렸을 즈음, 왕궁에서는 프레야 일행을 대접하는 환영파티가 열렸다.

번쩍번쩍 빛나는 샹들리에들과 높이 솟은 수많은 촛대가 비추는 대형 홀에, 화려하게 차려입은 남녀가 모여 담소를 나누고 있다.

활동기인 요즘은 낮에도 덥다기보다 포근한 정도의 기온이고, 밤엔 서늘해서 움직이기 수월하다.

그래서 참석한 사람들의 의상도 혹서기 때와는 다르다. 현대 일본에서도 가을은 패션의 계절이라고들 한다. 웬만큼 껴입어도 덥지 않고 얇게 입어도 춥지 않은 기온이라서, 그만큼 패션의 폭이 자유롭고 다양하다.

옷차림에 잔뜩 힘을 준 신사 숙녀 중에서도 역시 가장 눈에 띄는 건 주빈인 프레야 공주와 그 옆에 선 여전사 빅토리아 크론크비스트, 일명 스카디였다.

발렌티아에서는 '황금나뭇잎호'의 선장임을 강조하기 위해 주로 남장 차림이었던 프레야 공주도, 오늘만큼은 왕녀로서 정장을 차려 입었다.

웁살라 왕국에서 가져온 옅은 하늘색 드레스는 단순한 만듦새에 레이스 같은 장식은 거의 없었지만, 자세히 보면 웁살라 왕국에서 왕족에게만 허용된 청강옥(블루 사파이어)이 꼼꼼히 장식되어 있어, 충분히 사람들의 이목을 끌 만큼 아름다웠다.

그리고 그 드레스로 몸을 감싼 프레야 공주는 푸른빛이 도는 짧은 은발과 아이스 블루 눈동자를 지닌 신비한 미모의 미소녀다.

남대륙 사람의 눈에는 비현실적으로만 보이는 하얀 피부와 함께, 그 모습은 마치 이 세상 사람 같지 않을 만큼 아름다웠다.

남녀를 불문하고 모두가 홀린 듯이 그녀를 바라보며 수근거렸지만, 프레야 공주는 미소를 무너뜨리지 않았다. 왕족으로 태어나서 자란 그녀는 이런 종류의 관심에 익숙했다.

샹들리에의 조명을 받아 붉은 양탄자에 그림자를 드리우면서 프레야 공주는 모국의 예법에 따른 걸음걸이로 홀을 가로질렀다.

카파 왕국에서는 이런 자리에서 신분이 낮은 자가 높은 자에게 말을 건네면 매너에 어긋난다.

프레야 공주는 그 예법에 대해 이미 알고 있었기 때문에 자신이 먼저 말을 걸어 분위기를 띄워 보고자 했지만, 그러기도 전에 프레야 공주에게 먼저 다가오는 사람이 있었다.

"이야아, 처음 뵙겠습니다, 북국의 공주님. 인사를 드리고 싶은데 허락해 주시겠습니까?"

그렇게, 호들갑스러운 말투와 긴장감 없는 태도로 말을 건네 온 사람은 짙은 자색 턱시도 비슷한 옷을 자연스럽게 걸친 금발 벽안의 청년이었다.

그의 뒤에는 옅은 자색 드레스를 입은 밤색머리 소녀의 모습이 보였다.

"네. 물론입니다. 성함을 말씀해주시겠어요?"

웃는 얼굴로 그렇게 응대했지만, 사실 프레야 공주는 눈앞의 청년과 소녀의 이름을 이미 짐작하고 있었다.

"감사합니다. 저는 샤로와·지르벨 쌍왕국 중 샤로와 왕가의 제1왕자 주세페의 장남, 프란체스코라고 합니다."

"같은 샤로와 왕가의 일원인 보나입니다."

프란체스코 왕자와 보나 왕녀. 남대륙 중부를 호령하는 대국 샤로와·지르벨 쌍왕국의 왕자와 왕녀다. 프레야 공주도 북대륙의 모국을 대표하는 마음가짐으로 등허리를 꼿꼿이 펴고 부드러운 미소를 지으며 자기소개를 했다.

"감사합니다. 저는 웁살라 왕국 국왕 구스타프 5세의 장녀, 프레야입니다. 이쪽은 제 심복인 빅토리아 크론크비스트, 스카디입니다."

"……"

왕족끼리 자기소개를 하는 장면에서 프레야 공주의 뒤에 서 있던 장신의 여전사는 말없이 머리만 숙여 예를 표했다.

참고로 스카디도 오늘만큼은 무장하지 않았다. 갑옷은 벗고 푸른 옷감을 은실로 장식한 군복 차림이다. 하의는 스커트 비슷한 여

성적인 옷을 입었지만 자세히 보면 길이가 무릎 정도로 짧고 옆선에 깊은 트임이 있으며, 안에는 스커트와 같은 소재의 반바지를 입었다.

이런 복장이라면 여차 할 때 자유로운 움직임을 취할 수 있다. 그러면서도 충분히 여성적인 분위기를 낸다. 어쩌면 웁살라 왕국의 여전사용 정장인지도 모른다.

"이야, 덩치도 크고 든든한 호위로군요. 잘 부탁해요."

어쨌거나 이 자리에서는 프레야 공주의 호위 역할에 충실하기로 한 스카디의 뜻이 통했는지, 프란체스코 왕자도 배실배실 웃으며 그렇게 한 마디 건넸을 뿐, 곧 시선을 프레야 공주에게 돌렸다.

"그러면 프레야 전하라고 불러도 되겠지요? 그나저나 북대륙 사람을 만나는 건 처음이라, 창피하지만 굉장히 흥분했답니다. 괜찮으시면 북대륙 문화에 대해 이것저것 가르쳐 주시지 않겠어요?"

처음 만난 사람에게 격의 없이 굴어도 상대방을 기분 나쁘게 하지 않는 프란체스코의 희한한 능력. 이건 아마 두 왕가의 혈통마법을 구사하는 능력보다 더 반칙적인지도 모른다.

한 발짝 뒤에 물러나 있는 보나 왕녀는 형식적인 미소 아래로 긴장감과 불편한 기색을 내비쳤다. 그러나 프레야 공주는 스스럼없는 이국 왕자의 태도에 기분 상한 기색도 없이 미소로 답했다.

"네, 시간이 있으면 꼭이요. 무지함을 드러내는 것 같아 부끄럽습니다만, 저는 남대륙에 오기 전까지 샤로와·지르벨 쌍왕국의 명성을 미처 듣지 못했습니다. 귀국에 대해서도 가르쳐주시면 감사하겠습니다."

“네, 물론이지요. 북대륙 분이 쌍왕국을 모르시는 건 지극히 당연해요. 쌍왕국은 남대륙 중부에 있어서 해안지방이 없거든요. 북대륙과 요만큼도 교류가 없지요.”

“그렇군요. 그런 귀중한 정보를……. 감사합니다. 그런데 프렌체스코 전하도 보나 전하도, 외모만으로는 카파 왕국 분들보다 훨씬 저희 쪽에 가까워 보이는데요?”

프레야 공주가 의아하게 여길 만도 하다. 남대륙 사람은 정도의 차이는 있어도 피부색이 진하다. 반면 프란체스코 왕자와 보나 왕녀는 말 그대로 백인의 혈통이다.

모르는 사람에게 프란체스코 왕자와 보나 왕녀를 프레야 공주 및 스카디와 같은 지역 출신이라고 소개해도 믿을 정도로 비슷한 외모다.

프레야 공주의 지적에 프란체스코 왕자는 배실배실 웃으며,

“아아, 그건 우리 선조가 북대륙에서 건너온 이주민이라서 그럴 거예요. 나름대로 남대륙 사람 피도 섞여 있어서 왕족이나 귀족 중에 이쪽 지방 생김새인 분들도 있지만, 대부분은 저나 보나처럼 생겼지요.”

그렇게 저간의 사정을 밝혔다.

“과연, 그랬군요.”

프레야 공주는 이제야 알겠다는 듯이 끄덕였지만, 속으로는 지금 들은 말의 이상한 점에 대해 생각했다.

몇 세대를 걸치고서도 현지인과 구별되는 외모를 유지한다는 건 그리 이상한 얘기가 아니다. ‘이주민’이 한두 사람은 아니었을 테니

까. 아마도 혈통마법을 지키기 위해 현지인과의 혼혈을 제한했으리라.

혈통마법을 지키는 과정에서 의도치 않게 백인의 인종적 특성을 유지하게 된 것이다.

의문은 이민국가인 쌍왕국이 해안부 없는 완벽한 내륙국가라는 점이다.

북대륙에서 남대륙으로 이주하는 방법은 당연히 바닷길밖에 없다. 몇백 년 전의 이야기라서 정확하지는 않지만, 쌍왕국의 선조가 남대륙에 도착했을 때 바다에서 상륙했을 터이다.

하지만 현재 쌍왕국은 남대륙 중부의 내륙국가다. 물론 긴 세월에 걸쳐 영토의 확대와 축소를 거듭하는 와중에 언제부턴가 내륙국가가 되었을 가능성도 있다.

그러나 현재 쌍왕국이 남대륙 중부의 패권을 장악한 대국이라는 점 또한 부자연스럽다. 보통 인간이라는 생물은 부당하게 빼앗은 건 잊어버려도 빼앗긴 건 잊지 못한다.

만약 어딘가의 해안선이 쌍왕국의 원래 영토였다면 '영토 쟁탈'을 주창하는 사람이 나타나도 이상하지 않다.

문득 한 가지 가능성을 떠올린 프레야 공주는 완벽하게 꾸며낸 한 미소를 앞세워 천진난만하게 물었다.

"그러면 쌍왕국의 또 다른 왕가, 지르벨 법왕가 쪽도 전하들과 같은 용모인가요?"

"네, 그래요. 물론 얼굴 생김새나 체격에서 양쪽 왕가에 조금씩 다른 특징이 있지만요, 북대륙 쪽 외모라는 점에서는 크게 다르지 않죠."

프란체스코 왕자의 무사태평한 대답에 프레야 공주의 마음속에는 의문이 더욱 커다랗게 번졌다.

(혈통마법을 지닌 두 왕가가 동시에 남대륙으로 이주했다고? 게다가 그 후에 두 왕가가 다른 길로 가지 않고 힘을 합쳐 하나의 왕국을 세웠다? 대단히 부자연스러워.)

혈통마법을 가진 왕가는 대개 독립 독존하려는 풍토가 강하다. 물론 프레야 공주도 과거에 북대륙에 존재했던 나라를 모두 알지는 못했지만, 도무지 샤로와 왕가, 지르벨 법왕가의 북대륙 시절에 상당하는 나라를 떠올릴 수 없었다.

부여마법과 치유마법. 이토록 유용한 혈통마법을 지닌 왕가라면, 비록 완전히 멸망했다 하더라도 전해지는 이야기 하나 정도는 있을 터이다.

(물론 혈통마법만으로 국력이 정해지는 건 아니니까, 역사에 이름을 남기지 못하고 사라진 왕가가 있다 해도 이상하지는 않지만…… 그리고 그 왕가의 후손이 간신히 살아남아 남대륙으로 흘러들어왔을 가능성도 있지만……)

의문이 끊이지 않았지만, 이 자리에서 더 추궁할 일은 아니다. 그렇게 판단한 프레야 공주는 생각을 멈추고 화제를 가벼운 쪽으로 돌렸다.

"남대륙에는 용류가 많아서 부럽습니다. 용차에도 처음 타봤는데, 부끄럽지만 흥분을 억누를 수 없었답니다."

프란체스코 왕자도 이런 이야기가 흥미진진한지, 기다렸다는 듯이 대화에 동참했다.

"네, 북대륙은 용류가 적다지요? 같은 주룡이라도 이 부근의 주룡과 쌍왕국의 주룡은 꽤 다르답니다. 이 부근의 주룡은 주로 녹색에 습기에 강한 종류지만, 쌍왕국의 주룡은 누런색에 건조함에 강하지요."

"그렇습니까. 같은 남대륙인데도 꽤 다르군요."

"네, 남대륙에서도 서부와 중부는 문화권이 다르니까요. 건축양식도 상당히 달라서 거리 풍경도 전혀 닮지 않았어요."

"과연, 매우 흥미롭네요."

그렇게 프레야 공주와 프란체스코 왕자는 서로 자기 나라의 문화에 관해 이야기를 나눴다.

그러기를 잠시.

"아우라 폐하, 젠지로 님, 입장하십니다!"

카파 왕국 여왕 부처의 입장을 알리는 목소리가 대형 홀에 울려 퍼졌다.

"프란체스코 전하, 보나 전하. 저는 아우라 폐하와 젠지로 폐하에게 인사를 올리러 가야해서, 이만 실례하겠습니다."

프레야 공주는 아우라와 젠지로의 입장 소식을 듣고 쌍왕국의 왕자와 왕녀에게 양해를 구하고는 그 자리를 뜨려고 했다.

"아아, 그러시면 저희도 함께 가겠습니다. 두 분 폐하께 인사를 올려야 하는 건 저희도 마찬가지니까요."

"예, 프레야 전하. 괜찮으시다면 저희의 동행을 허락해 주십시오."

왕자와 왕녀의 동행 요청을 프레야 공주도 딱히 거절할 이유가 없었다. 모두 호스트인 여왕 부처에게 인사를 드려야 하는 처지에 있었기 때문이다.

"알겠습니다. 그럼 같이 가시지요."

프레야 공주는 미소로 두 사람의 동행을 허락했다.

"아우라 폐하, 젠지로 폐하. 오늘은 저를 위해 이처럼 훌륭한 자리를 마련해 주셔서 감사합니다. 웁살라 왕국 사절단을 대표해 프레야 웁살라가 마음 깊이 감사 인사 올립니다."

프레야 웁살라는 기분 좋게 울려 퍼지는 아름다운 발음으로 인사말을 전한 다음, 스커트 자락을 살짝 들어 올리고 고개를 숙였다.

북대륙 공주님의 인사를 받은 남대륙의 여왕은 풍만한 가슴을 자랑하듯 당당히 펴고 기품 있게 끄덕였다.

"모습을 보아하니 여독도 많이 풀린 것 같소. 오늘 밤 이 자리는 프레야 전하를 위해 마련한 환영의 장이오. 부디 편안히 마음껏 즐기시게."

"프레야 전하, 이 파티는 격의 없는 자리입니다. 어깨에 힘을 빼고 즐기시면 좋겠습니다."

"예, 감사합니다."

아우라와 젠지로의 대답에 프레야 공주는 남대륙의 예법과는 확연히 다른 동작으로 한 번 절했다. 비록 생소했지만 누구나가 그 동작에서 상당히 세련된 느낌을 받았다.

젠지로도 1년 반 동안 왕족으로서의 행동거지를 그럭저럭 갖출 수 있게 됐지만, 당연히 날 때부터 아우라에 비하면 발끝에도 못 미쳤다.

그래서 이런 자리에서는 웬만하면 여왕 아우라에게 주도권을 맡기고 한 발짝 물러나 있으려 한다. 오늘도 그냥 뒤에서 몸을 사리고 있고 싶었지만, 여기는 남성우위 풍조가 강한 카파 왕국이다. 아무리 여왕과 국서라 해도 남자가 여자 뒤에만 있으면 안 좋은 소리가 나오기 마련이다.

"전하는 우리나라에 오신지 벌써 한 달이 되셨소만 이곳은 또 생소하실게요. 전하가 지금까지 계셨던 항구도시 발렌티아와 이곳은 당연히 음식문화도 아주 다르오. 고향 음식과 전혀 달라서 입에 맞지 않을 수도 있겠소만 부디 많이 드시오."

"예, 벌써 먹어봤습니다, 아우라 폐하. 이 나라의 요리는 꽤 자극적이네요."

"흐음? 안타깝게도 나는 북대륙 요리를 먹어본 적이 없어서 잘 모르겠는데, 역시 그렇게 다른가?"

"예, 그야 물론입니다, 폐하. 북대륙에서는 용류 가축이 없으니까요. 고기 종류는 산양이나 소, 돼지가 있고, 웁살라 왕국에서는 특별히 순록도 먹습니다. 채소류는 뜻밖에 많이 비슷한데 결정적으로 양념이 다르네요. 북대륙에는 향신료나 설탕을 이렇게 듬뿍 사용한 요리가 별로 없답니다."

여왕 아우라와 프레야 공주는 음식 이야기로 가볍게 꽃을 피웠다. 음식이나 옷에 관한 화제는 비교적 상대의 기분에 거슬릴 위험이 적어서 대화의 물꼬를 트는 데 적당하다.

이런 상태라면 한동안 아우라에게 프레야 공주의 상대를 맡겨 두어도 문제없으리라.

그렇게 생각한 젠지로가 문득 시선을 옆으로 돌리자, 마치 타이밍을 재고 있었던 것처럼 자색 의상을 차려입은 금발의 사내가 친근한 미소를 지으며 말을 건네왔다.

"여어, 오랜만입니다, 젠지로 폐하. 오늘 파티가 굉장히 즐겁군요."

금발의 사내——프란체스코 왕자는 그렇게 말하며 증류주 베이스의 칵테일이 든 잔을 기울였다.

"오랜만에 뵙습니다, 젠지로 폐하. 오늘은 초대해 주셔서 감사합니다."

프란체스코 왕자의 감시역인 보나 왕녀도 왕자의 등 뒤에서 나와 모습을 드러냈다.

그녀도 평소처럼 밤색 곱슬머리에 은가루를 뿌린 특이한 헤어스타일에 연한 자색의 심플한 드레스를 차려입었다. 아주 잘 어울렸고 파티장 분위기에도 무리 없이 녹아들어 있었지만, 젠지로가 기억하는 한 그녀의 머리 모양과 의상은 매번 같은 스타일이다. 물론 매번 다른 드레스지만 심플한 연한 자색 원피스류에서 크게 벗어나지 않았다.

보나 왕녀는 패션에 기울이는 노력을 최소한으로 억제하고 싶어 했다. 젠지로는 그녀의 속내를 왠지 이해할 수 있었다.

어쨌든 쌍왕국의 왕자와 왕녀가 직접 인사를 하는데 가만히 있을 수는 없었다.

"프란체스코 전하, 보나 전하. 두 분 모두 마음껏 즐기십시오."

주빈인 프레야 공주의 응대는 아우라에게 맡겨두고 젠지로는 일단 프란체스코 왕자와 보나 왕녀에게 향했다.

신분도 비슷하고 어느 정도 친분도 있는 프란체스코 왕자와 보나 왕녀는 젠지로에게 비교적 스트레스 없는 상대다.

젠지로는 편안한 모습으로 두 사람을 상대했다.

"그런데 제 착각이 아니라면 오늘 프란체스코 전하의 의상은 처음 보는군요."

"역시 젠지로 폐하, 눈이 높으십니다. 이건 제가 이곳의 장인에게 부탁해 만든 최신형 셔츠거든요."

그렇게 말하며 프란체스코 왕자가 자랑스럽게 가리킨 건, 겉에 입은 자색 턱시도가 아니라 그 아래에 입은 흰 셔츠였다.

턱시도의 옷깃 사이로 살짝 보이는 그 옷이 신상품임을 간파했으니, 확실히 젠지로의 보는 눈이 예리하달 수도 있다.

그러나 젠지로가 그걸 눈치챈 건, 셔츠에 '구멍 네 개 뚫린 단추'가 달려있었기 때문이지, 특별히 패션에 조예가 있어서가 아니다.

북대륙은 어떤지 몰라도 남대륙에서는 '구멍 네 개 단추'가 일반적이지 않다. 젠지로가 가져온 단추를 후궁 출입 상인이 점찍어 놨다가, 복제 허가를 받고 만들어내기 시작한 지 얼마 되지 않았다. 그래서 구멍 네 개 단추가 달린 셔츠라면 신상품일 확률이 높다.

간소한 목제 단추를 제외하고, 단추라는 물건은 대체로 고가의 장식품에 속한다. 때문에 왕후귀족이 입는 의상에는 장식 용도의 화려한 단추를 다는 게 보통이다.

"이건 재미있네요. 납작하게 생겨서 안에 입어도 배기지 않고, 구멍 네 개에 실을 꿰어서 굉장히 튼튼하게 붙어 있지요. 알고 보면 무척 간단한 발상이긴 해도 감탄할 만합니다."

프란체스코 왕자의 말에 이어서, 평소에는 거의 앞으로 나서지 않는 보나 왕녀도 살짝 흥분한 기색으로 대화에 끼어들었다.

"그 단추는 용뼈를 갈아서 만들었나요? 과연, 간단한 디자인이지만 공들여 얇게 갈고, 이렇게 조밀하게 네 개의 구멍을 뚫으면서 깨뜨리지 않고 세공하는 건 결코 쉬운 일이 아닐 텐데요. 구멍까지 제대로 세공하지 않으면 실을 꿰었을 때 끊기지 않을 거고요."

보나 왕녀는 의상 그 자체보다, 단추를 세공하는 기술에 지대한 관심을 보였다.

(생각해 보면 참 불가사의해. 보석 장신구를 좋아하면서 자신을 꾸미는 데는 흥미가 없다니. 관심의 범위가 극단적으로 좁은 건가? 프란체스코 왕자는 반대로 지나치게 넓고.)

그런 생각을 하면서 젠지로는 왕자와 왕녀에게 대답했다.

"네. 디자인은 간단하지만 만드는 과정에는 오히려 일반적인 장식 단추보다 많은 기술이 필요하다고 하는군요. 하지만 프란체스코 전하와 보나 왕녀께는 그리 어려운 일이 아니지 않나요?"

"아아, 그렇죠. 은이나 동 같은 금속으로 만들어도 재미있겠어요. 금방 녹이 슬어서 손이 많이 가겠지만요. 오히려 손이 많이 가는 물건에 애착이 가기 마련이니까요."

"저는 요전에 젠지로 님이 주신 '산호'로 만들어 볼까요? 붉은색 산호를 꽃 모양으로 갈아서 가운데 네 개의 구멍을 뚫으면 실용적인 장식이 될 것 같아요."

새로운 거라면 뭐든 흥미를 보이는 프란체스코 왕자와 보석 장신구 얘기만 나오면 눈빛이 달라지는 보나 왕녀.

두 사람의 대화가 무르익는 건 보기 좋았지만, 산호라는 단어가 나오자 제지로는 속으로 죄책감에 시달렸다.

(미안. 그거, 사실 내가 고른 선물이 아니라 시녀 이네스가 사 온……)

발렌티아에서 예상치 못한 해프닝에 휘말려 황급히 귀환했기 때문에 두 사람에게 줄 선물을 직접 사올 수 없었다.

나중에 발렌티아에 남아 있던 이네스에게 '소비룡 우편'을 날려 대신 산호와 진주를 사오라고 부탁했다. 프란체스코 왕자와 보나 왕녀는 매우 기뻐해 주었지만, 젠지로는 조금 마음이 아팠다.

하지만 속사정을 말할 수는 없기에 시치미를 떼고 맞장구를 쳤다.

"아아, 그거 좋겠군요. 괜찮으시면 산호 외에도 여러 가지 시도해 봐 주시면 좋겠습니다. 문외한의 생각입니다만, 호박이나 비취로도 비슷한 작품을 만들 수 있지 않을까요?"

"좋네요! 멋져요. 아, 하지만 모처럼 예쁜 보석을 쓸 거라면, 이런 평범한 단추보다는 좀 더 알이 큰 장식 단추가 좋을지도 모르겠네요. 아니, 오히려 좋은 보석으로 대담하게 수수한 단추를 만드는 편이 세련돼 보일지도……"

평상시에는 말 없고 얌전한 보나 왕녀도 장신구 얘기만 나오면 적극적이 된다. 가끔 도를 지나쳐 폭주하긴 하지만.

젠지로는 슬슬 위험하다고 판단하고 단추 이야기를 도중에 끊었다. 그리고 애써 화제를 돌렸다.

"그러고 보니 두 분은 프레야 전하와 같이 이쪽으로 오시던데요, 벌써 인사를 나누셨습니까?"

"네, 두 분 폐하가 오시기 전까지 프레야 전하와 담소를 나누고 있었지요."

"인사를 나눈 다음에 대화 상대가 되어 주셨어요."

두 사람의 대답이 들렸으리라. 마침 여왕 아우라와의 대화가 끊겼는지 프레야 공주는 방긋 웃으며 이쪽의 대화에 끼어들었다.

"네, 두 분 전하와 친분을 쌓고 있었습니다. 쌍왕국 얘기는 카파 왕국 이야기와는 또 달라서 대단히 흥미로웠답니다."

"아뇨, 저야말로 프레야 전하가 해주시는 북대륙 얘기가 어찌나 흥미롭던지요. 시간이 허락한다면 꼭 다음 기회에 찾아뵙고 천천히 이야기를 듣고 싶을 정도입니다."

"어머, 물론 대환영입니다, 프란체스코 전하."

프란체스코 왕자는 몰라도, 프레야 공주의 '흥미롭다'는 말은 순수한 지적 호기심만이 아니었지만, 이 자리에서 그걸 지적하는 자는 없었다.

프란체스코 왕자는 아이처럼 천진난만한 미소를 지으며 말을 이었다.

"고맙습니다, 프레야 전하. 아, 맞다. 그때는 젠지로 님도 꼭 함께 해주시면 기쁠 거예요. 프레야 전하도 알고 계신가요? 젠지로 폐하는 굉장히 박학다식하시답니다. 스카디 님이 손에 들고 있는 은잔의 내용물, 그걸 만든 것도 젠지로 폐하시거든요."

그렇지요? 젠지로 폐하? 라며 왕자는 왠지 자랑스럽게 떠벌였다. 젠지로는 속으로 아차 싶었지만, 사실 증류주 얘기는 특별히 기밀 사항도 아니다.

"네, 뭐, 확실히 제가 그걸 만들 긴 했습니다만, 박학다식이라는 말은 너무 추켜세우신 겁니다."

젠지로는 겸손한 태도로 슬쩍 흘려보내려 했지만, 눈치 빠른 프레야 공주는 흘러가게 내버려두지 않았다.

"어머, 그러셨군요. 젠지로 님이 '증류주'를 만드셨다니."

짐짓 과장되게 경탄하는 프레야 공주 뒤에서, 스카디가 정말로 놀랐는지 눈을 동그랗게 뜨고 손에 든 은잔을 뚫어져라 쳐다보았다.

도움이 필요한 순간이라 여긴 아우라가 지극히 자연스럽게 끼어들었다.

"아하, 상황을 보아하니 북대륙에는 이미 '증류주'가 있나보오?"

여왕의 물음에 청은색 머리카락의 왕녀는 시원스럽게 대답했다.

"예. 북대륙에도 증류주는 있습니다. 다만 비교적 최근에 개발돼서 일반적이지는 않습니다."

표정에는 전혀 드러나지 않았지만, 프레야 공주가 내심 젠지로에 대한 경계심과 관심도를 한층 끌어올렸음을, 아우라는 간파했다.

북대륙 사람들은 기술 면에서 남대륙에 앞서 있다고 자부한다. 비록 기호품에 불과한 술 종류일지라도, 북대륙에서 막 선보인 신기술을 남대륙에서 이미 실현했다고 하면, 그 인물에 대한 평가와 경계심이 높아지는 건 당연지사다.

"과연. 그렇다면 기탄없는 의견을 듣고 싶소만. 지금은 아직 소량만 생산하고 있지만, 앞으로 국가의 기간산업으로 확대할 생각이오."

아우라가 표정도 바꾸지 않고 조언을 구했지만, 프레야 공주는 유감스럽다는 듯이 어깨를 으쓱했다.

"죄송합니다. 증류주는 너무 세서 저는 거의 마셔본 적이 없습니다. 오히려 저보다 스카디가 말씀드리는 편이 낫겠습니다. 그렇지, 스카디?"

호위 여전사는 갑자기 바통이 날아오자 순간 놀라서 몸을 움찔했다. 그러나 이런 자리에서 신분이 높은 상대에게 의견을 말하는데 익숙한 듯, 긴장한 기색도 없이 담담한 말투로 생각을 전했다.

"글쎄요. 조금 전에 마신 증류주는 갓 증류한 신선한 주정에 과즙으로 맛을 낸 것이었습니다. 물론 이것도 증류주를 마시는 방법의 하나겠지만, 제가 알고 있는 북대륙의 증류주는 나무통에 담아 몇 년 묵힌 술이었습니다. 그렇게 함으로써 색과 향이 깊어지고 풍미가 진해진다고 들었습니다."

"아아, 숙성시켰군요."

스카디의 조언에 젠지로는 저도 모르게 목소리를 높였다.

아무래도 북대륙에는 위스키나 브랜디와 같이 오랜 시간 증류주를 숙성시키는 기술이 확립된 모양이다.

"뭐야, 알고 있었나? 젠지로."

아우라가 맥빠진 목소리로 묻자 젠지로는 조금 당황하며 변명했다.

"아니, 폐하. 내가 알고 있는 건 그런 방법이 있다는 사실뿐입니다. 실현할 정도의 지식은 없습니다."

증류한 술을 나무통에 담아 묵힌다는 건 알지만, 그 이상 상세한 방법은 모른다. 어떤 나무로 통을 만들어야 하는지. 어디선가 위스키 통은 내부를 그을린다고 들은 적이 있는데, 어느 정도로 그을리는지. 또 어떤 점을 주의해야 하는지.

수많은 시행착오를 거쳐야 완성할 수 있을 터이다. 하지만 숙성에는 몇 년이라는 시간이 걸린다. 시행착오를 거쳐 기술을 확립하려면 족히 10년 가까운 시간이 필요하리라.

젠지로는 그렇게까지 힘을 쏟을 일이라고 생각지 않았기에 뒤로 미룬 일인데, 나중에 후궁에 돌아가서 아우라에게 설명해 두는 편이 좋을 듯하다.

젠지로가 그런 생각을 하고 있는데, 젠지로의 대각선 앞에 서 있는 프레야 공주는 아이스 블루 눈동자를 살짝 가늘게 하고 이쪽을 향해 웃음을 지어 보였다.

"정말로 젠지로 님은 아는 게 많으시네요. 프란체스코 전하의 말씀대로, 나중에 조용한 곳에서 이런저런 말씀을 들어보고 싶습니다."

"그러죠. 안 그래도 산양 반입 절차 때문에 한 번 뵈어야 하니까요. 그때라도 괜찮으시면 이야기 나누시지요."

젠지로는 그렇게 일단 프레야 공주의 공세를 받아넘겼으나, 이번엔 프란체스코 왕자가 걸고넘어졌다.

"네에? 그러면 제가 젠지로 폐하의 말씀을 못 듣게 되잖아요. 젠지로 폐하, 그 후에라도 좋으니 저랑 놀아주세요."

아무리 격식 없는 자리라 해도, 간당간당 허용 범위를 넘기 직전인 프란체스코 왕자의 언동에 보나 왕녀가 이번에도 어김없이 파리해진 낯빛이 되어 필사적으로 프란체스코 왕자의 소매를 끌어당겼다.

"프, 프란체스코 전하!"

다행히 그 자리에 모인 왕족들이 모두 도량이 넓은 사람들뿐이라 프란체스코 왕자의 예법에 어긋난 언동에 눈썹을 찡그리는 이는 없었다.

그러라 여왕 아우라는 다른 의미에서 프란체스코 왕자의 희망을 일축했다.

"유감이지만 프란체스코 전하의 바람은 이루어지 않을 것이오. 며칠 후면 젠지로는 나의 대리로서 먼 길을 떠날 예정이라오."

"네에? 또 말인가요?"

여왕 아우라의 선언에 프란체스코 왕자만이 불만을 입 밖으로 표현했지만, 보나 왕녀와 프레야 공주도 의외라는 표정을 지었다.

국서인 젠지로가 수도를 떠난 적은 이제껏 단 한 번뿐이다. 프레야 공주 일행을 맞이하기 위해 발렌티아로 갔던 일이다.

즉 머지않아 프레야 공주의 내방에 맞먹는, 혹은 그보다 더 중요한 일이 먼 지방에서 일어난다는 얘기다.

"젠지로 폐하, 어디로 가십니까?"

"그러니까, 그건……"

은발의 소녀가 순진함을 가장하고 고개를 갸웃하며 묻자 젠지로는 약간 주저하며 말끝을 흐렸다.

말해도 좋은지 아닌지 판단이 서지 않아 곤란해하는 남편을, 곁에 서 있던 여왕이 즉시 거들었다.

"서방님이 가실 곳은 가질 변경백령이오. 이건 기밀이라서 바깥으로 나가지 않게 부탁하오만, 거기서 우리나라의 중요한 사람의 결혼식이 열리게 됐소."

아우라는 짐짓 일부러 목소리를 죽여 말했지만, 물론 '기밀'이라는 건 거짓이다.

푸죠르 장군과 루신다 가질의 결혼은 아직 공식적으로 발표되지 않았지만, 그야말로 '공공연한 비밀'이라서 왕궁에 드나드는 귀족 중에서 그 사실을 모르는 자가 없을 정도다.

아직 공식 발표가 없으니 아무 데서나 마구 말하고 다닐 얘기는 아니지만, 그런다고 해서 법에 저촉되거나 하지도 않는다.

그렇지 않다면 이처럼 누가 어디서 귀를 쫑긋 세우고 있을지 모를 곳에서 타국의 왕족에게 귀띔할 리가 없다.

그러나 형식적이나마 '비밀 얘기'가 되면 아무래도 조심스럽다.

프레야 공주는 새하얀 뺨을 살짝 붉히고 상반신을 앞으로 내밀었다.

"어머, 결혼식이요? 가질 변경백이라면, 혹시 사비에르 경이 결혼하시는 건가요?"

발렌티아에서 군룡 소동에 휘말렸을 때, 프레야 공주는 사비에르 가질을 만나 가볍게 친분을 쌓았다. 카파 왕국에 온 지 오래지 않은 프레야 공주에게는 몇 명 없는 지인 중 하나다.

"아니, 사비에르 경이 아니오. 결혼하는 건 가질 변경백 가문의 장녀 루신다 양이오. 그녀가 기젠 가의 당주인 푸죠르 장군에게 시집오게 됐지."

프레야 공주도 그 이름을 들은 적이 있다.

군룡 토벌 작전을 도중까지 주도한 인물이라 들었고, 발렌티아 공작 저택에서 지내는 한 달 동안, 카파 왕국에서 제일가는 장군이라는 소문을 들었다.

나라를 대표하는 대장군의 결혼식이라면 국서가 여왕의 대리로 참석할 충분한 명분이 있다.

상황을 이해한 프레야 공주는 재빨리 머릿속에서 주판알을 튕겨 대담한 결론을 내렸다.

"가질 변경백 가문은 저와도 인연이 있습니다. 젠지로 폐하, 그 결혼식에 저도 데려가 주세요."

세 왕가의 왕족 다섯 명이 모인 자리. 주위의 귀족들도 조용히 귀를 기울이고 있을 터.

프레야 공주의 대담한 요청에 파티장 전체가 물을 끼얹은 것처럼 조용해졌다.

주위의 시선이 집중되자 여왕 아우라는 속으로 혀를 차면서도 침착한 목소리로 북대륙의 공주를 나무랐다.

"프레야 전하. 전하는 잘 모르겠지만, 이곳 남대륙에서 결혼식에 혈연관계가 아닌 여성을 동반해 참석하는 행위는 그 둘이 깊은 관계라는 뜻이오. 모르고 한 말인 줄은 알지만 조금 경솔한 게 아닌가?"

온화한 말투 속에 가시가 있는 여왕의 충고에도 프레야 공주는 눈 하나 깜빡하지 않았다.

오히려 한층 깊은 미소를 지으며,

"어머, 그렇습니까? 그건 저희 북대륙하고 같네요. 그러면 다시 한 번 말씀 드립니다. 젠지로 님, 저는 젠지로 님의 동반자로서 결혼식에 참석하고 싶습니다. 부디 고려해 주십시오."

라고, 일부러 파티장 전체에 들리게끔 큰 소리로 선언했다.

그리고 양손으로 우아하게 스커트 자락을 붙잡고 무릎을 굽히며, 목덜미가 보이도록 깊이 고개를 숙였다.

"……!?"

뒤에 대기하고 있던 호위 여전사 스카디는 경악하며 숨을 삼켰다.

이 자리에 있는 사람 중에서 스카디만이 그 동작의 의미를 알았다. 무릎을 굽히고 깊숙이 고개를 숙이는 동작. 그건 웁살라 왕국의 여성이 남성에게 구혼할 때 취하는 행동이다.

[제3장] 프레아 공주의 속셈

파티가 끝난 후 젠지로와 아우라가 하는 일은 늘 정해져 있다.

후궁의 거실에서 정장을 벗어 던지고 그대로 욕실로 직행. 비누와 샴푸를 듬뿍 사용해 향유와 땀을 닦아낸다.

그다음 탕에 들어가 심신의 피로를 풀고, 잠옷으로 갈아입고 거실로 돌아온다. 거실에 와서 냉장고에서 냉수와 과즙을 꺼내 마른 목을 축인다.

그렇게 잠자리에 들 준비를 모두 마친 다음, 여왕 부부는 마주한 소파에 앉아 파티에서 있었던 일에 대한 '사후 검토'를 시작했다.

"휴우, 하여튼 오늘은 상당히 예상 밖이었네."

검은 가죽 소파에 깊숙이 몸을 기댄 여왕은 드물게 피곤함에 절은 말투로 말을 꺼냈다.

"그래, 응. 예상 밖이었어. 진짜, 만약에 내가 그 상황을 요만큼만이라도 예상했다면, 아우라가 아무리 뭐라 해도 절대 오늘 파티에 안 나갔을 거야."

젠지로도 아우라와 마찬가지로 상당히 피곤했지만, 표정에는 피곤보다 당황의 기색이 더 역력했다.

두 사람이 말하는 예상 밖의 사건이란, 다름 아닌, 웁살라 왕국의 제1왕녀 프레아 웁살라가 사실상 구혼한 일이다.

"그런 자리에서, 그렇게 당당히 선언 당했으니, 어물쩍 넘어가기는 틀렸어."

두통을 다스리듯 오른손 중지와 엄지로 양쪽 관자놀이를 문지르며, 아우라는 한숨을 내쉬었다.

"아니, 어물쩍 넘어가지 못한다니, 내가 푸죠르 장군의 결혼식에 프레아 공주를 데리고 가는 게 기정사실이 됐단 말이야?"

뱀이 있는 게 확실한 덤불을 쑤시듯이, 젠지로가 잔뜩 겁에 질려 물었다. 여왕은 고개를 옆으로 저었다.

"아니. 이 시점에서 어물쩍 넘어가지 못한다는 건, 말 그대로의 의미야. 프레아 공주는 젠지로에게 결혼식 파트너로 데려가 달라고 청했지. 그 사실을 없었던 일로 할 수는 없어. 만약 제안을 거절한다면 공식적으로 받은 요청을 공식적으로 거절하는 모양새가 돼."

왕족이나 귀족 사이의 거래는 대개가 뒷거래. 미리 손을 써서 90% 이상 성사시켜 놓는 게 보통이다. 손을 쓰는 단계에서 거절당한 거래는 '처음부터 없었던 일'로 치기 때문에 표면적으로는 인간관계에 균열이 생기지 않는다. 물론 서로에게 약간의 감정은 남겠지만.

그러나 이번 사건은 그런 사전교섭 없이 갑작스럽게 거래가 표면화됐다.

덕분에 이 일을 없었던 일로 할 방법이 없다.

젠지로는 설명을 듣고 자신이 처한 상황을 이해한 후 어두운 표정을 지었다.

"어라? 설마 벌써 틀린 거야? 절대 거절해서는 안 되는 거야?"

"거절하면 이번 대륙 간 무역이 물 건너갈 확률이 높지. 상대방이 신부를 내놓으라거나 신랑을 내놓으라는 거라면 '사전교섭도 없이 무례하다'고 딱 잘라 내칠 수 있겠지만, 자기가 시집오겠다는 거잖아. 게다가 이쪽은 왕이 아니라 국서. 저쪽은 현 왕국의 정통 혈통을 잇는 제1왕녀라고. 여왕인 내가 정실임을 알고 한 제안이니, 측실로 들여 달라는 요청인 셈이야. 이만큼 우리 쪽이 유리한 조건으로 청혼이 들어왔을 땐 정치적으로 사실상 거절이 불가능해. 가능성을 찾자면 왕족의 국제결혼이 전통에 어긋난다는 이유 정도일까."

"응? 왕족의 국제결혼이 전통에 어긋난다고?"

순간 젠지로는 의아한 생각에 고개를 갸웃했지만, 곧 이해했다.

왕족이 곧 혈통마법의 술사인 남대륙에서는 혈통을 외부로 유출하지 않는다. 그런 점이 전국시대의 일본이나 중세 유럽과는 근본적으로 다르다.

혈통으로 맺어지는 건 국내에 한한다. 국제적인 정략결혼이란 있을 수 없다.

젠지로는 특수한 상황 때문에 샤로와·지르벨 쌍왕국으로부터 비밀리에 국제결혼의 제안을 받은 바 있기에, 종종 남대륙의 전통을 잊곤 한다.

"그렇다면 국내 귀족의 반발로 이 이야기가 무산될 수도 있다는 얘기?"

희망을 발견한 젠지로가 소파에서 몸을 내밀며 물었지만, 여왕은 무정하게도 고개를 저었다.

"아니, 그야 틀림없이 국내 귀족의 반발이 있겠지만, 아마 당신이 원하는 방향은 아닐 거야. 외국의 왕녀를 들이려거든 먼저 국내 귀족 중에서 측실을 들이라고 난리를 칠걸. 그리고 이번 결혼식에 추가로 데려가라는 요청도 하겠지."

"추가라니, 결혼식에 파트너를 여럿 데려가도 된단 말이야?"

놀라는 젠지로에게 여왕은 시원스럽게 답했다.

"흔한 일은 아니지만, 딱히 금지된 일도 아니니까. 고위 귀족은 아내를 여럿 거느리는 게 보통이고, 여러 명의 아내를 동시에 데리고 가기도 해. 뭐, 명색이 '파트너'니까 한 명이 기본이긴 하지만."

그래서 아내를 여럿 둔 남자는 결혼식에 어느 아내를 데려갈지 골머리를 앓는다고 한다. 정실이 우선인 게 당연하지만, 매번 정실만 데려가면 측실들이 토라진다. 한 사람씩 순번을 정해 데려가려 해도 '나는 남작가 결혼식이더니 왜 저 여자는 백작가 결혼식에 데려가냐'는 둥, 트집을 잡히곤 한다.

차라리 공평하게 하자고 전부 데려가면 결혼식장에서 분란을 일으키기 일쑤다.

그래서 아내를 여럿 거느린 남자에게는 결혼식 초대장이 지옥문이라나 뭐라나.

"무서워……"

두 번째 아내를 맞이할 위기를 눈앞에 맞닥뜨린 젠지로의 입에서 속내가 터져 나왔다.

당황한 건 아우라였다.

"아니, 그렇지 않아 젠지로. 지금 말한 건 아주 지독한 경우고,

측실을 둔 남자들이 죄다 그렇다는 건 아냐. 사실 아내들이 처음부터 끝까지 원만하게 지내주는 일도 거의 없겠지만, 그렇게 치면 모든 인간관계가 그렇지 않겠어? 실제로 칼부림까지 가는 일은 1년에 몇 번 안 돼."

들으면 들을수록 남편의 낯빛은 사색이 됐다. 아우라는 남편의 공포와 불안을 없애주려고 큰소리를 탕탕 쳤다.

"에이, 괜찮아, 나한테 맡겨! 당신이 측실을 들이게 되면 내가 그 여자들을 철저히 제압할게. 외국의 공주님이든 국내 귀족의 딸내미든, 확실하게 위계질서를 잡고 후궁에서 어떻게 처신해야 하는지 뼛속까지 주입해서 당신한테 피해가 가지 않게 해 줄게."

주먹을 치켜들며 열변을 토하는 아우라를 보며 젠지로는 웃음을 뿜었다.

"우와 든든한데, 우리 마누라."

"음, 맡겨 둬."

난폭한 내용이긴 해도 현실적으로 가장 좋은 대처방법일지 모른다.

어차피 젠지로와 아우라는 국서와 여왕이라는 위계역전 부부다. 젠지로가 측실을 들이면 필연적으로 아우라와 측실들 사이에는 넘볼 수 없는 상하관계가 형성된다.

그렇다면 차라리 처음부터 위계를 명확히 하고 측실들에게 국서 젠지로의 아내라는 인식보다 여왕 아우라의 부하라는 자각을 심어준다면 후궁의 질서를 유지할 수 있다.

"본론으로 돌아가서, 어쨌든 결혼식 파트너 건은 거절하기 어렵다고 봐야해. 그렇다고 바로 측실 영입으로 이어지는 건 아니지만, 각오는 해 두는 게 좋아."

최후통첩을 받고 젠지로는 천장을 올려다보았다.

"알았어…… 으아아, 어떻게든 파스쿠알라 씨한테 파트너를 부탁해서 얼렁뚱땅 넘어가려 했더니만."

"이 상황에서 프레아야 왕녀를 거절하고 파스쿠알라 노파를 파트너로 고르면 싸우자고 덤비는 꼴이야."

"……그렇겠지."

파스쿠알라는 궁정수석마법사 에스피리디온의 아내인 70 넘은 노파다.

보통 기혼자가 결혼식에 초대받았을 때 아내의 형편이 맞지 않으면 친척 여성에게 대역을 부탁하지만, 젠지로는 그런 친척이 없다. 젠지로의 친척은 이세계인 일본에 있고 아우라도 천애고아의 몸이다.

그럴 때는 지인 중 기혼여성에게 파트너를 부탁하게 되어 있어서, 젠지로는 파스쿠알라에게 그 역할을 맡기려 했다.

가정교사인 옥타비아 부인도 조건에 맞는 후보지만, 유부녀라고 해도 묘령의 미녀다. 섣불리 파트너를 청했다가 쓸데없는 억측을 불러일으킬 소지가 있어서 관뒀다.

어쨌거나 타국의 왕녀가 대중의 면전에서 분명하게 파트너를 청해왔으니, 얼렁뚱땅 넘어가는 수법은 완전히 물 건너간 셈이다.

"그런데 저쪽이 우리한테 뭘 원하는지 잘 모르겠단 말이야. 그게 뭐냐에 따라 대륙 간 무역을 백지화하는 한이 있더라도 이 얘기를 거절할 수도 있어."

"그럼 저쪽이 원하는 게 받아들일 수 있는 범위라면?"

"그렇다면 뭐, 그렇지. 당신의 후궁 생활이 조금이라도 평온할 수 있도록, 내가 열심히 해야지."

"……고마워."

여왕은 열심히 대답하면서도 슬쩍 시선을 피했다. 젠지로는 한숨 섞인 인사를 되돌려줄 수밖에 없었다.

같은 때, 왕궁의 별채에서는 파티에서 돌아온 프레야 일행 역시 파티의 성과에 관해 이야기하고 있었다.

왕궁의 별채는 현재 통째로 프레야 공주 일행이 빌려 사용하고 있다. 수십 명의 읍살라 왕국 전사들이 지키는 건물의 가장 안쪽 방에서 실내복으로 갈아입은 프레야 공주는 단정하게 다리를 모으고 소파에 앉았다.

"오늘 밤은 수고했어, 스카디. 그나저나 역시 남대륙이네. 이 계절에 밤인데도 불도 때지 않고 이런 차림으로 있어도 춥지 않다니."

프레야 공주의 복장은 무늬 없는 흰색 반소매 원피스였다. 지금은 활동기의 중후반부. 지구의 달력으로 치면 1월이다.

북대륙 북부의 읍살라 왕국이라면 난로에 장작을 왕창 때고 두꺼운 옷을 입어도 추운 계절이다. 이런 계절의 야밤에 얇은 원피스 한 장만 입어도 기분 좋은 온도라니, 프레야 공주는 위화감을 느끼지 않을 수 없었다.

주군인 프레야 공주와 마찬가지로 실내복으로 갈아입은 여전사 스카디가 마주한 소파에 바른 자세로 앉아 주군의 말에 대답했다.

"그렇네요. 그래도 고마운 일입니다. 추위 때문에 모피를 껴입으면 아무래도 발놀림 칼놀림에 지장이 있으니까요. 이런 복장이라면 문제없이 팔을 휘두를 수 있겠습니다."

스카디의 복장은 땀복 같은 회색 상하의. 해수의 이빨을 갈아 만든 창도 소파 옆에 세워 둬 언제라도 전투태세를 취할 수 있었다.

환영받고 있긴 해도 여기는 타국의 왕궁이다. 여차 할 때를 위해 호위 스카디는 경계를 늦출 수 없다.

"신뢰하고 있어, 스카디. 아우라 폐하도 그렇고 젠지로 폐하도, 이성적인 분들이시라 기우라고 생각하지만, 여차 할 땐 그대만 믿어."

"예, 황송한 말씀입니다."

방긋 웃는 은발의 공주님에게 금발의 여전사는 눈에 힘을 살짝 풀고 머리를 숙였다.

스카디는 프레야 공주를 충성을 바치기에 아깝지 않은 주군으로 여기고 있고, 목숨을 바쳐 지키기로 결심할 만큼 애정을 쏟고 있다.

그렇기에 그녀가 이해할 수 없는 언동을 하면 반드시 진의를 캐묻고, 잘못이라 여겨질 땐 나무라는 일도 자신의 역할이라고 생각했다.

표정을 다잡은 여전사는 마주 앉은 주군의 눈을 똑바로 바라보면서 날카롭게 몰아세웠다.

"공주님. 저는 늘 공주님의 언행에 앞을 내다본 확고한 전망이 있다고 믿고 있습니다. 그러나 솔직히 말씀드리면 아까 파티에서 공주님이 보인 언행의 의도는 도무지 이해할 수 없습니다. 대체 무슨 작정이신지 가르쳐 주십시오."

조금 전 파티에서 프레야 공주가 젠지로에게 '결혼식 파트너로 데려가 달라'고 청했을 때, 가장 놀란 사람은 바로 스카디였다.

그녀가 놀란 첫 번째 이유는, 프레야 공주가 그 자리에서 취한 행동이 웁살라 왕국에서 정식으로 여성이 구혼할 때의 동작이었기 때문이다. 비록 남대륙 사람 중에 그 의미를 아는 이가 없다 해도, 농담이나 장난으로 그런 행동을 할 프레야 공주가 아니다.

두 번째는 프레야 공주가 지금까지 부왕이나 오빠들이 가져온 혼담을 전부 걷어찼던 과거 때문이다.

프레야 공주는 스스로 '황금나뭇잎호'의 선장이 되어 대륙 간 항해에 도전할 만큼, 보통의 왕후 귀족 여성과는 전혀 다른 부류의 인간이다.

나름대로 왕족으로서의 자각이 있어, 공식적인 자리에서 철없는 행동을 하는 일이 없고, 마지막엔 정략결혼을 받아들일 생각이지만, 자유를 즐길 수 있는 지금 이 순간을 무엇보다 소중히 여긴다.

그런 프레야를 아는 스카디였기에 소중한 자유를 스스로 내던져 버린 오늘의 결정을 믿을 수 없었다.

심복 여전사의 질문에 프레야 공주는 짧은 청은색 머리카락을 살짝 흔들며 대답했다.

"그래, 스카디. 다른 사람도 아니고 그대는 알아두는 편이 좋겠네. 이건 내 개인적인 의견인데, 북대륙에서 바다의 역할은 지금까지보다 앞으로가 더 중요해질 거야. 특히 웁살라 왕국은 해상 국방이 무엇보다 큰 과제 아닐까?

"네, 그 생각에는 동의합니다."

프레야 공주의 말에 스카디는 금발의 포니테일을 찰랑거리며 수긍했다.

웁살라 왕국이 위치한 북대륙 북방은 험준한 산맥으로 다른 지역과 분단되어 있다. 산맥의 중턱부터 위는 만년설로 덮여있어 웁살라 왕국이 육로를 통해 대규모 침략을 받을 가능성은 거의 없다.

동시에 웁살라 왕국이 외국과 교류하고자 해도 육로를 통해서는 제대로 교통하기 어렵다.

북방에는 웁살라 왕국 외에 세 나라가 있지만, 모두 넓은 의미에서 웁살라 왕국과 같은 문화권이기 때문에 교역의 이점이 별로 없다.

북방 나라들끼리의 전쟁은 다른 지역에서 보면 '내전'으로밖에 보이지 않는다. 그만큼 세 나라는 밀접한 존재다.

즉, 웁살라 왕국이 다른 나라, 다른 문명과 교류하려면 바다로 나갈 수밖에 없다. 만약 다른 문화권이 웁살라 왕국을 침략하려 해도 바다를 건너와야 한다.

"그렇다면 나라의 안정을 확보하기 위해서도 해상무역을 발전시키기 위해서도 배가 필요하지? 하지만 웁살라 왕국은 이제 삼림자원이 바닥을 드러내고 있어."

그건 웁살라 왕국이 여러 가지 의미에서 기술선진국이었던 탓이다.

어느 나라보다 일찍 철을 대량생산하고, 어느 나라보다 정력적으로 배를 만들고, 어느 나라보다 많은 석탄을 소비했다.

그 결과, 다른 나라보다 먼저 국내의 삼림자원이 고갈됐다. 정확히 말하면 고갈될 조짐이 보인 것뿐, 국토가 전부 민둥산이 된 건 아니지만, 대형 범선의 기초가 되는 거목은 이미 변경의 산악지대에밖에 남아있지 않았다.

"확실히, 대형범선용 목재가 고갈 조짐인 건 나라의 장래에 큰 걱정거리입니다만, 그건 돈으로 해결할 수 있는 문제 아닙니까? 대륙 간 무역을 정착시켜서 그 이익으로 북대륙의 다른 나라로부터 목재를 수입하실 계획인 줄 알았습니다만."

심복 여전사의 의견에 은발의 왕녀는 자신감이 깃든 미소로 대답했다.

"그게 확실하긴 하지. 하지만 나는 가능하면 한 단계 더 나아가고 싶어. 이왕 대륙 간 무역을 정착시킨다면, 조금 신경 쓰이는 게 있어."

"신경 쓰이는 일이라뇨?"

고개를 갸웃하는 스카디에게 프레야 공주가 설명을 계속했다.

"응. 조금 아까 파티에서 만난 프란체스코 왕자와 보나 왕녀의 모국, 샤로와·지르벨 쌍왕국 말이야. 쌍왕국을 지배하는 두 왕가, 샤로와 왕가와 지르벨 법왕가가 북대륙에서 이민해 왔다는 거야."

"네, 프란체스코 전하가 그렇게 말씀하셨지요. 두 전하의 모습을 미루어보아 아예 지어낸 말은 아닌 것 같았습니다만."

스카디는 파티에서 만난 프란체스코 왕자와 보나 왕녀의 외모를 떠올리고 그렇게 대답했다.

금발 벽안에 하얀 피부를 지닌 프란체스코 왕자와 밤색 머리카락과 자색 눈동자에 역시 흰 피부를 지닌 보나 왕녀는 아무리 봐도 북대륙 사람이었다. 쌍왕국의 귀족 계급 대부분이 북대륙인의 외모를 하고 있다 하니, 조상이 북대륙에서 온 이주민이라는 그들의 주장이 타당하게 들린다.

그런 스카디의 의견에 프레야 공주도 끄덕이며 자신의 의견을 말했다.

"그래. 나도 그들의 조상이 북대륙 출신이라는 건 사실이리라 생각해. 다만 그렇다면 의문은 그들의 조상이 언제 남대륙에 이주했을까, 라는 거야. 스카디, 그대는 들은 적이 있어? 북대륙에서 남대륙으로 이주에 성공한, 혈통마법을 보유한 두 왕가에 관한 소문을."

"그러고 보니…… 들은 적이 없네요."

잠시 생각한 후 금발의 여전사는 고개를 가로저었다.

물론 스카디는 일개 여전사일 뿐, 북대륙의 역사를 특별히 잘 알지는 않았다. 애초에 북대륙이라고 싸잡아 말해도 어마어마하게 광대한 지역이다. 정보 전달 수단과 역사 기록 시스템이 미숙한 이쪽 세계에서, 모든 나라의 흥망성쇠를 파악하고 있는 인간은 없다.

하지만 혈통마법을 보유한 왕가가 둘씩이나 한꺼번에 남대륙으로 망명했다면 꽤 큰 사건이다. 아무런 기록이나 전설이 없다는 게 오히려 부자연스럽다.

은발의 왕녀는 의아해하는 심복에게 한 번 끄덕여 보이고는,

"나도 기억이 없어. 자세한 건 대학에 문의해봐야 알겠지만, 나는 그들의 조상이 남대륙에 건너온 게 상당히 옛날 일이 아닐까 추측해."

그렇게 자신의 추측을 말했다.

"과연."

프레야 공주의 주장에 스카디도 고개를 끄덕였다. 옛이야기는 시간이 지남과 함께 왜곡되고 엷어지고 마지막엔 잊히는 법이다.

"그렇다면 문제는 '교회'의 대응이야. 스카디, 그대는 '하얀 제국'에 대해 어느 만큼 알고 있지?"

갑자기 뜻밖의 방향으로 이야기가 튀자 여전사는 조금 당황하면서도 순순히 대답했다.

"'하얀 제국'이라면 그 옛날이야기 말씀입니까? 아주 먼 옛날에 존재했다던 대국이라는. 아마도 고대 용류와 전쟁을 일으켰다가 이레 만에 멸망했다던가요?"

북대륙 사람이라면 한 번쯤 들어본 적이 있는 옛날이야기다. 웁살라 왕국의 역사 연구자들이 '아무런 증거도 없는 황당무계한 거짓말'로 치부할 정도로 신빙성 없는 전설이다.

그러나 안타깝게도 그 바보 같은 옛날 얘기를 믿는, 혹은 자신들의 이익을 위해 믿는 척하는 자들이 존재한다.

"그래, 그 '하얀 제국'말이야. 나도 '교회'의 가르침에 대해서 잘은 모르지만, 고대 용류를 신앙의 대상으로 삼는 '교회'가 옛날에 고대 용류에게 싸움을 건 '하얀 제국'을 강렬하게 적대시하고 있다

는 사실은 틀림없어."

실재했는지조차 의문인 대상을 적대시한다니, 제3자가 들으면 실소를 금치 못할 테지만, 종교적 권위란 대개 그런 허무맹랑한 전설에서 유래하는 경향이 있다.

"하지만 '교회'의 가르침에도 '하얀 제국'은 완전히 멸망했다고 되어 있지 않습니까?"

정확히는 '하얀 제국'을 지배했던 '12왕가'와 지배계급이었던 귀족들이 멸족당했다고 전해 내려온다.

한편 자비로운 고대 용류는 그 밖에 살아남은 국민에 대해 '하얀 제국'의 번영을 그리워했을지언정 목숨까지 빼앗을 죄는 아니라고 하여 그들을 남대륙으로 유배했다, 라고 '교회'는 가르치고 있다. 남대륙을 '죄인의 유배지'로 취급하며 멸시하는 근거이기도 하다.

스카디의 질문에 프레야는 미간에 살짝 주름을 잡고 고개를 가로저으며 대답했다.

"아니. 그대도 알다시피 교회도 여러 종파가 있잖아? 종파에 따라 여러 가지 설로 나뉘는데, 그중에 '12 왕가의 후손이 남대륙에서 살아남아 지금도 고대 용류에게 복수하고자 칼날을 갈고 있다'라는 설이 있어."

"설마, 공주님은 샤로와 왕가와 지르벨 법왕가가 '하얀 제국'의 후손이라고 말씀하시는 겁니까?"

심복 여전사는 눈이 동그래지고 프레야 공주는 쓴웃음을 돌려주었다.

"설마, 그런 바보 같은 생각을, 요만큼도 안 해. 애초에 '하얀 제국' 따위 단순한 옛날이야기일 뿐이니까. 하지만 그런 딱지를 붙여서 '교회'가 우리나라의 대륙 간 무역에 간섭하려 들 염려는 있어."

"아아…… 그런 말씀이군요."

스카디는 주군의 감정이 옮았는지 똑같이 떨떠름한 느낌을 담아 이해했다는 표정을 지었다.

현재 북대륙은 '교회'의 세력이 무시 못 할 만큼 강하다. 특히 북대륙 남부의 제국은 거의 다 교회의 입김이 닿아 있어서 교회의 눈 밖에 나면 대륙 간 무역에 커다란 지장을 겪는다.

왜냐하면, 웁살라 왕국은 북대륙 중에서도 비교적 북쪽에 있기 때문이다. 남대륙으로 가려 할 때마다 보급이나 정비를 위해서 북대륙 남부의 항구에 한 번씩은 신세를 지게 되어있다.

그런 의미에서 웁살라 왕국에게 '교회'는 가상의 적대 세력이면서 기분도 맞춰줘야 하는 껄끄러운 상대이다.

"그렇지만 대륙 간 무역 상대는 카파 왕국이지 쌍왕국이 아니잖습니까? 앞으로 쌍왕국과 연결고리를 만들지 않으면 큰 영향은 없지 않을까요?"

"그야 그렇지만, 놓치기엔 너무 아까운 상대라서. 생각해 봐, '부여마법'과 '치유마법'이야. 이렇게까지 강력한 혈통마법은 북대륙에서는 들어본 적이 없어."

"그건, 확실히."

고민스럽다는 듯이 한숨을 짓는 주군에게 금발의 여전사도 동의하지 않을 수 없었다.

아직 자세한 이야기를 듣지는 못했지만, '부여마법'은 마법도구라는, 누구나 마법을 구사할 수 있는 도구를 만드는 특수한 마법이라고 들었다.

대륙 간 무역의 긴 항해를 위해 꼭 장만하고 싶은 도구들이 있다.

예를 들면 '민물화' 마법도구. 이것만 있으면 만에 하나 프레야 공주가 컨디션이 안 좋아도 바다 위에서 식수를 확보하는 데 어려움이 없다.

그리고 '물 조작.' 항해가 길어지면 배 바닥에 반드시 약간의 침수가 생긴다. 그러면 선원들이 양동이 릴레이로 퍼낼 수밖에 없는데, '물 조작' 마법이 가능하다면 긴급할 때 한꺼번에 대량의 물을 밖으로 내보낼 수 있다.

그리고 '바람 조작' 마법도구가 있으면 더 바랄 게 없다. '황금나뭇잎호'의 선원은 모두 베테랑이지만 간혹 낯선 항로에서 갑자기 풍향이 바뀌어 돛이 뒤집어질 때가 있다. 그럴 때 임시방편으로 바람의 방향을 자유로이 바꿀 수 있다면 사고가 현저히 줄어들 게 틀림없다.

그 밖에도 소문에 들은 '치유의 비석'을 구매할 수만 있다면, 여차 할 때 굉장한 도움이 될 것이다.

"그러니까 쌍왕국과도 관계를 맺고 싶으시군요. 그 뜻은 이해했습니다. 그런데 그게 공주님의 결혼하고 무슨 상관입니까?"

돌고 돌아서 이야기는 원점으로 돌아왔다.

장황한 대화 속에서도 중심 주제를 잃어버리지 않은 심복을 대견스레 바라보며, 프레야 공주는,

"그건, 모든 것을 한꺼번에 해결하기 위해서야. 삼림자원이 고갈 직전인 본국. 하지만 해군과 해상무역을 증강해야 하는 현실. 이대로 대륙 간 무역을 추진하려면 '교회'의 영향력이 강한 북대륙 남부를 경유해야 함. 그렇다면 카파 왕국의 항구에 조선소를 만들어 웁살라 왕국에서 조선기술자를 불러다가 여기서 배를 만들면 어떨까? 그렇게 하면 현재 목재가 부족해서 설계단계에 멈춰 있는, '황금나뭇잎호'를 뛰어넘는 '초대형 범선'도 제작 가능. 그 초대형 범선에 쌍왕국에서 구한 마법도구까지 배치하면 카파 왕국과 웁살라 왕국 사이를, 도중에 기항 없이 직접 왕복하는 것도 꿈은 아니야. 그렇게 되면 북대륙 남부, 나아가 '교회'의 눈치를 볼 필요도 없지. 어때, 모든 문제가 해결되지 않아?"

"확실히…… 순조롭게 진행된다면 말씀하신 대로입니다만, 과연 그렇게 잘 될까요?"

프레야 공주의 계획이 황당무계하지는 않았지만, 그래도 성공하기 위해서는 몇 가지 행운이 따라줘야 한다.

"하긴, 방금 한 말은 일이 제일 잘 풀렸을 때의 얘기야. 보급 경유 없는 직항 무역이 가능해지는 때가 10년이나 20년 후라도 상관없어. 하지만 그걸 실현하려면 이 남대륙에 우리의 항구와 조선소를 확보해야 한다고 생각해."

"공주님 스스로 '측실'이 되어 들어가면서까지, 말입니까?"

'측실'이라는 말에 강한 억양을 넣어 스카디는 일부러 험악한 표정으로 확인했다.

프레야 공주는 웁살라 왕국의 현 국왕과 왕비 사이에서 태어난

제1왕녀. 왕국 내에서는 가장 고귀한 혈통의 여성이다.

그런 프레야 공주가 타국의 측실이 된다니, 솔직히 어감이 상당히 좋지 않다. 심지어 국왕의 측실이 아니라 국서의 측실이다.

모르는 사람이 보면 웁살라 왕국이 카파 왕국보다 한 단계 혹은 두 단계쯤 격이 낮은 나라라고 생각할 만한 혼인이다.

그러나 프레야 공주의 결심에는 흔들림이 없었다.

"응, 그래. 나는 이 기회가 웁살라 왕국의 향후 백 년을 가름하는 분기점이라고 판단했어. 여기서 몸을 사리면 두 번 다시 돌이킬 수 없을지도 몰라."

딱 잘라 말하는 주군에게 여전사는 비통한 표정을 지어 보였다.

"그건 그럴지도 모릅니다만, 그렇다고 공주님이 희생하셔야 한다니……"

"응? 희생이라니? 왜, 그렇게 되는 거지?"

"네?"

허를 찔린 것처럼 눈이 휘둥그레진 프레야 공주를 보고 스카디는 자신과 주군 사이에 뭔가 커다란 인식의 차이가 존재함을 깨달았다.

"공주님은 누군가의 아내가 되어 새장 속의 새로 살아가기를 원치 않으시잖습니까? 그래서 본국에 있을 때도 혼담이 나오면 늘 도망쳐다니시지 않았나요?"

"그야 물론 그렇지만, 그렇다고 평생 미혼으로 살 생각은 아니거든. 내가 원하는 자유롭고 모험 충만한 인생과 왕족으로 태어난 의무를 충실히 이행하는 인생. 둘 사이를 접합점을 잘 찾아볼 생각이야."

"그래서, 지금 혼인을 하신다는 건, 이제 즐기는 인생 끝 왕족으로서 의무 시작, 이라는 얘깁니까? 공주님 나이면 아직 몇 년은 혼기를 늦춰도 문제없을 텐데요."

이쯤에서 프레야 공주는 심복 여전사가 무엇을 오해하고 있는지 이해했다.

은발의 왕녀는 뿜어내듯이 웃고는 심복에게 고했다.

"아니야, 스카디. 나는 오히려 앞으로도 내 인생을 즐기기 위해 젠지로 폐하께 시집가려는 거야. 발렌티아에서 지낸 한 달 동안, 그리고 오늘 밤 파티에서, 나는 확신했어. 젠지로 폐하야말로 나의 이상적인 남편이라고. 적어도 지금까지 아버님이나 오빠들이 소개한 분들과는 차원이 다른 분이셔."

"젠지로 폐하가, 말입니까?"

예상 밖으로 높은 평가다. 스카디는 의아하다는 듯이 고개를 갸웃했다.

군룡 소동 때 조금 다시 보긴 했지만, 스카디는 결코 젠지로를 높이 평가하지 않았다. 전사의 기질로 똘똘 뭉친 스카디가 보기에, 무기를 들어본 적도 없는 젠지로 같은 남자는 아예 평가 대상에도 들지 못한다.

그러나 프레야 공주는 그렇게 느끼지 않는 모양이다.

"응. 일단 젠지로 폐하는 여자 몸으로 선장이 되어 바다를 건너온 나에게 경의를 표해 주셨어. 협상 대상으로서 항상 대등하게 대해 주셨지. 그리고 조금 전 파티에서도 아우라 폐하와 대등한 관계를 이루고 계신 걸 분위기로 느꼈어. 그분이라면 명목이 아니라 진심으로, 부인의 남자 못지않은 바깥 활동을 인정해 주시리라 생각했어."

스카디의 예상이 아주 어긋나지는 않았다. 역시 프레야 공주는 결혼 적령기의 한계까지 인생을 즐기다가, 타임리미트가 오면 깨끗이 단념하고 왕가를 위해 누군가의 '현모양처'가 될 계획이었다.

그러나 젠지로와 아우라를 보고 희망을 발견했다. 이 세상에 결혼한 다음에도 자유롭게 자기 인생을 사는 여자 왕족이 있다. 그걸 허락, 아니 열렬히 응원하는 남자 왕족이 있다.

게다가 그 남자 왕족은 아직 아내를 한 명밖에 두지 않았고, 자신이 측실로 들어가면 모국인 웁살라 왕국의 국익에도 보탬이 된다.

그 사실을 깨달은 순간, 프레야 공주는 반쯤 충동적으로 행동에 나서고 말았다.

이는 '애정'이라기보다, 이기적인 계산과 타산으로 점철된 감정이리라. 그러나 그렇기에 오히려 프레야 공주는 감정에 충실하며 자신의 뜻을 관철하고자 최선을 다할 수 있다.

"그러니까 나한테 젠지로 폐하는 이상과 현실을 아우를 수 있게 하는 최고의 신랑감이라는 얘기야."

"그, 그렇군요."

밑도 끝도 없이 타산적인 결혼관이긴 해도 어디까지나 본의에 따른 청혼이라는 사실을, 여전사는 끝내 이해했다. 그리고 압도당한 것처럼 몇 번이나 주억거렸다.

다음 날부터 왕궁은 온통 프레야 공주가 젠지로에게 고백한 일로 떠들썩했다.

물론 프레야 공주가 취한 동작이 웁살라 왕국에서 여성이 정식으로 구혼할 때 하는 행동임을 아는 사람은 없었다. 그렇지만 결혼식 파트너로 입후보하는 행위로도 충분히 사랑의 고백이다.

서른이 넘도록 독신인 국가적 영웅과 결혼적령기를 훌쩍 뛰어넘었지만, 운 좋게 영웅에게 시집가게 된 노처녀의 조합만으로도 충분한 화제이지만, 이국의 왕녀가 국서에게 대놓고 고백한 사건에 비하면 약과다.

거기에 여왕 아우라의 신랑 후보였던 다른 한 사람, 라파엘로 마르케스가 후궁 시녀인 키샤 마사나를 파트너로 대동하고 결혼식에 출석한다는 소식까지 더해, 말 그대로 화제 만발이었다.

"들었습니까? 어젯밤 파티 얘기."

"네, 물론이죠. 북대륙 여성은 대담하네요."

"저는 애석하게도 현장에 없었는데요, 정말 대놓고 청하던가요? 에둘러가 아니라?"

"네, 저는 마침 현장에서 봤거든요. 프레야 전하가 아주 똑 부러지게 말씀하시던 걸요. 젠지로 님을 향해서 '나를 이번 결혼식에 데려갈 파트너로 선택해 달라'고요."

"어휴, 뻔뻔스럽기도."

"북대륙은 정말 우리랑 문화가 다른가 봐요."

“어라? 북대륙 문화가 아니라 프레야 전하가 철면피라서 그런 거겠죠.”

“쉿, 목소리가 커요.”

왕궁 여기저기에서 수근거리는 이야기들.

단순한 가십치고는 국정에 끼치는 영향이 지대한 사안이지만, 프레야 공주의 행동이 지나치게 센세이셔널했던 탓에, 심각하기보다 우스운 가십거리로 회자되었다.

“아무튼, 그리 쉽게 마무리되지는 않을 테지요.”

사람들은 심각한 표정으로 이야기를 끝내면서도, 눈에서 흥미진진한 호기심을 끝내 감추지 못했다.

소문이 무성한 가운데 며칠이 지난 어느 날 오후.

왕궁의 한켠에서 소문의 주인공 프레야 공주가 젠지로와 대면하고 있었다.

두 사람이 만난 이유는 진작에 약속이 끝난 산양 때문이었지만, 그래도 이 상황에서 둘이 일대일의 만남이라니, 여간 껄끄러운 일이 아니다.

그래서 여왕 아우라도 참석할 수 있게끔 일정을 조정했고, 그만큼 늦어지고 말았다.

열어젖힌 창문으로 따뜻한 햇살과 시원한 바람이 들어왔다. 젠지로는 여왕 아우라와 나란히 하나의 소파에 앉아 마주 앉은 프레야 공주를 상대했다.

프레야 공주의 뒤에는 한 쌍의 남녀가 서 있었다. 하나는 이미 친숙해진 장신의 여전사――스카디였지만, 다른 한 사람의 남성은 본 적이 없다. 피부색이나 머리카락색으로 보아 북대륙 사람인 것만은 분명했지만, 지금까지 봐온 '황금나뭇잎호'의 전사들에 비하면 약간 체격이 왜소해 보인다.

그래도 젠지로보다 키가 크고 근육질이지만.

"늦었습니다만, 일전에 약속한 대로 산양을 드리겠습니다. 수놈이 세 마리, 암놈이 여덟 마리, 합이 열한 마리. 모두 어리고 건강한 개체라서 금세 수가 늘어날 겁니다. 젖도 잘 나옵니다. 젠지로 폐하의 기대에 족히 부응하리라 생각합니다."

프레야 공주는 단도직입적으로 용건부터 꺼내더니 시원스럽게 설명했다. 물론 이미 프레야 공주가 수도에 입성했을 때 산양들도 왕궁에 데리고 들어왔지만, 이 절차를 통해 정식으로 산양의 소유권이 프레야 공주에게서 젠지로에게로 이전되었다.

"감사합니다, 프레야 전하. 저에게는 둘도 없는 귀한 선물입니다. 정말 고맙습니다."

젠지로의 미소 가득한 인사는 결코 입에 발린 소리가 아니었다. 산양의 젖과 유제품이 있으면 먹을거리에 대한 즐거움이 대번에 확대된다.

카파 왕국의 궁정요리에 불만은 없지만, 고향에서 먹었던 요리나 과자류를 이쪽에서도 재현할 수 있다고 생각하니 가슴이 뛰었다.

남편의 말을 이어받듯이, 옆에 앉은 여왕 아우라가 입을 열었다.

"나도 감사의 인사를 드리오, 프레야 전하. 산양의 방목지와 우리는 왕궁의 중정에 준비했소. 아시겠지만, 우리나라에는 산양을 다룰 수 있는 사람이 없다오. 아마도 준비에 미흡한 점이 많을 테니 부디 지혜를 빌려주시기 바라오."

"예. 그럴 생각으로 이 자를 데려왔습니다. 니콜라이, 인사 올리세요."

프레야의 말을 듣고 소파 뒤에 서 있던 젊은 사내가 몸을 움찔했다.

"예, 예에. 저는 니, 니콜라이라고 하옵니다! 산양 돌보는 일은 맡겨 주십시오!"

프레야 공주는 긴장 때문에 목소리가 뒤집어진 젊은 사내——니콜라이의 말을 보충했다.

"니콜라이는 '황금나뭇잎호'에서 주로 가축을 담당했습니다. 큰 농장을 운영하는 축산농가 태생입니다. 산양의 사육에 관해서는 틀림없는 일류입니다. 당분간 이 자를 젠지로 폐하께 빌려드리겠습니다."

프레야 공주의 설명에 젠지로는 고개를 끄덕였다.

'황금나뭇잎호'의 전사들보다 체격이 왜소한 건 그의 본업이 병사가 아니기 때문이리라. 실제로 '황금나뭇잎호'는 장기간의 항해를 염두에 둔 대형 범선이라서, 선원 중 순수한 전투요원의 수는 4분의 1 미만이다.

물론 제1왕녀가 이끄는 '황금나뭇잎호'의 선원이니 여차 할 때 검을 휘두를 수준은 되겠지만, 전투력으로 뽑힌 인물은 아니라는 얘기다.

"그런가, 신세를 지겠네만 당분간 잘 부탁하네."

"예, 최선을 다하겠습니다!"

젠지로가 위무하자 니콜라이는 직립 부동을 유지한 채 귀가 쩌렁쩌렁 울리도록 큰 소리로 대답했다.

'황금나뭇잎호'의 일원이라지만 나이 어린 가축당번에 지나지 않는 니콜라이는 미천한 신분일 터이다.

젠지로는 긴장으로 얼굴이 시뻘개진 산양 애호가가 측은해서 바로 제안했다.

"프레야 전하. 서둘러서 미안합니다만, 별문제 없으시면 그를 이대로 중정으로 보내 왕궁의 사용인들에게 산양 돌보는 법을 전수하게끔 해도 되겠습니까?"

젠지로의 의도를 눈치챈 아내도 거들었다.

"음, 그게 좋겠군. 니콜라이 군, 이미 중정에서 사용인 다섯이 산양을 돌보고 있다. 그들을 자네 부하라고 생각하고 필요한 대로 움직이게. 단, 앞으로 자네 없이도 그들이 산양을 돌볼 수 있게끔 교육해야 하네."

"예에이, 잘 알겠습니다."

니콜라이는 그 자리에 납작 엎드리며 깊숙이 고개를 숙였다.

고작 양을 돌보는 일이라 해도 배울 점이 한둘이 아니다. 잠자리, 먹이, 번식시킬 때 주의할 점, 출산, 새끼 양 돌보기, 젖 짜는 일부터 고기 해체까지 전부 익히려면 한 달도 모자를 터이다.

"그렇군요, 니콜라이. 들은 대로 자네는 바로 중정으로 가서 실력을 발휘하세요. 부디 왕궁 분들에게 함부로 대하지 말도록."

"예, 맡겨 주십시오, 프레야 전하."

주군의 허가를 받은 니콜라이는 어색한 동작으로 한 번 절하고 재빨리 방을 나갔다.

"두 분 폐하의 배려, 부하를 대신해 감사드립니다."

물러가는 니콜라이의 뒷모습을 일별하고 프레야 공주는 방긋 웃으며 예를 표했다. 그녀도 젠지로의 '배려'를 눈치챈 모양이다.

어쩐지 쑥스러워진 젠지로는 미소를 꾸며내 본심을 감췄다.

"아니요, 한시라도 빨리 산양을 돌봐주기 바란 것뿐입니다."

"예, 그 점은 걱정 놓으셔도 됩니다. 저래봬도 니콜라이는 산양 돌보는 일만큼은 정말 일류니까요. 산양도 질 좋은 놈들로 골랐으니 폐하의 기대를 저버리는 일은 없을 것입니다. 니콜라이가 그러더군요. '이 산양들은 삼박자를 갖췄다'고요."

"삼박자?"

되묻는 젠지로에게 프레야 공주는 꽃이 활짝 핀 듯한 미소를 뿌리며,

"네. 삼박자입니다. 젖 좋고, 고기 좋고, 정……"

"공주님……!"

프레야 공주가 상스러운 문장을 완성하기 직전에, 천만다행으로 등 뒤에 서 있는 여전사가 질책을 날렸다.

이 자리를 마련한 공식적인 이유는 '산양의 양도'이다. 따라서 이쯤에서 자리를 파해도 됐지만, 양쪽 모두 모처럼의 기회를 이대로 끝낼 수는 없다.

지금까지는 선물 받는 처지의 젠지로가 주로 대화를 이끌어나갔

지만, 여기서부터는 여왕 아우라가 전면에 나설 차례다.

"자, 이제 용건은 끝난 건가. 예상보다 일찍 마무리됐군. 프레야 전하, 이후 일정이 없다면 세상 돌아가는 이야기라도 나눌까 하오만?"

말투는 조심스러웠지만, 시선과 목소리는 당당하게 "그 일에 대해 얘기하자"고 말하고 있었다.

여왕 아우라의 의도를 프레야 공주가 눈치채지 못했을 리 없다.

"예, 물론 문제없습니다. 아우라 폐하와 담소할 기회를 놓칠 정도로 저는 어리석지 않답니다."

완벽히 가다듬은 미소로 방긋 웃으며 그렇게 대답했다.

(큰일이네, 배가 살살 아프기 시작하는데……)

젠지로는 이제부터 시작될 대화를 짐작하고 재빨리 이 자리를 벗어날 핑계를 궁리했지만, 곧 마음을 고쳐먹었다.

(안 돼. 여기서 퇴각하면 나중에 반드시 후회할 거야.)

사실 젠지로가 자리를 지킨다 해도 할 수 있는 일은 아무것도 없다. 귀족사회의 칼 없는 칼부림에 다소 익숙해지긴 했지만, 남녀관계가 얽히면 또 문제가 달라진다.

그래도 문제의 핵심이 자기 자신이라는 생각에, 최소한 자리를 지키기로 마음먹고 각오를 정했다.

남편의 절박한 심정을 아는지 모르는지, 여왕은 당당히 가슴을 펴고 '세상 돌아가는 이야기'를 시작했다.

"그나저나 저번 파티에서는 꽤 놀랐지 뭐요. 지금 왕궁은 온통 프레야 전하 얘기로 떠들썩하다오."

느닷없이 본론으로 파고드는 붉은 머리카락의 여왕. 은발의 왕녀는 부끄러운 듯이 살짝 얼굴을 붉혔다.

"본의 아니게 폐를 끼쳤습니다. 그때는 이 기회를 놓치면 젠지로 폐하와 인연을 맺을 수 없다고 생각하니 자신을 억누를 수가 없었습니다."

"호오, 우리 서방님한테 홀딱 반하신 모양이군. 서방님은 나에게도 둘도 없는 소중한 반려자이자 유일하게 사랑하는 존재요. 그런데 이런 말은 뭣하지만, 취향이 꽤 독특하신 듯하오. 전하는 서방님의 어디에 그렇게 끌리셨소?"

왕후 귀족의 결혼이 거의 이해관계를 동반하는 정략결혼이라 해도, 표면적으로는 어디까지나 남녀 간의 애정관계다.

때문에 구애를 한 쪽이 "당신의 집안과 재산이 목적입니다. 당신이 어떤 사람이든 상관없습니다."라는 식으로 털어놓을 수는 없는 노릇이다.

자, 그렇다면 뭐라고 대답할까? 프레야 공주는 흥미로 가득 찬 아우라의 시선을 받고 살짝 심호흡한 다음, 대답했다.

"그건, 무엇보다 젠지로 님의 사람됨입니다. 실례입니다만, 그 누구보다 아우라 폐하께서 이 마음을 잘 아시지 않습니까?"

"호오, 사람됨, 이라."

"예. 저는, 제 입으로 말하기도 부끄럽습니다만, 왕가의 여성으로서 칭찬받을 만한 성품은 못 됩니다. 제가 지금 이 자리에 있다는 사실만 봐도 이해하시리라 생각합니다."

"음……"

프레야 공주의 설명에 아우라는 긍정도 부정도 아닌 반응을 보였다.

본인 입으로 한 말이지만, 왕족을 멸시하는 말에 덜컥 긍정할 수도 없고, 그렇다고 부정하기에는 누가 봐도 명백한 사실이기 때문이다.

프레야 공주는 설명을 계속했다.

"저는 모국에서도 적극적으로 이런저런 활동을 했습니다. 왕궁 안에서 조용히 지내기보다 국가를 위해 공헌하고 싶다, 그런 충동을 억누르지 못하고, 아버지와 오빠들에게 부담을 끼치면서, 본래 여자가 나서지 말아야 할 일에 손을 대고, 참견하고, 때로는 그럭저럭 성과를 거두기도 했습니다. 그럴 때 남자들의 반응은 대체로 비슷했습니다. 미간을 좁히며 '여자 주제에 건방지게'라고 질책하거나, 입에 발린 소리로 '여자로 태어난 게 아깝다'며 칭찬하거나. 물론 지켜야 할 선을 넘어 활동함으로써 질서를 무너뜨린 죄는 있다고 생각합니다. 그러나 성과를 올렸을 때조차 정당한 평가를 받을 수 없는 현실에 마음 한구석이 시린 건 어쩔 도리가 없습니다.

"음, 그렇군."

프레야 공주의 주장에는 아우라도 매우 공감하는 바가 있었다. 여왕으로 즉위한 이후에도 그렇고, 전쟁 중에 여왕의 신분으로 활약했을 때, 아우라도 여러모로 마음 불편한 일을 겪었다.

그래서 아우라는 이 시점에서 이미 프레야 공주가 하고 싶은 말이 무엇인지 대체로 예측할 수 있었다.

"그런데 젠지로 폐하는 달랐습니다. '황금나뭇잎호'의 선장으로서 젠지로 폐하를 뵀을 때, 폐하는 제가 대륙 간 항해에 성공한 성과를 있는 그대로 칭찬해 주셨습니다. 게다가 향후 대륙 간 무역에 관한 협상의 자리에 대등한 협상 상대로서 참석할 수 있도록 허락해 주셨습니다. 아니, 허락하고 말고도 없이, 제가 대등한 협상 상대라는 점을 지극히 당연하게 받아들이셨습니다. 저는 젠지로 폐하 외에 그런 분을 뵌 적이 없습니다."

프레아 공주의 주장은 대체로 아우라가 예상했던 대로다.

"과연. 확실히 내가 누구보다 공감하는 부분이오. 서방님은 여자를 대등한 존재로 대해주시지. 나처럼 집구석에 틀어박히지 않고 바깥에서 활동하는 여자에게는 무척이나 마음 든든한 존재요."

"그 마음 든든함을 저에게도 나눠주시기를 청하는 바이옵니다."

"글쎄, 어떡할까. 나는 이래 봬도 질투 많은 여자라서. 사랑하는 남자에게 나 말고 다른 여자가 추파를 던지는 걸 참아낼 도량이 있을지…… 나 자신의 그릇을 절대 과대평가하지 않는다오."

"아아, 폐하. 부디, 왕으로서의 도량을 보여주시옵소서. 저는 결코 두 분 폐하를 방해하지 않을 것입니다. 그저 두 분의 그늘 한편에 제가 존재하도록 허락해 주신다면, 그 이상의 행복은 없습니다."

여왕과 왕녀의 칼 없는 칼부림이 계속되는 가운데, 젠지로는 옆에서 표정 근육이 완전히 굳어 속으로 살려달라고 몸부림쳤다.

(주, 죽겠네. 제발 그만 해줘. 더 계속하면 창피해서 죽어버릴지도 몰라……)

미녀와 미소녀의 입에서 눈사태처럼 쏟아지는, 자신을 추켜세우는 온갖 미사여구들. 물론 머리로는 그것이 '혼인 협상을 위한 표면적 절차'라는 걸 이해했다.

그러나 이성과 감성은 별개다.

이제껏 들어 본 적도 없는 무지막지한 칭찬들과 자신을 향한 정열적인 사랑 고백들. 젠지로의 정신력은 이 공격에 버틸 수 있을 만큼 강하지 않았다.

물론 아내인 아우라가 자신을 깊이 사랑하고 있다는 사실을 믿어 의심치 않았지만, 아무리 그래도 낯간지러울 정도로 거창한 표현이다. 하물며 프레야 공주의 고백이라니, 애초에 짚이는 구석조차 없다.

허무한 미사여구가 이토록 포악한 흉기가 될 수도 있음을 예전에 미처 몰랐다. 온몸이 욱신거리고 속이 쓰려서 몇 번이나 주저앉고 싶은 기분이지만, 젠지로는 꾹 참았다.

사실 아우라는 그저 본심을 표현했을 뿐이고, 프레야 공주도 다소 호들갑이긴 해도 결코 거짓을 늘어놓지 않았다. 하지만 그런 내막을 젠지로가 이해할 수 있을 리 만무했다.

마찬가지로 젠지로가 지금 수치심 때문에 죽을 지경이라는 걸 아우라와 프레야 공주는 꿈에도 몰랐다. 젠지로에게 고문과도 같은 대화가 이어졌다.

"그런데 이런 일은 쌍방의 감정이 중요하지. 내 입으로 말하자니 부끄럽지만, 서방님은 마음 깊이 나를 사랑하고 계시다오."

"부러울 따름입니다."

"프레야 전하는 어떤지? 물론 전하는 아름답소. 나이 먹은 나보다 훨씬. 남자가 열 명 있다면 그 중 아홉은 망설임 없이 프레야 전하를 선택할게요. 허나 안타깝게도 서방님은 남은 한 명이라오."

"…………"

여왕은 당당하게 가슴을 펴며 말했다. 프레야 공주는 오늘 처음으로 대답을 주저하며 침묵했다.

듣고 보니 확실히 여왕 아우라와 프레야 공주는 성별 빼고 공통점이라곤 눈곱만큼도 없다.

붉고 긴 머리카락의 아우라와 짧은 청은색 머리카락의 프레야 공주.

20대 후반의 아우라와 아직 10대 후반인 프레야 공주.

여자치고 장신에 어깨가 넓고 가슴과 엉덩이가 풍만한 아우라와 북대륙 사람치고는 드물게 왜소하고 좁은 어깨에 전체적으로 가냘픈 체격의 프레야 공주.

아우라가 젠지로의 이상형이라면, 프레야는 스트라이크 존에서 한참 벗어난 셈이다.

하지만 그렇다고 물러날 프레야 공주가 아니다.

금세 자세를 바로 하고 만면에 미소를 짓고서 제안했다.

"좀 다른 이야기입니다만, 제 뒤에 있는 여전사, 빅토리아 크론크비스트, 즉 스카디는 저의 심복이면서 동시에 전폭적으로 신뢰하는 호위입니다. 만약 제가 후궁에 들어가게 되면 그녀도 데려갈 수 있도록 허락해주셨으면 합니다."

놀랍게도 프레야 공주는 심복 여전사를 덤으로 갖다 붙였다.

확실히 스카디는 애써 구분하자면 여왕 아우라와 비슷한 타입이다. 키가 크고 가슴과 허리의 곡선이 풍부한 여장부. 단, 여자치고 장신인 아우라보다 15센티나 큰 여자를 과연 '같은 타입'으로 볼 수 있는지 의문이지만.

"헉……!?"

예상치 못했던 말에 젠지로의 입에서 무언가 터져 나오려 했지만, 그보다 훨씬 격렬하게 반응한 사람이 있어 다행히 눈에 띄지 않았다.

"고, 공주님, 무슨 말씀을!?"

다름 아닌, 갑자기 화제의 중심으로 끌려간 여전사, 스카디였다.

뺨을 붉히고 이제껏 본 적 없을 만큼 몹시 당황해 하는 것을 보아, 사전에 이에 관해 아무런 언질도 없었음을 대번에 알 수 있었다.

프레야 공주가 즉흥적으로 떠올린 임기응변이리라.

젠지로는 상황을 파악하고 약간의 반감과 상당한 걱정에 휩싸여 그만 경솔한 말을 내뱉고 말았다.

"프레야 전하. 물론 전하도 진심으로 하는 말씀이 아니라고는 생각합니다만, 아무리 그래도 장난이 좀 심하시지 않습니까? 스카디 님은 최고로 유능한 전사입니다. 타고난 것도 있겠지만 그만큼 실력을 갖추려면 뼈를 깎는 노력을 하셨겠지요. 그런 스카디 님에게 전사로 사는 삶을 버리고 여자로 사는 삶을 강요하시다니, 그것이 얼마나 가혹한 처사인지 프레야 전하는 잘 알고 계시지 않습니까!?"

젠지로는 이 시점에서 도무지 끝을 모르는 추켜세우기 공방을 잠재우고 찬물을 끼얹을 요량이었으나, 잘못된 계산이었다.

"앗……"

이런 바보가! 아우라가 순간적으로 난감한 표정을 보였지만 때는 이미 늦었다.

젠지로의 질책을 받고 프레야 공주는 터지는 꽃봉오리처럼 웃었다.

"그렇군요. 죄송합니다. 농담이 지나쳤습니다. 하지만 지금 말씀에 저는 확신했습니다. 역시 젠지로 폐하만이 저의 이상형이라고요."

"아……"

듣고 보니 당연하다.

프레야 공주는 젠지로가 '여자를 하나의 인격체로 대등하게 대해준다'는 점을 들어 초지일관 구혼의 뜻을 밝혔다.

결국, 젠지로의 질책 발언이 사실상 프레야 공주의 주장을 뒷받침하는 결과를 낳았다.

"과연, 프레야 전하, 안목이 높으시오."

쓴웃음을 짓는 여왕 아우라의 표정에 살짝 포기의 빛이 감돌기 시작했다.

"자, 프레야 전하가 서방님을 마음에 둔 이유는 대강 이해했소. 그러나 무릇 왕족의 혼인이란 마음만으로 성사되지 않는다는 점은 전하도 잘 알고 있을 거요."

여왕 아우라는 그렇게 말하며 이야기를 다음 단계로 가져갔다.

왕후 귀족에게 혼인이란 서로의 애정을 충족시키기 위함이 아니라 양가의 이익을 추구하기 위한 일이다.

협상은 여기부터가 본방이다.

누가 먼저랄 것도 없이 여왕과 왕녀의 표정에 긴장이 감돌았다.

"물론입니다. 저는 이 혼인이 양국에 최선의 미래를 가져다주리라고 확신합니다."

"호오, 어디 들어봅시다. 부끄럽게도 우리는 국경을 초월한 혼인의 경험이 거의 없어서."

아우라의 말은 거짓이 아니다. 왕가가 곧 혈통마법인 남대륙에서는 왕가의 혼인이 국내에서만 이루어진다. 타국과 혈연을 맺음으로써 얻는 이익보다, 자국의 혈통마법이 타국으로 유출됨으로써 당하는 불이익이 훨씬 크기 때문이다.

따라서 방금 아우라의 말은 "우리는 원래 타국의 왕족과 혈연을 맺지 않는 문화다. 정히 그리하고 싶다면 상응하는 이익을 제시하라"는 뜻이다.

문맥에 숨겨진 뜻을 정확히 파악했으리라.

소파에서 자세를 바르게 고쳐 앉은 프레야 공주는 한 번 크게 숨을 내쉬더니 아이스 블루 눈동자에 힘을 주고 주장하기 시작했다.

"예. 먼저, 우리나라는 북대륙에서도 손에 꼽는 선진국입니다. 국토가 그리 넓지 않고 농업에 적합하지 않아서 인구도 많지 않지만, 기술력만큼은 어느 나라에도 뒤지지 않는다고 자부합니다. 그리고 저는 제1왕녀입니다. 제가 시집올 때 몸뚱이만 가져오지는 않습니다."

"뭘 가져오실 텐가?"

단도직입적으로 묻는 여왕에게 왕녀는 공들여 대답했다.

"문화를, 문화를 전수할 인재를 데려오겠습니다. 저는 북대륙에서 나고 자란 여자입니다. 물론 혼인을 허락해 주신다면 이 나라의 문화를 받아들이기 위해 최대한 노력하겠습니다. 하지만 현실적으로 완벽하게 이곳 사람이 되기는 어렵습니다. 따라서 웁살라 왕국의 문화를 어느 정도 이곳에 재현하기 위한 인재를 데려오고자 합니다."

"음, 웁살라 왕국의 문화라. 구체적으로는?"

"예. 다른 건 몰라도 일단, '철'과 '배'입니다. 웁살라 왕국은 철강에 의해 성장하고, 바다에 진출해 강대해졌습니다. 이 두 가지를 빼면 웁살라 왕국은 성립되지 않습니다."

"호오."

여왕 아우라는 흥미가 돋는지 눈을 가늘게 떴다.

엄밀하게 말하면 방금 프레야 공주가 한 말은 거짓이다.

웁살라 왕국을 지탱하는 근간이 철과 배임은 사실이지만, '시집가는 여자가 모국의 문화를 가져가서 재현한다'는 목적과는 전혀 상관없는 분야다.

시집와서 모국의 철을 그리워하고 모국의 배가 없으면 쓸쓸해서 못 견디는 여자라니, 전설의 여자 해적이란 말인가.

하긴 프레야 공주라면 그럴 수도 있지만, 아무튼 보통 여자 왕족이 타국으로 시집갈 때 가져가는 모국의 문화는 좀 더 생활에 밀접한, 구체적으로는 식문화나 복식문화다.

요리사나 재단사, 농부나 축산농가를 이끌고 온다면 모를까, 대장장이나 조선공을 데려올 필요는 없다.

그런데도 프레야 공주가 구태여 맨 처음 '철'과 '배'를 언급한 건, 발렌티아에서의 협상을 통해, 카파 왕국 측이 그 두 가지를 원한다고 판단했기 때문이다.

지금 프레야 공주는 판매자의 입장. 상대방이 원하는 걸 줄 수 있다고 주장한다.

여왕 아우라는 표정을 바꾸지는 않았지만, 내심 예상을 뛰어넘는 진지함에 놀라움을 금치 못했다.

"북대륙 중에서도 손에 꼽는 선진국의 철과 배라. 그건 충분히 매력적이군. 그런데 웁살라 왕국은 소중한 왕녀를 시집보내면서 동시에 중요한 기술들까지 무상으로 제공할 만큼 인심이 넉넉한 나라인가?"

물론 그럴 리 없다는 걸 전제로 한 질문이다.

제1왕녀에 철, 그리고 배. 그만큼을 내어주고 뭘 원하지? 라고.

프레야 공주는 다시 한 번 심호흡하고 등을 꼿꼿이 세웠다.

"네. 제 입으로 말하기 뭣합니다만, 저는 웁살라 왕국의 혈통을 정통으로 잇는 제1왕녀입니다. 제가 평범한 모양새로 젠지로 폐하의 측실이 되면 웁살라 왕국은 카파 왕국의 속국으로 보이겠지요. 그건 앞으로 양국이 '대등한 관계'를 쌓아 나가는 데 걸림돌이 됩니다."

"'대등한 관계'를 이루어야 한다면 그렇겠지."

카파 왕국 입장에서는 딱히 양국의 관계가 대등해야 할 이유는 없다. 물론 이쪽이 먼저 숙이고 들어가지는 않겠지만, 저쪽이 멋대로 낮춰준다면야 두 손 들고 환영이다.

언중에 뼈를 담은 여왕의 말에 대답하지 않고, 은발의 왕녀는 말을 이었다.

"그래서 저의 신분을 지키기 위해 두 분 폐하께서 특별한 지위를 내려주셨으면 합니다."

"특별한 지위?"

"예. 왕가와 어깨를 나란히 하는 공작위를 주십시오. 그리고 영지는 해안부의 항구도시를 한 곳."

"호오, 영지를 달라, 그거요?"

여왕 아우라의 얼굴이 순식간에 험악해졌지만, 프레야 공주는 굴하지 않고 거듭 말했다.

"그 땅에 먼저 조선소를 세우겠습니다. 거기서 카파 왕국과 웁살라 왕국을 위한 배를 만들고 싶습니다."

"조선소의 기술자는 웁살라 왕국에서 데려오는가?"

"예. 주요 기술자는 데려와야 하겠지요. 하지만 그들만으로는 일손이 부족할 테니 현지 목공들의 도움을 받아야 합니다."

"과연."

프레야 공주의 제안에 아우라는 잠시 생각에 잠겼다.

조선소에 카파 왕국의 기술자를 들이겠다는 건, 조선기술을 공개하겠다는 얘기다. 처음엔 프레야 공주가 데리고 온 기술자가 주도해야 하겠지만, 몇 척 만드는 동안 기술이 축적돼 카파 왕국의 기술자만으로 배를 만들 수 있으리라.

여왕 아우라는 확인차 물었다.

"배의 주재료는 목재지만, 철도 필요하겠지. 그런 부품도 모두 현지에서 만들 생각이오?"

"예. 본국에서 대장장이도 데려올 생각입니다만, 본격적인 궤도에 오르면 인원이 부족해서 카파 왕국의 대장장이들도 참여해야 할 것입니다."

즉, 조선기술과 마찬가지로 제철기술도 적극적으로 전수하겠다는 얘기다.

"흐음."

아우라는 생각에 잠겼다.

대형범선의 제조기술과 뛰어난 제철기술. 아우라의 처지에서는 둘 다 절실하게 필요한 기술이다. 특히 제철기술은 고성능의 가마를 만드는 기술을 포함한다. 가마가 있으면 유리 제조 연구도 비약적으로 진척시킬 수 있다.

그걸 준다면야 웬만한 양보도 가능하다.

아우라는 흘끗 옆에 앉은 남편을 보았다.

마른 침을 삼키며 지켜보는 남편에게 미안하지만, 이런 좋은 기회를 놓친다면 아우라는 왕으로서 실격이다.

"공작령의 조건은?"

"카파 왕국의 일반적인 영주 귀족과 동등한 조건이면 됩니다. 왕국에 종속되어 매년 조세를 납부하는 대신 영지의 자치를 인정해 주시는 걸로."

"왕가에서 파생한 분계 귀족과 독립한 지방영주 귀족은 상당히 다른 취급이라오. 가장 큰 차이는 후계자 임명권이지. 지방영주 귀족은 영주에게 후계자를 지명할 권리가 있지만, 왕가의 분계 귀족은 당대의 왕이 후계자 지명권을 갖소. 대신 지방영주 귀족이 왕가의 공주와 결혼해도 왕위계승권을 갖지 못하오. 왕가의 분계에는 하위이긴 해도 왕위계승 순위가 주어지고."

"그렇다면 후계자 지명권은 폐하가 가지셔도 됩니다. 단, 작위계승자는 웁살라 왕가와 카파 왕가 양쪽의 핏줄을 잇는 자를 우선한다고 명시해주셨으면 합니다. 물론 카파 왕가의 왕위계승권은 원하지 않습니다."

"웁살라 왕가의 계승권도 없어야 하오."

"예, 알겠습니다."

치열한 접전이 계속됐다.

방금도 프레야 공주는 일부러 '왕위계승권'이라고 하지 않고 '카파 왕가의 왕위계승권을 원하지 않는다'고 했다.

아우라가 못을 박지 않았으면 프레야 공주와 젠지로 사이의 아이 혹은 그 자손에게 웁살라 왕국의 왕위계승권이 발생할 가능성이 있다.

그렇게 되면 자국의 왕위계승자를 소환한다는 명목으로 장래에 카파 왕가의 혈통마법인 '시공마법' 보유자를 옭살라 왕국에 빼앗길 위험이 있다.

게다가 프레야 공주는 아직 모르겠지만, 젠지로의 피는 '시공마법'만이 아니라, 샤로와 왕가의 혈통마법인 '부여마법'도 포함하고 있다.

그런 사정을 겉으로 드러내지 않고, 여왕 아우라는 면밀히 대책을 강구했다.

"혈통마법을 보유하지 않은 왕가 출신인 프레야 전하가 이해하기 어려울지도 모르겠지만, 남대륙에서는 혈통마법을 구사하는 사람의 수가 곧 국력이기에 왕족의 숫자와 거취가 대단히 중요한 의미를 띠오. 그런데 현재 우리나라에는 혈통마법을 지닌 자가 나와 젠지로, 그리고 갓 태어난 카를로스뿐이오. 덕분에 국내 귀족들이 서방님에게 '측실을 들이라'며 얼마나 시끄러운지. 어렵게 맞은 측실이 왕가의 혈통마법 술사를 늘리는 데 협조하지 않는다면 아마 절대 받아들여지지 않을 거요. 그 점을 미리 양해해 주시게."

아우라가 다소 에둘러 말하긴 했으나, 프레야 공주는 잠시 생각한 후 뜻을 이해하고 조금 굳은 표정으로 제안했다.

"……시공마법의 능력은 측정할 수 있다지요? 그러면 후계자 후보가 여럿 있다면, 시공마법 능력이 없는 자를 우선해서 작위를 계승하고, 능력을 보유한 자는 왕가의 양자로 들인다. 단, 만약 후계자 후보 중에 능력을 지니지 않은 자가 없다면, 양자를 돌려보낸다는 방식은 어떻습니까?"

"음, 타당하군. '혈통마법의 능력'이 없어도 잠재적으로는 보유하고 있는 셈이니, 그 후계자들이 혼인하려면 왕가의 허가가 필요하겠지만, 이는 국내법상 모든 상위 귀족에게 적용되는 법률이니 감수해주시게."

"……알겠습니다."

"다음은 영지의 무장. 왕가의 분계 영지니까 왕군을 주류시키는 방법도 있소만."

"가능하면 독자적인 병력을 갖추고 싶습니다. 지상의 경비는 물론 항구의 안전도 확보해야 하니까요."

"호오? 그러니까 전하는 그 항구에서 독자적으로 모국과 대륙 간 무역을 할 셈이신가?"

아우라의 눈빛이 날카로워졌다. 그러나 프레야 공주는 시치미를 떼고 대답했다.

"물론 무역의 이익에서 정당한 비율을 왕가에 납부하겠습니다."

"안 되오. 그건 인정할 수 없소. 대륙 간 무역은 어디까지나 카파 왕가와 웁살라 왕가가 일대일로 행한다. 이것이 대원칙이오."

"그러면 조선소에서 제조하는 범선은 어떻게 해야 합니까? 배 또한 무역 거래의 일환입니다만."

"조선소에서 만든 배가 열 척에 이를 때까지는 두 대에 한 대를 무상으로 웁살라 왕국에 제공하겠소. 웁살라 왕국이 그 이상 배를 원한다면, 조선소에서 만든 배를 일단 발렌티아항으로 옮겨서 매매 거래하지."

대륙 간 무역을 카파 왕가의 주도로 진행하기 위한 방책이다.

카파 왕가도 대형 범선을 다섯 척이나 무상으로 양도하고 싶지 않지만, 프레야 공주의 항구가 대륙 간 무역에 끼어드는 것보다는 낫다.

장래에는 어찌 될지 몰라도, 프레야 공주가 살아 있는 동안은, 그 항구는 문화적으로 카파 왕국보다 웁살라 왕국에 가까운 지역이 될 것이다.

그렇다고 프레야 공주의 제안을 뒤도 안 보고 차버리기에는 그녀가 내민 떡밥이 너무 아깝다.

그렇다면 저쪽이 당장 원하는 걸 제공해서 조건을 완화하는 방법을 취한다.

"대형 범선 다섯 척을 무상 제공…… 인가요"

이번엔 프레야 공주가 생각에 잠길 차례다.

웁살라 왕국은 기술선진국이지만 국력으로 따지면 기껏해야 중진국이다. 웁살라 왕국 입장에서도 대형 범선이 다섯 척이나 공짜로 생기는 건 대단히 매력적이다.

물론 장래를 생각하면 프레야 공주가 소유한 항구에서 무역할 수 있도록 인정받는 쪽이 훨씬 이익이지만, 무역이 궤도에 오르려면 다소 시간이 걸린다. 그렇게까지 무리하지 않아도 대륙 간 무역만 성공한다면 웁살라 왕국에 충분히 이익을 가져다줄 수 있다.

그렇다면 이 제안을 받아들여도 좋을까? 프레야 공주는 그렇다고 생각했지만 한 가지 문제가 있었다.

국가의 전권을 지닌 여왕 아우라와 달리, 프레야 공주는 어디까지나 일개 왕녀에 지나지 않았다.

그렇게 말하면 애초에 본국의 아버지, 형제의 허가도 없이 혼인을 청한 것 자체가 언어도단이지만, 대륙 간 무역과는 그와도 전혀 다른 사안이다.

프레야 공주는 '모국을 위해 남대륙과 대륙 간 무역을 개척한다'는 명목으로 '황금나뭇잎호'를 받아 항해에 나섰다.

말하자면 대륙 간 무역에 관한 협상에서는 왕의 칙령을 받는 신분이다.

그렇기에 이야기가 커질수록 독자적으로 판단해서 대답하기 어려워진다. 하지만 윗사람의 판단을 구하고자 해도 본국은 머나먼 바다 저편이다.

"……그렇군요. 그렇다면, 그 항구에서 무역할 때는 카파 왕가 본계의 허가를 받는다고 명문화 하면 어떻습니까? 만약의 경우를 위해 항구에 무역을 위한 체계를 갖출 수 있도록 허락해 주셨으면 합니다."

프레야는 장래에 공작령과 웁살라 왕국 간 직접 무역의 가능성을 남겨두기 위해 끈질기게 협상을 이어갔다.

"그러면 저는 이만 실례하겠습니다. 오늘은 두 분 폐하 덕분에 유의미한 시간이었습니다. 감사합니다."

"아니, 우리야말로 좋은 이야기를 들었소. 조만간 또 이런 자리를 만들도록 하지."

"프레야 전하가 즐거우셨다니 다행입니다."

웃는 얼굴로 인사를 나누는 왕녀와 여왕 곁에서 젠지로는 다소 경직된 표정으로 형식적인 미소를 짓고 있었다.

이윽고 프레야 공주와 호위 여전사가 문을 닫고 나가자, 젠지로는 실이 끊어진 것처럼 소파에 축 늘어지고 말았다.

"……나를 뺀 모두에게 유의미한 대화였군요."

웬일로 잔뜩 비꼰 말을 내뱉는 남편에게 여왕은 한동안 대답하지 못하고 침묵을 지켰다.

이곳에는 젠지로와 아우라밖에 없었지만, 후궁이 아니라 왕궁이었기 때문에, 일단 존대를 유지했다. 그래서 더욱 냉랭하게 들렸다.

"…………"

사실 지금은 아우라가 젠지로에게 무슨 말을 해도 고깝게 들리리라.

젠지로의 말처럼 여왕인 아우라의 처지에서 보면 상당히 의미 있는 시간이었다. 제철기술에 조선기술. 그리고 북대륙과의 대륙간 무역. 이만한 조건이 제시된 마당에, 이미 청혼을 걷어찬다는 선택지는 남아있지 않았다.

현시점에서 프레야 공주를 측실로 들일지는 결정된 사항이 아니지만, 일단 이번 결혼식에 파트너로 데려가는 건 거의 결정됐다고 봐도 무방하다.

그러나 본격적으로 측실 맞이, 대륙 간 무역 협상이 시작되면 카파 왕국의 의도대로만 진행되지는 않을 것이다. 최종 결정은 프레야 공주가 한 번 '황금나뭇잎호'를 타고 북대륙으로 돌아가 본국 부왕의 허가를 받아온 다음에 이루어질 테니, 아무리 빨라야 1년 후의 이야기다.

여기서 내린 결정은 어디까지나 프레야 공주의 독단에 불과하기에, 앞으로 협상이 결렬될 가능성도 충분히 있다.

그러나 어쨌든 '순조롭게 진행되면 측실을 맞이한다.'는 사실이 정해진 것만은 분명하다.

젠지로가 무엇보다 원치 않았던 일이기에 깊은 한숨이 나왔다. 진작에 각오는 했지만, 드디어 올 것이 왔다랄까.

"젠지로, 나는 왕이고 당신은 왕족이오. 왕족은 사적인 감정보다 국익을 우선할 때 진정한 왕족이라 할 수 있소."

일부러 엄숙하게 말하며, 여왕은 젠지로 곁에 살며시 앉았다. 그리고 무릎 위에 양손을 맞잡고 있는 젠지로의 손에 자신의 왼손을 뻗었다.

스스럼없는, 지극히 자연스러운 동작이었지만, 아우라는 마음속에서 피어나는 두려움을 애써 누르는 중이었다.

만약 자기가 옆에 앉는 순간 남편이 몸을 피한다면…… 만약 자기가 내민 손을 남편이 뿌리친다면……

그러나 그런 암울한 상상은 완전한 기우였다.

젠지로는 양손의 깍지를 풀고 살며시 아내의 오른손을 잡았다. 그리고 손가락에 손가락을 얽으며 단단하게 아내의 손을 맞잡았다.

그리고 고개를 돌려 옆에 앉은 아내에게 웃어 보였다.

"알겠사옵니다. 부족함이 많은 몸입니다만 부디 잘 부탁드립니다."

딱딱한 말투에 깃든 부드러운 목소리와 다정한 미소. 그리고 손을 통해 전해져 오는 체온에 여왕은 마침내 두려움과 긴장에서 완전히 해방됐다.

"음. 가장 우선해야 하는 건 왕가와 왕국의 번영이오. 하지만 그 목표와 충돌하지 않는 범위라면, 왕족이 개인의 행복을 추구한다 해도 결코 비난받을 일이 아니라오. 나도 최대한 협력하지."

"무척 든든한 말씀이옵니다."

그렇게 여왕과 국서는 손에 손을 맞잡고 어깨와 어깨를 스치며 서로의 체온을 나누는 따스한 시간을 보냈다.

[막간] 쌍왕국의 움직임

북대륙에서 온 왕녀의 대담한 행동으로 카파 왕궁이 들끓는 와중에, 샤로와·지르벨 쌍왕국의 왕자와 왕녀는 빌려 쓰는 중인 왕궁의 한편에서 조금 심각한 대화를 나누고 있었다.

"이야아, 놀랐어. 북대륙 왕녀님은 적극적이네."

"네, 정말로. 이런 것이 문화의 차이일까요?"

보나 왕녀도 평소에는 타인의 뒷말을 좋아하지 않았지만, 흥미를 억누를 수 없는지 자색 눈동자에 호기심의 빛을 반짝이며 프란체스코 왕자에게 맞장구쳤다.

보나 왕녀는 원래 하급귀족 출신인데다, 왕족이 된 후에도 부여마법 술사 및 세공사 교육을 받느라 기본적인 예법과 마음가짐 외에 왕족 교육을 받지 못했다. 그래서 보통의 왕족과는 가치관이 약간 다르다.

"공식적인 자리에서 여성이 먼저 프러포즈를 하다니, 저로서는 상상할 수도 없는 용기예요. 그런데 괜찮을까요? 왕족끼리의 혼인은 금기 중 금기잖아요?"

이런 부분을 보면 역시 보나 왕녀의 지식이 일반인 수준에 머물러 있음을 알 수 있다.

한편 프란체스코 왕자는 얼핏 보면 경박한 바보일 뿐, 아니 실제로도 바보지만, 태생이 순수한 왕족이라서 그쪽 방면으로 지식이 풍부하다.

"아니, 북대륙에서는 혈통마법을 지니지 않은 왕가도 많아서, 그런 왕가는 왕족끼리 혼인을 금지하기는커녕 빈번하게 이루어지고 있을 거야. 우리로 치면 국내 유력 귀족들끼리의 혼인과 비슷하지."

"아아, 과연. 왕국 안의 지방영주 귀족이 거대해져서 독립한 느낌이군요."

원래 머리가 나쁘지 않은 보나 왕녀는 금세 이해했다.

"그래, 맞아. 대충 그렇게 이해하면 돼. 그래서 프레야 전하에게는 정략결혼으로 다른 나라에 시집가는 게 생소하지 않을 거야. 오히려 오늘 사건으로 충격을 받은 건 젠지로 폐하와 아우라 폐하 아닐까? 카파 왕국은 남대륙 국가니까."

"아아, 그렇겠네요. 그러면 프레야 전하가 받아들여지지 않을 가능성이 높을까요?"

근심어린 표정으로 말하는 보나 왕녀는 순수하게 프레야 공주를 염려하는 것처럼 보였다. "으응? 글쎄 그건 어떨까? 저번 전쟁 때문에 지금 카파 왕국에는 혈통마법 보유자가 극도로 줄어든 상태니까. 젠지로 폐하에게 측실이 적극 권장되고 있는 형편이야. 프레야 전하는 혈통마법을 구사하지는 못해도 마력량 자체는 낮지 않아. 의외로 일이 간단하게 진행되지 않을까?"

카파 왕가와 샤로와 왕가의 밀약을 생각하면 곤란한 상황이지만, 프란체스코 왕자는 전혀 신경 쓰지 않는 것처럼 태평하게 말했다.

한편, 보나 왕녀는 샤로와 왕가의 일원이면서도 저간의 사정을 전혀 몰랐다.

"과연, 그렇게 되면 젠지로 폐하는 앞으로 더 많은 측실을 거느리시게 되겠네요. 힘드시겠다."

보나 왕녀는 그렇게 말하며 젠지로를 동정했다. 그녀는 친근감이 들 정도로 젠지로와 가치관이 비슷해서 누구보다 그 심정을 정확히 이해했다.

경제적으로 풍족한 대상인이나 대귀족쯤 돼야 여러 여자를 동시에 취한다. 일반 서민이나 하급귀족에게는 일부일처가 상식이다. 공연히 두 번째, 세 번째 여자가 들어오면 풍파를 일으킬 뿐이다.

하급귀족 출신인 보나 왕녀는 그런 감각을 잘 이해했다.

날 때부터 왕족인 프란체스코 왕자는 결코 이해하지 못하겠지만.

"응? 아우라 폐하는 우리가 알다시피 완벽한 분이고, 프레야 전하도 훌륭한 여성이야. 오히려 부러워 죽겠는데? 그렇게 젠지로 폐하가 걱정되면 보나도 폐하의 측실 자리에 입후보하면 어때?"

프란체스코 왕자는 변함없이 악의라곤 요만큼도 풍기지 않는 어린아이의 미소를 보이며, 핵심을 찌르는 질문을 던졌다.

그러나 보나 왕녀는 샤로와 왕가 중추부의 의중 따위 알 턱이 없었다. 그녀의 반응은 놀랄 만큼 냉정했다.

"어휴, 프란체스코 전하는 또 그렇게 금세 장난을 치시네요. 안 돼요, 여기 우리밖에 없다고 해서 그런 불경스러운 농담을 함부로

입에 담으면."

이놈, 하는 표정으로 연상의 왕자를 나무라는 보나 왕녀의 표정에는 부끄러움이나 놀라움 따위의 감정이 전혀 드러나지 않았다.

말 그대로, 자기가 젠지로의 측실로 들어가다니, 말도 안 되는 농담이다, 라는 표정이다.

이래서야 젠지로에게 이성으로서 매력을 느끼는지 아닌지, 아니 그게 문제가 아니라, 아예 그런 상황을 상상조차 하지 않고 있다.

보나 왕녀는 그리 머지않은 미래에 자신이 샤로와·지르벨 쌍왕국에 돌아갈 거라고 믿어 의심치 않는다. 한편 젠지로는 카파 왕국의 국서다.

그래서 신분이 어떻고, 남대륙에서 서로 다른 혈통마법을 지닌 왕족끼리의 결혼이 금기 어떻고 하는 문제에 앞서, 삶의 공간이 전혀 달라서, 결혼상대로 인식조차 하지 않고 있음이 틀림없다.

그러나 금발의 왕자는 실실 웃으며 공연히 보나 왕녀를 부추기려고 살살 꼬드겼다.

"하지만, 보나. 보나는 젠지로 폐하와 아우라 폐하의 커플 반지를 본 적 있지? 그 왜, 금강석 세 개가 멋지게 나란히 박힌 거. 그건 '결혼반지'라고 하는데, 젠지로 폐하가 살던 세계에서 결혼할 여성에게 남성이 선물하는 거래."

"그, 그러니까 젠지로 폐하와 결혼하면 그런 멋진 반지를 받을 수 있단 말이에요?"

보나 왕녀는 꿀꺽 침을 삼키며 갑자기 심각한 표정을 지었다.

"응. 하지만 이제 젠지로 폐하는 저쪽 세계의 물건을 가져올 수 없으니까, 아마도 측실의 결혼반지는 이쪽에서 만들게 될걸."

조금만 생각해 보면 지극히 당연한 일이다. 그 말을 듣고 보나 왕녀는 퍼뜩 놀라 몸을 떨었다.

"프, 프란체스코 전하. 황당한 사기 좀 그만 치세요! 깜빡 속을 뻔했잖아요!"

"아니, 이런 농담에 속는 쪽이 이상하지. 내가 더 당황했잖아."

프란체스코 왕자는 난감한 표정을 지으며 머리를 긁적였다. 그리고 이쪽을 노려보는 보나 왕녀의 시선을 피하며, "이 녀석은 보석 얘기만 나오면 바보가 되는군." 하고 속으로 중얼거렸다.

그날 밤.

프란체스코 왕자는 웬일로 혼자서 책상에 앉아 무언가 작업에 몰두하고 있었다.

책상 위에 놓인 촛대처럼 생긴 마법도구는 '염구작성' 마법이 들어간 물건이다.

마력으로 구형을 유지하는 불꽃은 자연계의 불꽃과 달리 흔들림 없이 일정하게 주위를 비추기 때문에 조명으로 유용하다. 뿐만아니라 불꽃의 속성도 그대로 지니고 있어서 열원으로 이용할 수 있다.

프란체스코 왕자는 손잡이 부분이 흰 자연석이고 끝 부분이 쇠로 되어 있는 특수한 철필의 펜끝을 구형 불꽃에 달궈, 뜨거워진 철필로 책상 위에 펼친 용피지에 글씨를 써넣었다.

"너무 자극적인 내용을 쓰고 싶지는 않지만, 아버님께 거짓을 고할 수는 없지. 무슨 얘기부터 써야 하나."

[젠지로 폐하에게 구혼자가 나타났습니다. 북대륙의 프레야 공주입니다. 반면 우리 보나 공주는 젠지로 폐하와 무척 사이가 좋지만, 양쪽 모두 연애감정은 없어 보입니다.]

"이 정도면 괜찮겠지."

프란체스코 왕자는 달군 철필로 용피지에 글씨를 새겨 나갔다.

그 용피지는 '쌍연지'라고 불리는 마법 도구다. 두 장이 한 세트인데 한 장을 태우면 다른 한 장도 똑같은 형상으로 탄다는 특징이 있다.

원래는 멀리 떨어진 곳에 안전하게 불을 붙이기 위해 개발되었지만, 똑같은 모양으로 연소한다는 특징에 주목한 누군가가 달군 펜으로 글씨를 쓰는 수법을 착안한 다음부터, 이처럼 먼 곳에 있는 사람끼리 연락을 주고받는 데 사용하게끔 되었다.

"하긴, 생각하기에 따라서는, 타국의 왕족이든 어쨌든 젠지로 폐하가 측실을 들이게 됐으니, 샤로와 왕가에게는 낭보일까? 밀약에 따르면, 측실이 젠지로 폐하의 아이를 낳으면 쌍왕국에 유학을 보내기로 되어있으니까. 아아, 하지만 아버님과 할아버님은 이 일을 계기로 샤로와 왕가의 공주도 젠지로 폐하의 측실로 들여보내려고 하시겠지."

그리고 보나 왕녀는 다름 아닌 그 첫 번째 후보다. 보나 왕녀는 샤로와 왕가에서 상당히 쓰임새 있는 '장기말'이다.

하급귀족 출신에 마력량은 혈통마법을 간신히 발동시킬 수 있는 수준.

그러나 성격이 올곧고, 용모도 수수하지만 나쁘지 않다. 본인의 직업 겸 취미 겸 삶의 보람인 보석 장신구를 제외하면 욕심과 집착이 없다. 태생과 환경이 복잡하게 맞물려 헛웃음이 나올 정도로 이용하기 쉬운 성격을 지니게 되었다.

즉, 하급귀족 출신인 탓에 왕을 비롯한 왕족의 명령에 복종하는 충성심과 함께, 왕족의 교육을 받은 탓에 왕족으로서 의무를 다해야 한다는 사명감 또한 철저하다.

왕족으로서의 자각이 있으면서도 지위가 더 높은 왕족의 명령에 순종한다. 심지어 하급귀족과 왕족, 양쪽의 교육을 모두 받았기 때문에, 어떤 계층의 사람과 어울려도 상대를 불쾌하게 만들지 않는 언동을 취할 줄 안다.

그런 보나 왕녀라면 젠지로라는 사내의 성품이 어떻든 지극히 자연스럽게 친해질 수 있으리라. 최소한 미움은 받지 않을 터이다.

이런 샤로와 왕가의 계산은 어떤 면에서는 적중했고 어떤 면에서는 빗나갔다.

"하긴, 젠지로 폐하와 보나는 성격이 잘 맞아서 완전히 친해졌지. 그런데 너무 잘 맞아서 탈이란 말야. 아니, 성격이 맞는다기보다 차라리 둘이 꼭 닮았다고 해야 하나?"

프란체스코 왕자는 젠지로와 보나 왕녀가 상당히 편안한 모습으로 담소하는 모습을 떠올리고 키득, 웃었다.

불과 3개월 만에 이토록 막역한 사이가 되다니 놀랄 만 한 일이지만, 둘의 막역함은 아무리 봐도 남녀 간의 감정이 아니다.

"뭐랄까, 성질이 온순한 초식동물 두 마리가 서로 몸을 기대고 햇볕을 쬐고 있는 느낌이란 말이야."

연애 스타일을 속된 말로 '육식계' '초식계'라고 표현하기도 하지만, 남녀 간의 연애란 모름지기 둘 중 한쪽이 적극적으로 나가지 않으면 발전하지 않는 법이다.

초식동물 둘이 있으면 어느 쪽도 포식행위――구애 행동을 하지 않는다. 젠지로는 결코 연애 방면으로 둔한 편이 아니지만, 기본적으로 수동적인 인간이다.

아우라나 프레야 공주처럼 상대방이 액션을 취하면 나름대로 리액션을 보이지만, 스스로 액션을 일으키지는 않는다.

그건 보나 왕녀도 마찬가지다. 덕분에 상대의 액션을 기다렸다가 리액션하는 타입인 두 사람은 언제까지나 초기 상태를 유지하는 것이다.

"내 사람 보는 눈이 정확하다면 그 두 사람은 아마 백 년이 흘러도 지금처럼 사이좋게 담소만 나눌 거야."

하지만 프란체스코 왕자는 그런 생각을 '쌍연지'에 쓰지 않았다.

아버지나 할아버지의 계획을 방해할 의도는 아니지만 응원하고 싶지도 않았다.

요즘 모처럼 프란체스코 왕자 자신도 보나 왕녀도 원만한 인간관계를 꾸리고 있기 때문이다. 이 시점에서 괜한 풍파를 일으켜서 귀찮은 사태에 휘말리고 싶지 않다.

프란체스코 왕자는 혼잣말을 중얼거리는 사이에 식어버린 철필을 다시금 마법 도구의 불꽃에 달궈 문장을 이어나갔다.

[프레야 공주의 모국은 웁살라 왕국. 북대륙에 얼마 남지 않은, '교회'의 입김이 닿지 않은 나라 중 하나. 접촉해도 문제없다고 판단했습니다. 허가를 내려주십시오.]

모국에서 정치에 노터치였기에 프란체스코 왕자는 자세한 사정을 알지 못했지만, 샤로와·지르벨 쌍왕국에서는 북대륙, 정확히 말하면 '교회' 세력과의 접촉을 금기시하고 있다.

안전을 고려하면 프레야 공주와도 교류하지 않아야 한다.

그러나 보나 왕녀만큼은 아니지만, 프란체스코 왕자도 장인 기질이 풍부하고 지적 호기심이 왕성하다. 북대륙 중에서도 기술선진국이라 불리는 웁살라 왕국과 어떤 식으로든 연결고리를 맺어두고 싶다.

"병사들의 무기나 방어구를 보면 그 나라의 기술력이 높다는 건 확실해. 하지만 만듦새가 투박한 걸 보면 장신구 쪽은 생각보다 별로일지도 몰라. 아, 하지만 스카디 님이 들고 있던 단창의 장식은 훌륭했어. 그거라면 보석 장신구 방면으로도 배울 게 있겠는데. 어휴, 우리 가문도 거슬러 올라가면 북대륙 출신인데, 대체 얼마나 뒤떨어져 버린 거야?"

프란체스코 왕자의 불평은 그 누구의 귀에도 닿지 않고 사라져갔다.

[제4장] 준비, 그리고 마음의 준비

아우라, 젠지로 두 사람이 '산양의 양도'라는 명목으로 비공식 회담을 개최한 날로부터 며칠이 지난 어느 날.

"……후우."

평소와 같이 왕궁의 집무실에서 직무에 몰두하던 아우라는 졸음을 떨치기 위해 의자 위에서 기지개를 켰다.

"읏, 끄으……!"

지금은 아직 오전이다. 아우라가 해가 중천일 때부터 이렇게 졸려 하는 건 매우 드문 일이다.

"오랜만에 봅니다, 폐하가 그토록 졸려 하시는 건."

옆에 대기한 비서관 파비오가 의아해하며 물었다.

아우라는 자기 관리에 무척 철저하다. 자기 관리에 있어서 수면은 식사와 더불어 가장 중요한 요소다. 따라서 전쟁터에서라면 몰라도, 요즘 같은 시절에 아우라가 수면부족 증상을 보이는 건 매우 희귀한 일이다.

뛰어난 기억력을 자랑하는 좁은 얼굴의 비서관은 요 며칠 주군의 일정을 떠올려 봤지만, 딱히 짚이는 데가 없었다.

"뭔가, 못 주무시는 사연이라도 있습니까?"

심복의 질문에 반쯤 눈이 감긴 여왕이 입가에 쓴웃음을 지으며 대답했다.

"응, 뭐, 그냥."

"정신적인 문제입니까?"

"아니, 물리적인 문제야."

"침상에 드는 시간이 늦어졌다는 얘깁니까?"

"침실에서 보내는 시간은 오히려 늘었지. 줄어든 건 '수면시간' 이야."

"……아아, 과연. 그러고 보니 슬슬 둘째를 생각하실 시기로군요."

중년의 비서관은 비로소 납득했다.

금슬 좋은 부부가 침실에서 지내는 시간이 늘었는데 수면시간이 줄어들었다. 다른 이유가 있을 리 없다.

젠지로를 둘러싼 여성관계에 극적인 변화가 일어난 지금, 아우라가 변함없이 젠지로와 금슬 좋게 지낸다는 건 매우 바람직한 일이다. 파비오 비서관의 말처럼 왕가의 둘째 아이를 만들기에 나쁘지 않은 시기이기도 하다.

여왕은 의자에 앉은 채 이리저리 몸을 뻗대며 겨우 졸음을 쫓아내고 한 번 크게 심호흡을 하고서 말을 꺼냈다.

"어쨌든 푸죠르 장군의 결혼식에 젠지로가 프레야 전하를 동반해 참석하기로 결정됐어. 젠지로의 파트너 자리를 노렸던 국내귀족들 문제도 요 며칠 동안 대강 정리했고. 가장 까다롭고 가장 말 많은 사람이 이번엔 꼼짝달싹 못하는 처지라 불행 중 다행이었지."

가장 까다롭고 가장 귀찮은 상대란 다름 아닌, 결혼식의 주인공

인 푸죠르 장군이다. 만약 다른 사람의 결혼식이었다면 안 봐도 뻔하다. 틀림없이 자기 여동생 파티마 기젠을 젠지로의 파트너로 강하게 밀어붙였을 것이다.

그러나 이번만큼은 푸죠르 장군도 손 쓸 도리가 없다. 결혼식을 준비하느라 바빠서 꼼짝할 수 없고, 여동생인 파티마도 신랑의 가족으로 참가해야 하기 때문이다.

지역기반과 권력 확대를 위해서라면 사소한 기회도 놓치지 않는 푸죠르 장군이건만, 본의 아니게 이번엔 완전한 방관자로 있을 수밖에 없게 됐다.

"프레야 전하가 파트너입니까? 그렇게 되면 장래에 프레야 전하가 젠지로 님의 측실로 들어오신다고 생각해도 됩니까?"

심복은 눈을 가늘게 뜨고 억양 없는 목소리로 확인했다. 아우라는 살짝 끄덕였다.

"그래. 일단 지금은 결혼식 파트너일 뿐이지만 장차 측실로 들인다 생각하고 미리 준비하도록 해. 물론 윱살라 왕국과 대륙 간 무역 협상을 마무리 짓는 게 우선이니까 그 결과에 따라 얼마든지 번복될 수 있어."

프레야 공주를 측실로 허락한 이유는, 대륙 간 무역으로 예상되는 이익과 프레야 공주가 약속한 제철, 조선 기술 때문이다. 단순히 '시공마법' 보유자를 늘릴 목적이라면, 문제의 소지가 많은 타국의 왕족이 아니라, 국내에서 적당한 여자를 찾는 게 낫다.

윱살라 왕국은 기술선진국이지만 마법선진국은 아니다. 카파 왕국의 기준에서 보면 프레야 공주도 특별히 마력량이 뛰어난 인재는 아니다.

과거에 그 예를 찾을 수 없는, 타국의 왕족을 측실로 들인다는 결정에 반발하는 국내 귀족도 적지 않다. 대륙 간 무역이라는 단물이 없으면 아우라는 도중에라도 이 사안을 결렬시킬 생각이다.

아우라의 의중을 파악한 비서관은 잠시 생각한 다음 대답했다.

"알겠습니다. 그러면 말씀대로 준비해 놓겠습니다. 단, 저는 서류상의 준비와 물리적 준비만 갖출 수 있습니다. 당사자의 마음 준비는 폐하께 맡길 수밖에 없습니다만 정말로 괜찮겠습니까?"

당사자의 마음. 쉽게 말해, 젠지로가 상황을 확실하게 이해하고 있는가, 라고 묻고 있는 것이다.

가장 어려운 문제를 지적하다니. 여왕은 쓴웃음을 지으며 천장을 올려다보았다.

"언제나처럼 머리로는 완벽하게 이해해 주었어. 당장 프레야 전하가 측실로 들어와도 겉으로는 아무 문제없이 받아들여 주겠지. 문제는 감정 쪽인데, 그건 내가 요즘 열심히 달래는 중이야. ……덕분에 요 며칠 수면부족이지만."

"과연. 그야말로 폐하만이 하실 수 있는 막중한 업무로군요."

여왕이 다소 직접적으로 밤일을 지칭하는 어휘를 사용했지만, 비서관은 무표정을 유지하고 맞장구를 쳤다.

요즘 재개된 여왕 부부의 밤일은 이 타이밍에 둘째를 만들자는 목적이 가장 크지만, 동시에 젠지로의 마음을 안정시키려는 목적도 포함하고 있다.

애초에 젠지로가 이세계로 소환당하는 운명을 선택한 가장 큰 이유는, 여왕 아우라에게 첫눈에 반했기 때문이다. 심지어 신혼 생활 동안 젠지로의 아우라에 대한 애정은 더욱 깊고 커지기만 할 뿐, 단 한 번도 줄어든 적이 없다.

따라서 젠지로의 마음을 달래는 데는 아우라와의 정사가 최고다. 다만, 반년 이상 금욕 상태에 있던 젠지로의 성욕이 아우라의 예상을 초월한 것이어서, 아우라도 다소 고전하는 중이다.

"다행히 측실이 늘어도 그쪽 방면으로 서방님의 체력이 모자라지는 않을 듯해. 나 말고 다른 여자를 그런 대상으로 볼지 어떨지 걱정이지만."

여왕은 미간을 좁히고 떫은 표정을 지으며 걱정스럽게 말했지만, 자세히 보면 적갈색 눈동자의 안쪽에서 미처 감출 수 없는 우월감이 배어나왔다.

국가의 번영을 바라는 왕족으로서는 젠지로의 일편단심이 곤란하지만, 한 사람의 여자, 한 사람의 아내로서, 남편이 다른 여자에게 한눈을 팔지 않고 자기만을 사랑해 주는 지금 상황이 기쁘지 않을 리 없다.

"그 설득은 폐하만이 하실 수 있을 테니 전적으로 맡기겠습니다. 어쨌거나 이 타이밍에 둘째를 가지시는 데에는 찬성합니다. 직계 왕족이 카를로스 전하 한 분뿐인 상태에서 측실 왕가를 늘리는 건 조금 위험하니까요."

직계 왕족이 한 명밖에 없는 상태에서 측실이 혈통마법 후계자를 출산하면, 만에 하나 직계에 무슨 일이 생겼을 때, 일시적이나마 측실의 자식이 후계자 지위에 오를 수 있다.

그럴 위험을 방지하려면 정실의 자식을 늘리는 수밖에 없다. 이 상황이 여왕과 국서가 아니라 왕과 왕비였다면, 아마 산후조리가 끝나자마자 둘째를 가지려 했을 것이다.

"알고 있어. 하지만 옥좌를 지키는 일과 국모로서 차기 국왕을 만들기를 병행하는 게 이렇게 힘들 줄은 몰랐어."

"국모로서 역할을 덜어주는 것이 바로 측실의 일입니다."

불평을 털어놓는 여왕에게 비서관은 감정이 메마른 목소리로 사실을 고했다.

"그렇지. 역시 왕가의 존속, 왕국의 번영을 생각하면 서방님에게 측실이 반드시 필요해."

끄덕이는 여왕에게 비서관은 쉬지도 않고 다음 문제를 제기했다.

"단, 이 타이밍에 폐하께 아이가 생기면 사소한 문제가 생길 수 있습니다. 저번처럼, 안정기에 접어들어 임신이 확정되는 건 약 2, 3개월 후입니다. 그 시기는 대륙 간 무역 협상이 마무리되기 전입니다. 즉, 아직 프레야 전하를 측실로 맞을 준비가 안 되었을 겁니다. 그러면 또 국내 귀족이 공백을 메우기 위한 다른 측실을 들이라고 압박해 올 가능성이 있습니다."

"……서방님의 심기가 더 불편해지겠군."

아우라도 떫은 얼굴로 대답하면서, 비서관의 염려가 충분히 타당함을 인정했다.

여왕이 왕궁의 집무실에서 업무에 집중하는 동안, 여왕의 남편인 젠지로는 아직 잠옷 차림으로 후궁 거실의 TV룸에 있었다.

밤새 침실에서 아내와 사랑을 나누고 출근하는 아내를 배웅한 뒤 다시 잠들었다가 느지막이 일어나 잠옷 차림 그대로 게임을 했다.

망가진다는 게 뭔지 보여주는 듯한 생활이다.

"에잇, 얍!"

젠지로가 게임 콘트롤러를 들고 피칭 폼을 흉내 내며 힘껏 팔을 휘두르자 TV 화면에 보이는 투수 캐릭터가 공을 던졌다.

구속 표시는 151킬로. 강속구가 우타석에 선 타자의 허벅지 높이로 뚫고 들어갔다. 그러나 타자가 가볍게 배트를 휘두르자 젠지로의 캐릭터가 던진 혼신의 투구는 허망하게 레프트 스탠드 너머로 날아갔다.

홈런.

"아~ 젠장."

갑자기 의욕을 잃은 젠지로는 선 채로 발가락으로 게임기 본체의 전원을 끄고 콘트롤러를 양탄자 위에 집어던졌다.

그리고 검은 가죽 소파에 털썩 아무렇게나 주저앉아 커다란 한숨을 내쉬었다.

"……아아 큰일이네. 전혀 집중할 수 없어."

이번 결혼식에 프레야 공주를 파트너로 데려가기로 결정 난 이후로, 젠지로는 다소 정서불안 상태다. 아우라가 특별히 하루 휴가를 주었지만 유감스럽게도 전혀 즐겁지 않았다.

"으…… 살짝 규칙 위반이긴 하지만 시녀들과 대전 게임이라도 하면 조금 기분이 나아지려나."

젠지로는 소파에 앉은 채 양탄자 위에 놓인 게임기 본체를 바라보며 혼잣말을 했지만, 행동으로 옮길 생각은 전혀 없었다.

지금까지 몇 명 시녀들에게 휴대용 게임기를 빌려주곤 했지만, 같이 어울려서 게임을 한 적은 없다.

아무리 'TV 게임'이라는 특수한 기계일지라도, '주인이 시녀와 어울려 유희를 즐기는' 행위는 곧 특정 시녀를 마음에 둔 행동으로 받아들여지기 때문이다.

젠지로는 스스로도 후궁의 시녀들과 좋은 관계를 쌓아 왔다고 생각했다. 하지만 시녀들과 남녀 관계로 발전하는 상황을 상상해 본 적은 한 번도 없다. 섣불리 시녀들을 기대에 들뜨게 하거나, 경계심을 부추겨 관계가 부담스러워지는 사태만큼은 피하고 싶었다.

"아, 진짜. 막상 휴일이 되니 심심해 죽겠네."

불평을 터뜨리며, 젠지로는 그제야 블루 스트라이프 무늬의 잠옷을 벗고 티셔츠와 면바지로 갈아입었다.

젠지로는 업무 외에 후궁 밖으로 거의 나가지 않는다. 따라서 휴일은 곧 후궁에서 하루 종일 시간을 보내는 날이다.

학창시절에는 휴일에 주로 친구를 불러내 바깥으로 놀러다녔고, 직장인 시절에는 아예 휴일이 없었기 때문에, 젠지로는 집안에서 혼자 시간을 보내는 데 익숙하지 않았다.

이쪽 세계에 막 왔을 무렵에는 녹화해 온 DVD를 보거나, 비닐도 뜯지 않은 새 게임에 마음을 빼앗기곤 했지만, 요즘은 그런 집착도 사그라졌다.

아직 클리어하지 않은 게임도 많고 아직 보지 않은 DVD도 많지만, 예전처럼 정열적으로 덤벼들 마음이 생기지 않았다.

뭔가를 즐기려고 해도, 당장 눈앞에 닥친 문제가 머릿속을 꽉 채워서 도무지 집중할 수가 없기 때문이다.

"아아, 모처럼 휴가를 준 아우라에게는 미안하지만, 차라리 정면으로 부딪치는 편이 정신건강에 좋겠어."

재빨리 옷을 갈아입고, 젠지로는 컴퓨터가 놓여 있는 구석의 책상으로 가서 복사지와 3색 볼펜을 꺼냈다. 그리고 다시 검정 소파에 앉았다.

"어디 보자, 먼저 이번 푸죠르 장군의 결혼식이 가질 변경백령에서 열린다. 남녀가 커플로 참석하는 것이 매너고, 그 남녀가 둘 다 미혼이면 서로 마음에 둔 상황으로 보는 게 보통. 나는 그런 결혼식 파트너로 프레야 공주를 데려가야 한다, 이거지."

젠지로는 복사지에 '결혼식 참석, 프레야 공주와 동행'이라고 쓰고 크게 한숨을 몰아쉬었다.

엄밀하게 말하면 젠지로는 여왕 아우라와 결혼한 몸이므로 기혼자이지만, 왕족의 남자는 일반적으로 여러 명의 아내를 거느린다. 하물며 카파 왕국은 현재 성인 왕족이 아우라와 젠지로밖에 없다. 전국민이 젠지로에게 여러 명의 아내를 들이라고 압박하는 상황이라 해도 무방하다.

그러니 젠지로가 젊은 미혼 여성과 결혼식에 참석한다고 하면 주위에서는 필연적으로 그 여성을 유력한 측실 후보로 간주하리라.

그리고 더 성가신 건 프레야 공주 본인이 젠지로의 측실로 들어가는 일에 누구보다 적극적이라는 점이다.

"그다음에, 카파 왕국과 프레야 공주의 모국인 웁살라 왕국이 '대륙 간 무역'을 시작하면 프레야 공주가 정식으로 내 두 번째 아내가 된다, 는 건가."

이번 한숨은 아까보다 훨씬 크고 깊었다.

"뭐, 처음부터 귀에 못이 박이도록 들은 얘기니, 올 것이 온 것뿐인지도 모르지만, 솔직히 평생 안 왔으면 했는데."

젠지로는 멍한 시선으로 활짝 열린 창문 너머 중정을 바라보았다.

젠지로는 지극히 평범하고, 애써 분류하자면 보수적인 가치관을 가진 사람이다. 사랑하는 아내와 아이도 낳고 알콩달콩 사는 마당에 다른 여자를 안아야 한다니, 전혀 기쁘지도 않고 두근거리지도 않는다.

"미리 아우라와 속마음을 터놓고 얘기하길 잘했어. 안 그랬으면 아우라의 마음을 의심했을 거야."

아우라와 젠지로가 서로의 불만이나 바람을 털어놓았던 그때, 아우라는 말했다. "여자로서는 나도 당신을 독점하고 싶다"고.

즉, 아우라가 측실을 들이는 일에 적극적일지라도, 어디까지나 여왕으로서의 책무 때문이지 여자로서의 감정은 오히려 반대다.

그 점을 잊지 말자고, 젠지로는 생각했다.

"아우라가 비록 일부다처제 문화권에서 나고 자랐지만 아마 본인이 가장 힘들겠지. 나를 정말로 사, 사랑하고 있다면.

젠지로는 사랑하는 아내를 두고 두 번째 아내를 맞아야 한다는 사실이 불안하고 성가셨다.

그러니 아우라는 오죽하랴. 사랑하는 남편이 자기 외에 다른 여자를 취하려 한다. 질투로 이성이 마비되어도 이상하지 않은 상황이다.

"만약 내가 아우라의 입장이라면……"

젠지로는 그렇게 가정하고 생각해 보았다.

만약 아우라에게 다른 남자가 생긴다면.

만약 그녀가 "젠지로와는 이미 아이를 하나 낳았으니까. 그렇다면 이번엔 혈통마법을 더욱 널리 퍼뜨리기 위해서 푸죠르 장군이나 라파엘로의 아이를 가지는 게 좋겠어. 뭐야, 안심해. 말 그대로 자손을 만들 뿐이야. 내가 사랑하는 사람은 당신뿐이라고." 운운한다면……

다소 지나친 상상인데다, 남성중심 사회인 카파 왕국에서는 절대 있을 수 없는 얘기지만, 단순히 혈통마법의 존속만을 고려한다면 완전히 배제할 수는 없다.

아우라가 자신 외의 다른 남자와 몸을 섞는다.

"……상상만 해도 미쳐버리겠네."

젠지로는 억양 없는 목소리로 불쑥 내뱉었다.

아우라도 지금 이런 심정일까? 이런 감정을 애써 누르고, 다만 여왕으로서의 책무를 다하기 위해 남편에게 측실을 붙여주려는 것일까?

젠지로는 새삼스럽게 자신의 모자람과 아내의 위대함을 깨달았다.

물론 젠지로가 느끼는 정신적인 압박이 아우라보다 훨씬 크고 혹독하리라. 일부일처제 사회와 일부다처제 사회. 나고 자란 환경이 다르기 때문이다. 그러나 그렇다 하더라도 막상 측실이 들어왔을 때 더 심란할 사람은 남편보다는 아내일 수밖에 없다.

"피할 수 없다면 그 안에서 열심히 할 수밖에."

아까보다 훨씬 기분이 나아진 젠지로는, 남은 휴일을 알차게 보내기 위해 애써 좋은 쪽으로 생각의 방향을 틀었다.

"뭐, 프레야 공주가 와 줘서 좋은 점도 있으니까. 식재료도 풍부해졌고."

젠지로는 소파에서 일어나 방 한구석에 있는 5도어 냉장고로 향했다.

냉장고 안에서 꺼낸 은병에는 오늘 아침에 갓 짠 산양의 젖이 들어있었다.

프레야 공주가 빌려준 젊은 양치기——니콜라이의 지시에 따라, 한 번 냄비에 끓어 넘치지 않을 만큼 데운 다음 실온에서 식혀 냉장고에 넣는 공정을 매일 반복하고 있다.

마시고 남은 산양유는 다음 날 아침에 폐기한다. 아깝지만 현재 카파 왕국에서는 젠지로와 새끼양만 산양유를 마실 수 있다. 따라서 빨리빨리 폐기하지 않으면 눈 깜짝할 새에 냉장고가 산양유로 점령당하고 만다.

젠지로는 은병을 기울여 유리컵에 산양유를 따르고, 그 하얀 액체를 한 모금 머금었다가 표정을 찌푸리고 삼켰다.

"음…… 역시 너무 비려."

살균 처리된 우유만 마셔온 젠지로에게 산양유는 아무래도 비리게 느껴졌다. 짐승 냄새와 풀 냄새가 섞인 듯한 말로 표현할 수 없는 그 냄새 때문에, 젠지로는 아직 다른 사람에게 산양유를 권하지 못하고 있다.

가뜩이나 가축의 젖을 마시는 습관이 없는데, 처음부터 이렇게 비린내가 강한 산양유를 맛보면 강한 트라우마가 생길지도 모르기 때문이다.

"산양유의 냄새는 산양의 사육 환경과 먹이를 개량함으로써 개선할 수 있다고, 니콜라이 군이 말했으니 한 번 기대해 봐야지."

니콜라이는 "지금은 환경이 바뀌어서 적응시키느라, 맛이나 냄새에 신경 쓸 겨를이 없습니다. 조금만 더 기다려 주십시오."라고 말했다.

다행히 니콜라이는 산양 사육뿐 아니라 산양유에서 버터나 생크림, 그리고 치즈까지 만들어 낼 수 있다고 한다.

적어도 산양을 돌보는 일에 관해서는 니콜라이라는 사내를 신용해도 좋을 듯하다. 왕궁의 중정에 마련된 산양 우리와 방목지에서 거의 매일 살다시피 하며, 마치 산양이 연인이라도 되는 것처럼 헌신적으로 돌본다는 보고를 들었다.

유제품이 완성되면 젖 그 자체보다 젠지로의 식생활을 윤택하게 해 주리라.

버터나 생크림이 없어서 봉인할 수밖에 없었던 디저트 레시피가 산처럼 쌓여있다. 요즘은 남대륙 서방어를 꽤 읽고 쓸 줄 알게 됐으니, 가능한 한 많은 레시피를 번역해 후궁 조리담당 책임자인 바네사에게 건네려 한다.

그녀의 실력은 확실하다. 만약 레시피대로 재현할 수 없으면 약간씩 변형해서 그럴듯한 작품을 만들어 낸다. 게다가 최근에는 젠지로의 입맛도 파악했다. 후궁에 없어서는 안 될 존재다.

"으음, 니콜라이 군은 나쁘지 않지만, 당분간 산양유는 맛만 봐야겠어."

젠지로는 컵의 내용물을 냉장고 옆에 놓인 나무 대야에 버리고, 입가심용으로 과즙을 섞은 냉수를 꺼내 다른 컵에 따라 마셨다.

산양유를 버린 나무 대야와 사용한 두 개의 컵은 그대로 냉장고 옆의 선반에 놓아둔다.

젠지로는 도무지 이런 행동이 익숙하지 않았지만, 이쪽 세계에서는 왕족 남성이 먹은 그릇을 씻는다고 하면 기절초풍할 일이라서 시녀에게 맡기는 수밖에 없다.

"아, 그러고 보니 슬슬 샴푸도 다 떨어져 가는데, 시제품도 완성했으니 미안하지만 시녀들에게 체험을 의뢰해볼까."

냉장고 곁을 떠나 젠지로는 그대로 방 한편에 만들어 놓은 작품 코너로 갔다.

거기에는 젠지로가 주로 자신의 생활을 윤택하게 하고자 다양한 실험을 거쳐 제작한 물건들이 진열돼 있었다.

은선 코일과 충전식 건전지로 만든 전자석과 그걸로 만든 아주 미미한 자력의 영구자석 등도 있었다.

젠지로는 그중에서 손바닥보다 조금 큰 사이즈의 은병이 여러 개 들어 있는 나무 상자를 꺼냈다.

은병의 내용물은 젠지로가 시험적으로 만든 샴푸와 린스다. 수제 비누를 녹여 희석한 비누 샴푸다.

인터넷에서 다운로드 해 온 수제 샴푸 정보를 바탕으로, 벌꿀, 감귤계 과즙, 밀가루, 향유 등을 비율에 맞게 섞어, 머리카락이나 두피에 손상을 입히지 않고 씻을 수 있는 제품을 고안하는 중이다.

"일단 웬만큼 완성되면 나는 그걸 쓰고, 아우라에게 남은 샴푸를 쓰라고 해야지."

남자라서 머리카락이 짧은 젠지로는 다소 뻣뻣하거나 해도 크게 신경 쓰이지 않는다. 그보다 아내인 아우라의 쭉 뻗은 아름다운 붉은 머리의 윤기를 지켜주고 싶다.

"그런데 내가 처음 이쪽 세계에 왔을 때도 아우라의 머리카락은 아름다웠어. 아우라뿐 아니라 다른 여자들도 그럭저럭 아름다운 머리카락이었지. 만약 비누샴푸와 린스의 성능이 시원찮으면 카파 왕국의 전통적인 손질법으로 되돌아가는 게 낫겠어."

젠지로는 문득 그런 생각을 했지만 가능하면 최후의 수단으로 남겨두고 싶었다. 원래 카파 왕국의 풍습은 현대 일본만큼 자주 입욕하지 않는다. 당연히 머리도 매일 감지 않는다.

깔끔한 사람이라도 3일에 한 번, 보통은 7일에 한 번 정도만 머리를 감는다. 덕분에 머리카락 냄새를 억제하고 윤기를 유지해주는 머리카락용 향유가 발달했다. 하지만 젠지로는 머리를 감지도 않고 향유를 덕지덕지 바른 여자와 같은 베개를 쓰고 싶지 않았다.

"몸을 씻는 비누는 이미 향유를 섞은 액체비누로 대신할 수 있게 됐고, 샴푸와 린스까지 성공하면 남은 건 클렌징 폼이군. 하긴, 이건 액체비누를 희석했을 뿐이니 나는 별문제 없지만."

원래 일본에서 살았을 때도 세안제나 선크림으로 피부 트러블이 생긴 적이 없다. 피부는 강한 편이니 지나치게 예민할 필요는 없다.

"샴푸와 린스도 제조법이 완성되면 후궁 직속 상인에게 맡겨도 될까? 액체비누를 이미 그렇게 하고 있으니까 문제없겠지만, 일단 아우라의 허가를 받아야겠어."

젠지로가 제조법을 완성한 향유 함유 액체비누는, 이미 후궁에 출입하는 상인에게 제조법을 전수해 주고 완성된 제품을 사들이는 형태를 취하고 있다.

물론 계산 밝은 상인이 그런 진귀하고 유익한 물건을 후궁에 납품하고 끝낼 리 없다. 여왕 아우라의 허락을 얻어 일반 판매도 하고 있다고 한다.

탕욕은 부유층의 사치라는 인식이 있어서 많이 팔리지는 않지만, '후궁 직속'이라는 타이틀과 먼저 써본 사람들의 입소문에 힘입어 귀족 계층 여성들 사이에 널리 퍼졌다는 소문이다.

샴푸와 린스도 그런 식으로 퍼진다면 왕궁의 귀족들도 매일 목욕하는 습관을 갖게 될까?

"아니, 그건 안 될걸."

젠지로는 자신의 망상을 스스로 부정했다.

후궁에 살아서 간과하기 쉽지만, 이쪽 세계에서 목욕이란 곧 설비와 인건비가 발생하는 일이다. 상당히 돈이 많이 드는 사치인 셈이다.

카파 왕국의 경우, 가장 기온이 낮은 활동기 후기에도 따뜻한 편이라 찬물 샤워로도 충분하다. 그래서 비싼 돈을 들여서까지 목욕 설비를 갖추는 사람은 고위층 중에서도 그리 많지 않다.

하긴, 국서인 젠지로가 '같은 베개를 쓰는 여왕 아우라, 그리고 후궁에서 함께 생활하는 시녀들에게 매일 목욕 하고 몸을 청결히 하라고 요구한다.'는 정보가 퍼지면, 적령기의 딸을 가진 야심가들 사이에 폭발적으로 퍼져 나갈 가능성도 있지만.

"그러고 보면, 고대에 대중목욕탕이 활성화됐던 로마는 정말 굉장했다는 거지. 몸을 덥히는 목적이라면 사우나로 타협할 수도 있을 텐데. 응? 사우나?"

젠지로는 퍼뜩 떠올렸다.

"지구에서는 사우나 하면 북유럽인데. 혹시 프레야 공주의 모국도 그럴까?"

만약 그렇다면 후궁에도 사우나 시설을 만들어야 할지도 모른다.

막연하게 그런 생각을 하는 젠지로. 요 며칠, 아우라의 헌신적인 설득 작업이 결실을 보았는지, 젠지로도 어느 틈엔가 프레야 공주가 측실로 들어오는 걸 기정사실로 받아들이고 있었다.

그날 밤.

평소처럼 저녁 식사와 목욕을 마친 여왕 부부는 거실의 소파에 마주 앉아 지극히 가까운 미래에 일어날 사건에 대해 논의하는 중이었다.

"그러면, 나도 푸죠르 장군의 결혼식에 용차를 타고 가라는 거지?"

"응. 전에 발렌티아에 갔을 때는 긴급 상황이어서 '순간이동'으로 보냈지만, 이번엔 아주 일반적인 활동기의 결혼식이니까. 고생스럽겠지만 용차로 천천히 이동해 줘."

여왕은 젠지로의 물음에 차근차근 설명해주었다.

"알겠어. 용차로 이동하는 그 자체보다 이동 중에 생길 인간관계가 더 어려울 것 같지만, 어떻게든 애써 볼게."

젠지로는 그렇게 대답하며 시선을 마주 앉은 아내의 얼굴이 아니라 가슴께로 향했다.

막 목욕을 마친 아우라는 가슴께의 V자 라인 안감이 매쉬로 되어 있는 붉은 원피스 잠옷을 입고 있다. 요 며칠, 밤일이 해금된 날부터, 남편에 대한 서비스 차원인지 유난히 선정적인 옷을 입을 때가 잦다.

만약 모르는 사람이었다면 눈 둘 곳을 몰랐겠지만, 상대가 사랑하는 아내라면 사양할 필요 없다.

LED 스탠드라이트의 백색광에 반사된 아내의 요염한 모습에 눈꼬리가 내려가고 입술이 헤벌어졌다.

"이야기에 집중할 수 없으면 윗옷을 걸치고 올까?"

"미안. 괜찮으니까 계속해."

쓴웃음을 보이며 짐짓 나무라는 아내에게, 젠지로는 신빙성 떨어지는 사죄와 함께 현상유지를 희망했다. 아우라도 진심으로 남편을 탓한 건 아니다. 그대로 이야기를 계속했다.

"왕가가 소유한 8두 용차를 내 줄게. 탑승자는 당신과 파트너인 프레야 공주. 프레야 공주의 호위역인 스카디 양도 아마 같이 타게 되겠지. 그리고 당신한테는 이네스를 붙일게."

"어라, 또 이네스 씨야?"

고개를 갸웃하는 젠지로에게 아우라는,

"응? 이네스에게 뭔가 불만이라도 있어?"

라며 되물었다.

"아니, 나는 전혀 불만 없어. 저번에 발렌티아에서도 굉장히 쾌적하게 지낼 수 있었고. 단지 저번에 이어서 이번에도 이네스 씨면 그쪽이 좀 힘들지 않을까 해서."

젠지로의 말에 아우라는 오른손을 턱에 대고 잠시 생각에 잠겼다.

"흐음, 그럼 다른 사람을 붙일까? 마르그레테를 보내면…… 아니, 역시 안 돼. 마르그레테는 아직 불안해. 이네스한테는 미안하지만 이런 때는 그녀만 한 적임자가 없어."

"그렇구나. 알았어. 그럼 나는 최대한 이네스 씨의 부담이 되지 않게 여행 중에 얌전하게 지낼게."

아우라의 말에도 일리가 있다. 확실히 후궁이 아닌 곳에서 왕족을 시중드는 일은 아무나 할 수 있는 게 아니다.

참고로 마르그레테란 카파 왕국에서는 매우 드문 금발머리가 인상적인 젊은 시녀다.
마르그레테는 젠지로의 시녀가 아니라, 후궁 시녀 중에서 몇 명 안 되는 여왕 직속 시녀다. 젠지로와는 비교적 접점이 적은 인물이지만 아우라가 이네스 대신 이름을 거론할 정도면 꽤 뛰어난 사람이리라.
"그리고 당신이 염려하는 대로, 이곳 귀족 중에 결혼식에 참석하는 자가 많아. 상당수가 신랑인 푸죠르 장군과 함께 먼저 출발하지만, 당신과 동행하고 싶어 하는 귀족도 많을 거야. 여행 중에 숙박할 때마다 인사를 올 테니 모쪼록 무난하게 대응해주길 바라."
아우라는 가혹한 미래를 예고했다. 젠지로는 저도 모르게 천장을 올려다보았다.
"으아아, 성가셔. 그런데 푸죠르 장군과는 따로 행동하는구나. 그 인간이 나한테 찰싹 달라붙어서 괴롭힐까 걱정했는데."
젠지로의 의문에 여왕은 드러난 어깨를 으쓱하며 대답했다.
"신랑은 결혼식의 주인공 중 하나니까. 신부를 맞이하러 가는 여정 중에도 늘 그 무리의 주역이어야만 해. 그래서 왕족인 당신과 동행하면 누가 무리의 주역이 되든지 문제가 발생하겠지? 그래서 신랑은 자기보다 지위가 높은 사람과 동행하지 않는 게 불문율이야."
"그렇구나. 번거로운 풍습이지만 덕분에 살았어."
끄덕이는 젠지로에게 아우라도 끄덕여 보이며 동의했다.
"당신과 동행하는 귀족 중에서 가장 지위가 높은 자는 라파엘로 마르케스일 거야. 라파엘로 경과는 발렌티아에서 친분을 맺었지?"
아우라의 말에 젠지로는 발렌티아에서 보좌관이었던 사내의 얼굴을 떠올렸다. 대귀족의 적자이면서도 놀랄 만큼 공손하고 붙임성이 좋았다.

"아아, 그 사람인가. 그 사람이라면 비교적 안심이야."

그도 푸죠르 장군과 함께 여왕 아우라의 신랑 후보였지만, 라파엘로에게는 그다지 적개심이 솟지 않았다.

상당히 유능하고 방심할 수 없는 인물임에는 분명하지만, 푸죠르 장군 같은 강압적인 면이 없어서 아무래도 덜 경계하게 된다.

"그자는 그자대로 방심할 수 없는 남자야. 스스로 나서서 일을 벌일 가능성은 적지만, 배후에서 마르케스 백작이 명령이 내리면 확실하게 수행해 낼 인물이야. 마르케스 백작가는 현재 왕가에 상당히 친화적이라서 우리를 함정에 빠뜨리거나 하지는 않겠지만, 방심하지는 말아줘."

"미안, 맞는 말이야. 조심할게."

아내의 날카로운 충고에 젠지로는 고개를 약간 숙이고 순순히 사과했다.

"아, 그러고 보니 라파엘로 경도 푸죠르 장군처럼 아우라의 신랑 후보였지? 그럼 아직 독신인가? 파트너는 누굴까? 설마 옥타비아 부인!?"

젠지로가 갑자기 떠올랐다는 듯이 묻자 아우라는 최근에 결정한 후궁의 변동사항을 남편에게 밝힐 좋은 기회라고 생각했다.

"아니, 라파엘로 경의 파트너는 키샤야."

생각지도 못한 이름이 튀어나오자 젠지로는 놀라서 눈을 크게 떴다.

"응? 키샤라니, 우리 시녀인 키샤? 진짜? 그 아이, 마르케스 집안의 차기 당주 부인으로 뽑힐 만큼 좋은 집안 딸이었어?"

후궁에서 생활한 지 1년 반. 젠지로는 가까이에서 시중을 드는 시녀들을 웬만큼 기억했다. 이름을 대면 바로 얼굴을 떠올릴 수 있는 정도다.

젠지로의 기억이 정확하다면 키샤는 요염하다는 표현이 딱 어울리는 화려한 미모와 시녀복 위로도 확연히 드러나는 멋진 몸매를 지닌, 약간 나이 있는 시녀다.

객관적으로 보면 여왕 아우라보다도 한 단계 위의 미모라 할 수 있다. 현재 후궁에 있는 젊은 시녀 중에서 제일가는 미녀로 손꼽힐 인물이다.

"확실히 키샤의 본가 마사나 남작가는 규모가 작긴 해도 엄연한 영주 귀족이니까, 간신히 마르케스 집안에 시집갈 수 있는 레벨이지. 현 마르케스 백작 마누엘 백작이 성급하게 권력을 확대하기보다 안정된 번영을 추구하는 성격이라, 좀 더 격이 낮은 집안에서 며느리를 들일 거라고 예상은 했어. 하지만 키샤를 차기 당주의 반려자로 선택한 이유는, 당신도 짐작하겠지만, 키샤가 '후궁의 시녀'이기 때문이라고 생각해."

"아아, 역시……"

아우라의 냉혹한 지적에 젠지로는 머리를 감싸 안았다.

생각하고 말 것도 없이, 후궁 시녀는 가치가 높다. 후궁이라는 폐쇄된 공간에서 여왕과 국서의 시중을 드는 그녀들은 모두가 가장 알고 싶어 하는 정보를 쉽게 접한다.

물론 후궁에서 보고 들은 것을 함부로 떠벌리고 다니다간 본인의 목숨뿐 아니라 집안 전체가 위험해지므로 흘릴 수 있는 정보의 양은 아주 미미하지만, 그것만으로도 충분한 가치가 있다.

그만큼 궁정 귀족들은 이세계에서 온 젠지로라는 사내에 관한 정보가 고프다.

젠지로가 좋아하는 음식, 좋아하는 색, 좋아하는 계절, 반대로 싫어하는 음식, 싫어하는 색, 싫어하는 계절. 그런 류의 정보조차 젠지로를 포섭하고 싶은 귀족들에게는 만금의 가치가 있다.

"그러면 마르케스 백작가도 향후 나에게 열심히 촉수를 뻗어올 거란 얘기?"

질렸다는 듯이 "날 좀 내버려 둬!" 라고 호소하는 남편을, 여왕은 의아하게 쳐다봤다.

"아니, 몇 번이나 말했지만, 마르케스 백작은 모험을 싫어하는 성격이야. 적어도 당장은 당신을 불쾌하게 만들 행동을 하지는 않을 걸. 일단은 정보 수집 차원 아닐까?"

"단지 정보를 수집하기 위해 차기 당주의 아내 자리를 결정했다고? 아니면 이번 결혼식 파트너로만 데려가고 혼인은 안 할 셈인가?"

"설마. 키샤는 이번 결혼식에 참석하기 위해 '후궁시녀'를 퇴직했어. 일을 그렇게 만들어놓고 혼인으로 가져가지 않으면, 아무리 마사나 남작가가 마르케스 백작가보다 약하다 해도 죽을 각오로 덤빌 걸. 마르케스 백작은 그런 멍청한 짓을 하지 않아. 그리고 라파엘로 마르케스가 이미 왕실의 허가가 떨어지는 대로 정식으로 결혼을 발표하고 싶다고 요청해 왔어."

"흐음. 그렇다면 마르케스 백작은 고작 나에 대한 정보를 얻기 위해 며느리자리를 결정했다 이거군. 믿어지지가 않네."

"아까도 말했지만, 키샤의 본가인 마사나 남작가는 간당간당하긴 해도 마르케스 집안과 사돈을 맺을 정도는 돼. 덤으로 후궁의 정보를 손에 넣을 수 있으니, 그리 손해 보는 결정은 아니야. 무엇보다 키샤 본인이 한때 왕궁 사교계를 뒤흔들었을 만큼 대단한 미녀니까."

"아, 역시 그렇구만."

아우라의 말에 젠지로는 그럼 그렇지, 라며 손바닥을 마주쳤다.

"호오, 그 반응을 보아하니, 당신 눈에도 키샤가 미인으로 보였다는 거네?"

아우라는 살짝 눈을 가늘게 뜨고 목소리에 억양이 사라지는 반응을 보였다. 순간 '아차' 싶었지만, 젠지로는 어설프게 얼버무리다가 더 큰 화를 부를 거라는 생각에 솔직히 대답했다.

"응, 그렇지 뭐. 솔직히 후궁에서 일하는 시녀 중에서는 제일 미인이라고 생각했어. 그래서 어쩔 거냐고 물으면 할 말 없지만."

후반부가 약간 변명처럼 들리는 건 어쩔 수 없다. 아내 앞에서 다른 여자를 칭찬할 때는, 전혀 켕기는 데가 없어도 이상하게 죄책감에 휩싸이는 법이다.

그러나 젠지로의 조바심은 기우일 뿐이었다.

(과연. 나에 대한 사랑과는 별개로, 키샤를 후궁에서 가장 미인이라 생각한다는 거네. 이제 대충 서방님의 취향을 알겠어. 그렇다면 프레아 공주는 꽤

고전하겠는걸. 아니, 가만, 그런데 젠지로는 보나 왕녀에게 상당히 호의를 품고 있는데. 프레야 공주가 스트라이크 존에서 벗어난다고 판단하기에는 좀 빠른가.)

아우라도 이런 속내를 남편에게 털어놓을 수는 없는 노릇이다.

여왕은 본론으로 돌아가 말하려고 했던 정보를 꺼냈다.

"아무튼, 그래서 조만간 키샤가 후궁을 떠날 거야. 실은 얘기는 그걸로 끝나지 않아. 키샤의 결혼에 자극받았는지, 후궁 시녀 중에서 비교적 나이가 있는 아이들의 본가에서 슬슬 딸을 돌려보내 달라는 요청이 쇄도하고 있어."

"아아, 부모로서는 그렇겠네."

아우라의 말에 젠지로는 이해하고 끄덕였다.

시녀로서 후궁에 들어오는 자는 모두 결혼적령기의 처녀다. 어쩌면 젠지로의 '성은'을 입을지도 모른다는 기대를 품고 있기 때문이다.

그러나 짧은 결혼적령기를 통째로 후궁에서 보내버리면 본인도 부모도 곤란하다.

후궁 시녀로 일할 수 있는 기간은 길어야 5년. 인생은 그 후가 훨씬 길다.

그러니 결혼적령기가 끝나기 전에 집으로 불러들여 결혼시키고 싶은 게 부모 마음이다.

젠지로는 그런 사정을 충분히 이해하기에 반대할 이유가 없었다.

"응. 보내주면 좋지 않아? 지극히 당연한 요청이라고 생각하는데. 단, 한꺼번에 여럿이 나간다는 점이 마음에 걸리네. 갑자기 그렇게 시녀가 줄어들면 후궁이 제대로 돌아갈까? 남은 시녀들의 부담이 지나치게 크지 않아?"

"응. 나도 그게 걱정스러워. 그래서 키샤 외에 다른 시녀들의 은퇴를 조금 미루고, 그 전에 추가로 신입을 들이려고 해. 그리고 신입 시녀들에게 업무를 맡겨도 될 만큼 역량을 키운 다음에 희망자의 퇴직을 인정해 주는 거야. 앞으로는 이런 일이 생기지 않도록 항시 정원초과 상태를 유지할 생각이야."

"아아, 그거 괜찮네. 진짜 그게 좋겠어. 무슨 일이 있어도 그렇게 해야 해."

아우라의 말에 젠지로는 웬일로 진지한 표정으로 몇 번이나 끄덕였다.

최소한의 인원으로 간신히 업무를 클리어하는 상태가 얼마나 위험한지, 젠지로는 경험으로 알고 있다. 간단한 업무라도 인력이 빠듯하면 누구 하나가 감기로 쓰러지기만 해도 남은 인원의 업무량이 한계를 초월하게 된다. 예기치 못한 사정으로 다음 달의 일정이 앞당겨지거나 하면 전 사원이 문자 그대로 지옥을 보게 되는 셈이다.

처음 보는 남편의 박력에 살짝 밀리며 여왕도 끄덕였다.

"으, 으응. 당신이 그렇게까지 강조하니 그렇게 하지. 단순히 인원을 늘리는 거라면 그리 어려운 일은 아니야."

후궁 시녀가 되고 싶어 하는 소녀들은 많이 있다. 딸을 후궁 시녀로 들여보내고 싶어 하는 귀족은 더 많다.

귀족 계급의 적령기 아가씨 중에서 우선 왕가에 대한 충성심을 기준으로 선별하고, 다음엔 후궁 시녀의 업무 적성으로 골라낸다.

그렇게 해서 남은 후보들 가운데 '외모' 기준으로 선발한 이들이 현재 젠지로 주위에서 일하는 시녀들이다.

마지막의 '외모' 부분은, 당초에 젠지로의 취향을 파악하지 못한 상태에서, 아마도 그가 첫눈에 반했을 여왕 아우라와 최대한 비슷한 외모를 우선했다.

그러나 지금 되돌아 보면 별 의미 없는 절차였다. 젠지로는 시녀에게 손을 대는 남자가 아니다.

그렇다면 더는 젠지로의 취향을 기준으로 시녀를 뽑을 필요가 없다. 물론 명색이 '후궁 시녀'라는 간판을 달아야 하는 사람이니, 지나치게 평균에서 벗어난 용모인 자를 뽑을 수는 없지만, 아우라처럼 장신에 거유, 성숙한 타입을 우선할 필요는 없으리라.

사실, 근무한 지 1년 반 만에 퇴직을 희망하는 시녀가 여럿 나온 가장 큰 이유는 그 시녀들의 나이가 비교적 많기 때문이다. 지극히 당연한 얘기다. 아우라와 닮은 성숙한 타입을 우선하다 보니, 실제로도 어느 정도 나이가 있는 여성을 뽑게 되었다.

외모를 고려하지 않아도 된다면, 신입 시녀들은 좀 더 어린 소녀들을 뽑는 편이 오래 근무할 수 있다. 19세의 시녀는 1년 지나면 나가지만, 15세인 시녀는 최장 5년까지 머무를 수 있다.

"그나저나 막상 후궁을 나가는 시녀들이 생긴다니, 좀 쓸쓸하네. 아, 맞다, 아우라. 일을 그만두는 시녀들에게 수고했다는 의미로 내가 조그만 선물을 하면 문제가 될까?"

문득 떠올랐다는 듯이 묻는 남편에게 여왕은 잠시 생각한 후 대답했다.

"아니, 원칙적으로는 문제없어. 귀족 저택에서도 시녀가 퇴직할 때 그렇게 하는 모양이니까. 다만 지나치게 과한 선물을 주거나, 시녀에 따라 선물에 차별을 두거나 하면 안 돼. 누군가 '성은'이라고 착각할지도 모르니까. 약소한 물건을, 모두에게 똑같이 주는 거라면 괜찮아."

"과연. 너무 과하지 않은 걸로 똑같이 모두에게, 말이지? 응, 알았어. 생각해 볼게."

젠지로는 고개를 끄덕였다.

1년 반 동안 시녀들 모두에게 신세를 졌다. 이쪽 세계의 상식에 어둡고 이쪽 세계와는 다른 기호를 지닌 남자를 시중들기란 쉬운 일이 아니었을 터이다. 조금이나마 감사의 마음을 표현하고 싶다.

"…………"

"…………"

잠시 대화가 끊긴 두 사람 사이에 조용히 무언의 시간이 흘렀다.

어색한 사이인 사람과의 사이에 흐르는 무언의 시간은 고통스럽지만, 마음이 통한 상대라면 그 시간마저 편안하다.

젠지로와 아우라는 한동안 이야기를 나누느라 칼칼해진 목을 축였다. 냉수가 든 은주전자를 기울여 각자의 잔에 담아 마셨다.

이윽고 다 마신 붉은 키리코 글래스를 테이블 위에 올려놓고, 아우라가 먼저 입을 열었다.

"아참, 다른 얘긴데, 당신한테 일단 보고해 둘 게 있어. 당신이 발렌티아에서 갖다 준 선물. 발렌티아의 흰 모래와 발렌티아의 조개껍데기로 만든 소석회를 사용해서 유리를 만들어봤는데, 효과가 엄청났어. 지금까지는 검정에 가까운 진한 녹색이었는데 갑자기 투명도가 높아졌어. 점성도 좋아서 불기도 수월해진 모양이야. 이제 유리 제조에 박차를 가할 수 있게 됐어."

여왕이 눈을 반짝이자 젠지로도 이끌리듯이 미소 지었다.

"오오, 좋은 소식이네. 역시 모래 자체가 가장 큰 문제였군. 앞으로는 좀 더 여러 곳의 모래로 시험해 보면 좋겠는데."

"물론 그럴 생각이야. 기술자들의 의견을 취합하면서 가능한 한 유리에 적합한 모래를 찾아보려고 해. 지금은 인원이나 예산을 충분히 할당할 형편이 안 돼서 소규모로 가야겠지만. 그런데 다른 방법은 어떻게 됐어? 자석이라고 했던가? 모래 속에서 발색의 원인인 철분을 골라낼 수 있다고 하지 않았나?"

아우라가 추궁하자 젠지로는 조금 난감한 표정으로 머리를 긁었다.

"응. 프란체스코 전하가 만들어 준 은사를 코일로 만들어서 전자석을 만드는 데까지는 성공했어. 전원은 충전식 건전지를 여러 개 사용하는데, 전자석 그 자체의 흡착력은 꽤 좋은 편이야. 다만, 거기서부터 영구자석을 만드는 게 난제야. 전자석의 자기장에 쇠를 노출시키면 자력이 생기긴 하는데, 그렇게 만든 영구자석의 자력이 엄청나게 약해. 솔직히 사철 흡착에 사용하기엔 부족해. 순도가 떨어지는 쇠가 강한 자기장을 유지한다고 들어서 여러 가지로 시도해 봤지만, 아직 쓸 만한 물건은 없어.

젠지로는 변명하듯이 그렇게 진척상황을 설명하며 자연스럽게 시선을 방 한편으로 향했다. 거기에는 현재 제작 도중인 전자석과 미미한 자력을 띤 쇠가 여러 개 보관되어 있었다.

"그러니까 아직은 사용할 수 없다고?"

"응. 솔직히 언제 가능할지 불투명해. 차라리 전자석을 손에 들 수 있게 가공해서 직접 현장에 가져가는 편이 좋을지도 몰라. 유리 제조 기술자들은 아우라의 직속이니까 기밀유지도 될 거고."

"음, 그것도 방법이겠군."

풍만한 양쪽 젖가슴 위에 올려놓듯이 팔짱을 끼고 여왕은 생각에 잠겼다.

"자력이 미미하긴 해도 일단은 영구자석도 성공했어. 기름을 바른 복사지 위에 자석화 된 바늘을 뿌리고 물에 띄워 보니, 거의 전부 한 방향을 향했어. 이쪽 세계에서도 나침반을 쓸 수 있겠던데."

"나침반? 그게 뭐지?"

언령이 작용하지 않는 단어가 나오자 아우라는 고개를 갸웃했다.

"응, 자석은 내버려 두면 반드시 N극이 북쪽을 향하거든. 이 세상 자체가 커다란 자석이니까. 어라? 그러면 이쪽 세계도 둥근 모양의 행성인가? 뭐, 그건 일단 접어두고. 아무튼, 자력을 지닌 길고 가느다란 금속을 물에 띄우고 잠시 내버려 두면 자연스럽게 일정한 방향을 가리키게 돼. 이런 방법으로 방향을 찾는 도구를 '나침반'이라고 하지."

"호오. 그건 방향감각을 잃기 쉬운 밀림 속 행군 따위에 도움이 되겠는데."

아우라가 감탄하며 그렇게 말했다. 지난 대전 때 아우라도 현 지점을 상실해 고생한 경험이 있기 때문이다.

기본적으로 군대 안에는 별자리나 태양을 보고 위치를 알려주는 사람이 있다. 하지만 숲이 우거진 밀림에는 하늘이 전혀 보이지 않는 곳이 적지 않다.

나침반을 항해에 이용한다는 발상이 바로 떠오르지 않는다는 점에서, 카파 왕국의 항해기술이 그만큼 미숙함을 엿볼 수 있다.

"문제는 물에 띄워서 한참 기다려야만 한다는 점일까? 조금 더 간단하게 들고 다닐 수 있다면 대량생산해서 군대에 보급할 수 있을 텐데."

"아아, 물에 띄운다는 건 가장 간단한 방법이고, 실용적인 나침반은 간단히 휴대할 수 있어. 뭐라고 설명해야 하나. 그래, 자석을 양팔저울 처럼 가운데만 고정해서 자유롭게 빙글빙글 돌게끔 하는 거야. 굉장히 단순한 구조니까 지금 설계도를 그려서 기술자들한테 넘길게. 모양만 재현하는 건 그리 어렵지 않을 거야."

나침반도 상당히 대단한 발명품이건만 아우라는 유리 제조 쪽으로 신경이 쏠려 있어서 그런지, 그다지 큰 관심을 보이지 않았다.

"응, 그 일은 맡길게. 당신이 하고 싶은 대로 해 봐. 다시 본론으로 돌아가서, 유리용 모래에서 철분을 제거하려면 그 전자석인지 뭔지를 직접 기술자들에게 대여하는 수밖에 없다는 얘기지?"

"응. 지금 상황에서는 그게 최선이라고 생각해. 전자석이라면 달라붙은 사철을 떼어낼 때도 스위치 하나로 해결되고. 뭐, 개인적으로는 그런 장치에 의존하지 않아도 될 만큼, 유리 만들기에 적합한 모래를 찾는 게 제일 좋다고 생각하지만."

"그건 그래. 어떻게든 왕령 내에서 최적의 모래를 발견하면 좋겠는데. 안 되면 지방영주들한테 도움을 청해야 할지도 몰라. 아아, 그러고 보니 찾고 말고도 없이 엄청난 모래가 있는 곳을 한 군데 알아."

아우라의 말투가 살짝 익살스러워졌으므로, 분명 해결과는 거리가 먼 정보이리라고 짐작했지만, 젠지로는 일단 들어보기로 했다.

"어디?"

"샤로와·지르벨 쌍왕국이야. 그곳은 국토의 반이 사막이니까. 어떤 모래인지는 모르지만, 모래만큼은 넘쳐나지."

그러면 그렇지, 아우라는 웃으며 전혀 해결에 도움이 되지 않는 사실을 고했다.

"그건 좀 심각한 문제인데? 길게 보면 기술이라는 건 아무리 비밀에 부쳐도 언젠가는 퍼져 나가기 마련이니까. 뭐, 사막의 모래가 유리에 적합한지 어떤지는 나도 잘 모르지만."

젠지로는 가볍게 어깨를 으쓱해 보였지만, 사실 그의 걱정은 크게 틀리지 않았다.

사막 모래는 세월과 함께 풍화를 거듭한다. 그 과정에서 모래 알갱이 중 풍화의 영향을 가장 덜 받는 입자가 바로 석영, 즉 유리의 원재료이다. 오랜 시간 풍화를 거친 사막은 성분의 90% 이상이 석영인 경우도 있다. 실제로 현대의 지구에서는 값싼 유리의 원재료로 오래된 사막 모래를 수입하는 기업도 있다.

"쌍왕국 얘기는 물론 농담이야. 우선 발렌티아의 모래로 대폭 개선됐으니 그 주변부터 모래를 수집해 볼게. 다행히 발렌티아나 근처의 휴양지 바레아스 섬도 왕령이니까. 그 부근에서 가장 좋은 모래를 발견하면 좋으련만."

"응, 힘내. 나는 전자석을 손에 들 수 있는 형태로 설계해 볼게."

젠지로의 대답에 여왕은 한 번 끄덕였다.

"응. 부탁할게. 그런데 젠지로, 이건 다른 얘긴데, 당신 아직 매일 밤 마법 연습을 하고 있지? 한 달쯤 전에 처음으로 두 번째 주문을 발동시키는 데 성공했다고 들었는데, 그 후에는 어떻게 됐어?"

갑작스러운 질문이었지만 젠지로도 꺼내고 싶었던 화제였기에 주저 없이 대답했다.

"내가 말 안 했던가? 요즘은 70% 이상의 확률로 성공하게끔 됐어."

남편의 득의양양한 대답에 아내는 겉치레가 아니라 진심으로 감탄했다.

"호오, 정말 대단한데. 엄청난 습득 속도야. 괜찮다면 지금 여기서 보여줄 수 있어?"

젠지로는 아내의 칭찬에 기분이 으쓱해져서 주저 없이 마법을 펼쳐 보였다.

"좋아, 그럼 한다. '내 시선 끝의 물건을 내 손안으로 옮겨라. 그 대가로 나는 시공령에게 마력 81을 바친다.'……"

"…………"

자신만만하게 주문을 외웠지만, 안타깝게도 발동하지 않았다. 언령이 마법어를 깨끗하게 번역했으므로 주문은 틀리지 않았다.

실패한 건 젠지로의 인식, 아니면 마력량 조절 둘 중 하나다.

처음부터 100% 성공률이 아니었기에 젠지로는 겸연쩍었지만 당황하지 않고 곧 다시 도전했다.

"어라, 첫 번째는 실패인가. 그럼 다시 한 번. '내 시선 끝의 물건을 내 손안으로 옮겨라. 그 대가로 나는 시공령에게 마력 81을 바친다.'……"

"…………"

두 번째도 불발.

"어, 어라? 운이 안 따르네. 다시 한 번. '내 시선 끝의 물건을 내 손안으로 옮겨라. 그 대가로 나는 시공령에게 마력 81을 바친다'……"

"…………"

세 번이나 불발되자 젠지로의 목소리에서 조바심이 느껴졌다..

"아니, 평소에는 꽤 성공하거든, 정말로. 왜 안 되지?"

초조해하며 네 번째 주문에 도전하려는 남편의 손에 여왕의 두 손이 포개졌다. 아우라는 긴장을 풀어주려는 듯이 웃었다.

"신경 쓰지 마, 젠지로. 그게 보통이야. 이제 막 배운 마법은 아주 조금만 긴장해도 실패하기 마련이거든. 하물며 당신은 이게 두 번째 마법이잖아. 마력출력조절을 하며 사용하는 첫 번째 마법이고. 두세 번 만에 성공하는 게 오히려 드문 일이야."

아우라의 설명은 결코 위로가 아니다. 순전한 사실이다.

평소에 컴퓨터 앞에 앉아 혼자서 연습할 때는 쉽게 성공해도, 다른 사람이 보고 있으면 성공률이 확 떨어진다. 마법이란 그만큼 섬세한 기술이다.

이처럼 정신상태가 성공률에 지대한 영향을 미치는 일은 마법뿐이 아니다. 현대 일본에서도 예전에 루빅큐브 일본 챔피언이 된 청년이 평소에 5초면 충분했던 6면 맞추기를 TV 앞에서는 1분이 지나도 완성하지 못한 예가 있다.

젠지로는 아우라의 설명을 듣고 마음이 편해졌다. 아우라에게 미소를 돌려주고는 멋적게 머리를 긁었다.

"아아, 그렇구나. 나는 특히 멘탈이 약하니까. 아우라, 미안하지만 성공할 때까지 해 볼 테니까 느긋하게 기다려줘."

"응. 실컷 해. 얼마든지 기다릴게."

그 후, 젠지로는 아내가 지켜보는 가운데 몇 번이나 '끌어당기기' 마법을 외쳤다.

그리고 마침내 열한 번째.

"……다시 한 번. '내 시선 끝의 물건을 내 손안으로 옮겨라. 그 대가로 나는 시공령에게 마력 81을 바친다.' 이얏호!"

젠지로가 주문을 다 외운 순간, 테이블 위에 있던 둥근 목제 컵받침이 젠지로의 오른손 안으로 순간 이동했다.

'끌어당기기.' 지극히 제한적인 순간이동 마법이다.

불러들일 수 있는 물건은 한 손으로 잡을 수 있는 무생물에 한하며, 그 물체를 시인하고 있어야만 한다. 거의 용도가 없는 마법이지만, 시공마법 중에서 가장 필요 마력량이 적은 마법 중 하나라서 주로 연습용으로 이용한다.

"음, 훌륭해. 확실하게 마법이 발동했어."

상당히 지리멸렬했던 중간 과정을 싹 무시하고, 여왕은 박수를

보내며 남편을 칭찬했다.

"아하하, 별말씀을."

젠지로는 민망한 듯 얼굴을 붉히며 장난스럽게 컵받침을 든 오른손을 들어 올리고 고개 숙여 인사했다. 그러자 여왕이 진지한 표정으로 말했다.

"그러면 젠지로, 거두절미하고 말할게. '끌어당기기' 마법은 그쯤으로 해두고, 세 번째 마법 '순간이동' 연습을 시작해줘."

뜻밖의 제안에 젠지로는 놀라움을 감추지 못했다.

"뭐? 아직 '끌어당기기'를 제대로 구사하려면 멀었는데, 그만 내팽개치라고?"

"응. 정석과는 거리가 멀지만, 익히기 쉬운 마법이 아니라 사용빈도가 높은 마법을 먼저 습득하는 거야. 그럭저럭 '끌어당기기' 마법이 성공했다는 건, 당신이 최소한 마력출력조절을 하면서 마법이 발동한 상태를 연상할 수 있다는 증거야. 마법이란 궁극적으로 올바른 발음과 올바른 인식, 그리고 올바른 마력출력. 이 세 가지만 있으면 돼. 당신처럼 마력출력조절을 하며 올바른 인식을 유지할 수 있으면, 어떤 마법이라도 요령은 똑같아. 힘은 좀 들겠지만, '순간이동' 마법을 습득할 수 있는 토대는 충분하다는 거지."

"내가, '순간이동'을 한다고?"

젠지로는 어쩐지 비현실적인 소리 같아서 멍하니 되뇌었다.

지금껏 젠지로가 발동에 성공한 마법은 두 가지. '공간차단결계'와 '끌어당기기'다.

이 마법들은 모두 '시공마법'의 일종으로서 일반인은 다룰 수 없는 부류지만, 안타깝게도 실제로는 거의 쓸모가 없다.

둘 다 오래전 카파 왕가의 조상들이 '시공마법'의 가능성을 연구하기 위해 실험용으로 만든 마법이라서 실용성이 없다.

그에 비해 '순간이동'은 '시공마법'을 대표하는 가장 유용한 마법이다.

카파 왕가의 시공마법이 수많은 혈통마법 중에서 가장 가치 있는 마법 중 하나로 꼽히는 이유 또한 순간이동 덕분이라 할 수 있다.

한 번에 옮길 수 있는 인원은 한 명. 그리고 그가 지니고 있는 소지품 정도지만, 거리에 상관없이 어디든 한순간에 옮길 수 있는 마법.

그걸 자신이 구사한다니. 생각하면 할수록 젠지로는 철없이 심장이 콩닥콩닥 뛰었다.

"응, 알았어. 꼭 익힐게, '순간이동'. 그런데 갑자기 왜?"

젠지로는 흥분한 와중에도, 어째서 아우라가 순서를 무시하고 '순간이동' 마법을 가르치려 하는지 의문을 느끼고 물었다.

아우라는 미간에 주름을 잡고 조금 초조한 목소리로 대답했다.

"응, 그게 말이지. 가까운 미래에 반드시 일어날 문제 때문에. 지금 당신은 나와 그…… 매일 밤 하고 있잖아?"

구체적으로 무얼 하고 있는지는 말하지 않았지만, 아우라가 뺨을 붉히고 언급한 '매일 밤'의 일이란 오로지 그것뿐이다.

"아아, 응. 그래. 오늘 밤에도 할 거야."

아우라의 홍조가 전염됐는지 뺨을 붉게 물들인 젠지로가 부끄러움을 감추려는 듯 익살스럽게 대답했다.

“쓰, 쓸데없는 소리 말고! 하여간, 그래서 말인데, 이대로 가면 우리에게 둘째가 생기는 건 시간문제야. 하지만 시기가 약간 좋지 않아. 어디까지나 내 예측인데, 프레야 공주가 당신의 측실로 들어온다 해도 빨라야 1년 후야. 그녀가 측실이 되려면 먼저 대륙 간 무역이 성사되어야 하니까. 그렇지 않으면 프레야 공주를 측실로 들일 하등의 이점이 없어. 따라서 프레야 공주는 적어도 한 번은 웁살라 왕국에 돌아가 본국의 국왕에게 자신의 혼인 허가와 대륙 간 무역의 정식 허가를 받아 와야만 해. 하지만 ‘황금나뭇잎호’가 웁살라 왕국에서 카파 왕국으로 건너오는 데 장장 120일이 걸렸다고 해. 항로가 판명된 만큼 시간이 절약되겠지만 넉넉잡고 편도 100일은 봐야겠지. 그러면 왕복 200일. 거기에다 이쪽에서의 협상과 저쪽에서의 협상 시간을 더하면 1년도 모자랄 정도야.”

“과연. 그래서?”

아직 젠지로는 아우라가 걱정하는 바를 이해하지 못했다. 태평하게 고개를 갸우뚱하는 남편에게 여왕은 계속 설명해주었다.

“당신은 내 뱃속에 카를로스가 생겼을 때의 소동을 잊었어? 그때 국내 귀족들이 ‘이 기회에 젠지로 님께 측실을!’ 이라며 대대적인 공세를 퍼부었잖아. 내 뱃속에 둘째가 생기면 똑같은 상황이 재현될 거야. 프레야 공주가 이미 측실로 들어온 상태라면 ‘이미 측실이 있다’는 반론도 가능하지만, 방금 설명한 대로 프레야 공주는 그 시점에서는 아직 일개 측실 후보일 확률이 높아.”

아우라가 말하고자 하는 바를 이해한 젠지로는 얼굴이 새파래졌다.

"하, 하지만 저번에도 무사히 측실 공세를 피했으니까, 이번에도……"

"저번엔 당신이 일편단심이라는 감정적 핑계로 밀어붙였지. 하지만 이번엔 그 핑계도 통하지 않아. 프레야 공주라는 측실 후보가 생겼으니까."

"으아악, 그랬지 참!"

비로소 젠지로는 본격적으로 머리통을 감싸 쥐었다.

"프레야 공주만으로도 머리가 지끈지끈 아픈데, 한 명 더? 게다가 프레야 공주보다 먼저? 절대 못해, 그건."

우는 소리를 하는 남편에게 여왕은 토닥이며 말했다.

"그러니까 '순간이동' 주문을 익히라는 거야. 당신은 전에, 내가 둘째를 출산할 때까지 순간이동 마법을 익혀서 쌍왕국의 치료술사를 부를 수 있게 되고 싶다, 라고 말했지?"

"아, 응, 그랬지."

젠지로는 몹시 겸연쩍어서 자세를 고쳐 앉았다.

아내가 다음 아이를 출산할 때까지 순간이동을 익혀서 출산 때 치유술사를 부른다고 의기양양하게 선언한 주제에, 아직 순간이동 마법을 습득하기 전인데 아이 만드는 작업을 시작하고 말았다. 입만 살은 팔푼이가 따로 없다.

그러나 남편이 속으로 처절히 반성 중임을 아는지 모르는지, 아우라는 표정 변화 없이 말을 이었다.

"그러니까 '순간이동' 마법만 익힌다면 당신이 샤로와·지르벨 쌍왕국에 갈 명분이 선다는 얘기야. 그러면 국내 귀족들의 측실 요청을 회피할 수 있어. 뭐가 어찌 됐든 본인이 없는 상태에서 측실 문제를 들먹일 수는 없으니까. 비록 내가 여왕이지만 '당사자가 없으니 진행하지 말라'고 하면 그걸로 끝이야."

실제로 이번 프레야 공주 사건도 최종적으로는 '젠지로가 프레야 공주를 파트너로 받아들였다'는 모양새가 됐다.

그러니 젠지로만 국내에 없으면 국내 귀족이 측실 제안을 밀어붙일 수 없다는 건 맞는 얘기다.

그러나 젠지로의 표정은 밝아지기는커녕 오히려 한층 어두워졌다.

"확실히 그렇게 하면 일시적으로는 국내 귀족의 측실 공세에서 벗어날 수 있겠지만, 쌍왕국, 아니 샤로와 왕가도 나에게 측실을 붙이려고 안달이잖아? 잘못하면 이거, 측실이 둘이 아니라 셋이 되지 않아?"

"하지만 잘만 하면 프레야 공주만으로 끝날 수 있어. 쌍왕국에서 측실 얘기가 나오면 이렇게 말하면 돼. '전통적으로 측실은 본국의 귀족 중에서 들이게 되어 있다. 그런데도 나는 이미 외국의 왕족이 측실 후보로 대기 중이다. 여기서 또 다른 나라의 왕족을 측실로 들이겠다고 하면 틀림없이 국내 귀족의 반발을 부른다.' 라고."

"우와~ 완벽한 일구이언이네."

속 넓은 젠지로도 그만 아내를 어이없다는 듯이 쳐다봤다.

실제로 아우라의 대책은 황당했다.

국내 귀족에게는 젠지로가 쌍왕국에 갔다는 이유로 측실 문제를 함구하고, 쌍왕국에서는 국내 귀족 핑계를 대며 거절한다.

"만약에 카파 왕국 귀족이랑 쌍왕국의 샤로와 왕가가 내통하고 있으면 난 끝장이네! 도망칠 곳도 없이 두 번째, 세 번째 측실이 생겨버릴지도."

남편의 의욕상실을 눈치챈 아우라는 곤란하다는 표정을 짓고 고개를 갸웃했다.

"확실히 그건 그렇지만, 달리 방법이 없잖아? 그럼 관둘까? 하지만 프레야 공주가 측실로 들어오기 전에 내가 임신하면 정말로 그렇게 되리라 생각해."

"그럼 굉장히 안타깝지만, 당분간 아우라와 둘째 만드는 작업을 보류할까?"

"벌써 열흘이나 지났는걸. 벌써 늦었을지도 몰라. 그리고 왕실의 안정을 위해서 측실이 들어오기 전에 둘째를 가지는 편이 좋아. 나로서는 이대로 계속하고 싶어."

"으으음, 그런가."

젠지로는 소파 등받이에 깊숙이 몸을 기대고 한동안 생각에 잠겼다.

"…………"

원래 두뇌가 특별히 명석한 편도 아닌데다가, 한꺼번에 많은 정보를 받아들인 탓에 도무지 상황을 정리할 수가 없었다.

젠지로는 생각했다.

모든 문제를 원하는 방향으로만 해결하려고 하면 죽도 밥도 안 된다.

우선순위를 명확히 해서 순위가 높은 것부터 클리어하고, 낮은 순위의 문제가 도저히 해결되지 않을 때는 과감히 포기한다.

그렇게 사고를 전환했다.

(나에게 가장 중요한 건 무엇인가? 생각할 것도 없다. 아우라다. 그리고 아우라와 내가 둘째를 갖게 될 것은 확정된 사실. 그렇다면 나는 반드시 '순간이동' 마법을 익혀 쌍왕국에 가야 한다.)

거기까지 생각을 정리하고 젠지로는 일단 한 가지를 포기했다.

아우라가 출산할 때 젠지로가 쌍왕국에 가지 않는다는 선택지는 없다. 그렇다면 애초에 쌍왕국과의 측실 공방은 피할 수 없는 미래다.

이런 전제를 세우면 아우라의 제안도 나쁘지 않다.

어차피 당할 일, 서둘러 '순간이동' 마법을 습득해서 국내 귀족의 측실 공세만이라도 피하자는 전략이다.

"알겠어. 일단 한시라도 빨리 '순간이동' 마법을 익혀서 아우라가 임신하는 타이밍에 쌍왕국으로 출발할 수 있게끔 할게. 거기까지는 나도 괜찮다고 생각해."

"오오, 그래?'

기뻐하며 웃는 아우라에게 젠지로는 약간 피곤이 묻어나는 미소로 답했다.

"응, 어차피 아우라의 몸을 생각하면 내가 쌍왕국과 카파 왕국을 '순간이동'으로 왕래할 수 있어야 해. 이건 움직일 수 없는 상황이니까. 그 상황에서 문제가 생긴다면 아마 피해갈 수 없는 문제일 테지. 적어도 나는 아우라가 둘째를 출산할 때까지 치료술사를 데려올 수만 있다면, 다른 부분은 양보할 수 있어."

"그래, 고마워."

남편의 열띤 고백에 여왕은 가슴 속이 뜨끈해졌다.

남편이 자신과 아이의 건강을 위해서라면 어떤 고난도 견딜 수 있다고 말해주고 있다. 여자에게 이보다 더 큰 행복이 있을까.

그 고난이 다른 여자――측실을 강요당할 위험이라는 사실이 아이러니지만.

이야기를 나누는 사이에 각오가 생겼는지, 침착함을 되찾은 젠지로는 사랑하는 아내의 얼굴을 정면으로 바라보며 말했다.

"응. 괜히 머릿속에서 먼 미래의 일까지 결정해버리면 옴짝달싹 못할 뿐이니까, 지금은 심플하게 생각하려고. 일단 '순간이동' 마법을 습득한다. 쌍왕국에 간다. 하지만 가능한 한 측실은 들이지 않는다. 프레야 공주처럼 정치적인 이해관계 때문에 들여야만 하는 상황이 되면 어쩔 수 없지만, 가능한 한 들이지 않는다."

젠지로의 이야기 속에서 아우라는 어쩐지 남편이 프레야 공주를 이미 측실로 받아들인 듯한 느낌을 받았지만, 이 자리에서 그걸 지적한들, 착한 남편을 곤란하게 만들 뿐, 아무런 이득도 없다.

"알았어. 잘 부탁해. 고마워, 젠지로."

그래서 아우라는 그저 미소를 지으며 남편의 헌신에 대해 진심어린 감사를 표현하는 데 그쳤다.

[에필로그] 가질 변경백령을 향해

그로부터 며칠 후.

준비를 마친 제지로는 이윽고 왕국 수도를 뜨게 되었다. 목적지는 가질 변경백령의 수도, 가질.

여왕 아우라의 대리로서, 그곳에서 열릴 기젠가의 당주 푸죠르 기젠과 가질 변경백가의 장녀 루신다 가질의 결혼식에 참석할 예정이다.

"그러면 부탁하오, 젠지로. 자리를 비울 수 없는 나를 대신해 신랑 신부에게 축복의 말을 전해 주시게."

"예, 맡겨 주십시오, 아우라 폐하. 부족하나마 전력을 다해 폐하의 대리 역할을 수행하겠습니다."

왕궁 알현의 방에서 옥좌에 앉은 여왕 아우라와 단상 아래에 선 국서 젠지로는 수많은 귀족이 지켜보는 가운데 형식적인 절차를 가졌다.

물론 진짜 작별 인사는 이미 오늘 아침에 후궁에서 마쳤다.

꼭 끌어안고 입맞춤을 나누며 서로의 무사 안녕을 기원했다.

함께 소중한 아들 카를로스 젠키치를 어르며 행복한 한 때를 보냈다.

지금 나누는 대화는 그저 형식적인 의식에 지나지 않는다.

"젠지로 님, 출발하십니다!"

문관의 커다란 목소리가 울려 퍼지는 가운데, 옥좌를 등진 젠지로는 보폭과 속도에 주의하며 예법에 맞는 동작으로 알현의 방을 뒤로 했다.

젠지로가 호위 병사들에게 둘러싸여 왕궁을 나오자 8두 용이 이끄는 용차가 기다리고 있었다. 그리고 그 앞에 다소곳이 머리를 조아린 웁살라 왕국의 제1왕녀와 그 심복.

"그러면 젠지로 폐하, 동행하겠습니다. 여정 동안 모쪼록 잘 부탁합니다."

처음 보는 거대한 용차에 눈을 빼앗길 틈도 없이, 프레야 공주가 짧은 은발을 살며시 드리우며 인사를 건네 왔다.

"아, 프레야 전하. 저야말로, 잘 부탁합니다."

젠지로는 거대한 용차에서 시선을 거둬 은발의 소녀에게 향하며 무난하게 대답했다.

프레야 공주의 복장은 조금 의외였다. 왕궁에서는 늘 흰색 아니면 엷은 블루 드레스 차림이더니, 오늘은 두툼한 바지와 긴팔 셔츠, 그리고 셔츠 위에 가죽조끼 비슷한 옷을 입고 있다.

옷 여기저기에 멋보다는 실용성을 우선한 주머니가 잔뜩 달려 있었다. 결정적으로 폭이 넓은 허리 벨트에 매달려 있는 가죽 웨폰홀더. 거기 들어 있는 건 '손도끼'라 불리는 물건이 아닐까?

목에 두른 부드러워 보이는 스카프와, 스카프를 고정한 청강옥(블루 사파이어) 브로치 정도에 여성스러움이 남아있는 정도.

혹시 그녀는 용차 여행이 아니라 도보 강행군으로 착각한 것일까? 등에 커다란 배낭만 메면 딱 어울릴 복장이다.

젠지로의 복장이 허리에 장식용 구리 단검을 찬 것 외에 평범한 카파 왕국의 민족의상이었기 때문에, 프레야 공주의 패션이 더욱 기기해 보였다.

그런 젠지로의 시선을 눈치챘는지,

"아, 이건 긴 육로 여행이 될 거라 들어서, 움직이기 편한 옷을 입어봤습니다. 혹시 거슬리신다면 금방 갈아입고 오겠습니다."

은발의 공주님은 그렇게 말하며 슬쩍 젠지로의 눈치를 살폈다.

"…………"

그러나 그녀 뒤에 서 있는 금발의 여전사――스카디의 무표정 속에 미처 감추지 못한 '벌레 씹은 표정'을 보아하니, 지금 프레야 공주의 설명은 그저 핑계일 뿐, 그녀의 취미인 듯하다.

아무튼, 젠지로 입장에서 딱히 거슬릴 이유도 없다.

"아뇨, 그럴 필요 없습니다. 잘 어울리십니다."

"고맙습니다. 젠지로 폐하라면 그렇게 말씀해 주실 줄 알았습니다."

프레야 공주는 기뻐하며 한 번 더 고개 숙여 인사했다.

젠지로는 준비된 용차에 올라탔다. 8두 용이 이끄는 만큼 거대했지만, 도로를 원활히 달리기 위해서는 가로 폭에는 한계가 있었다.

그래서 내부 좌석은 천장이 높고 앞뒤로도 넓었지만 가로 폭이 좁았다. 좌석의 정원은 다섯 명. 먼저 진행방향을 향해 앉는 첫 번째 자리에는 당연히 용차의 주인인 젠지로. 그 옆에 앉는 사람은 이번 결혼식에 젠지로의 파트너로 참석하는 프레야 공주.

남은 세 명은 진행방향의 반대쪽을 바라보는 맞은편 좌석에 앉는다.

프레야 공주의 맞은편에는 그녀의 호위이자 심복인 여전사 빅토리아 크론크비스트――스카디.

젠지로의 맞은편에는 젠지로의 기사 나탈리오 말도나도.

그리고 그 둘과 조금 떨어져 젠지로 전속 시녀로 후궁에서 파견된 이네스가 앉았다.

가질 변경백령까지의 여정은 결코 안전하다고 할 수 없다. 그래서 호위 여전사 스카디와 기사 나탈리오는 용차 안까지 칼과 창을 가지고 들어왔다.

국서인 젠지로와 같은 용차에 무장을 하고 타다니, 본래는 있을 수 없는 일이지만, 스카디는 젠지로의 측실 후보인 프레야 공주의 심복이다.

이 자리에 프레야 공주의 호위가 스카디 하나뿐임을 배려하여 특별히 무장을 허락했다.

이윽고 용차가 천천히 출발했다. 역시 왕가 직속 용몰이들의 실력은 수준급. 매우 부드러운 움직임이다.

카파 왕국의 기술 수준은 아직 서스펜션 따위가 존재하지 않는 레벨이라서, 아무리 겉보기에 호화로운 용차라도 일반 용차와 다름없이 엉덩이에 고스란히 진동과 충격이 전해졌다. 다만 다행히도 왕궁에서 수도를 벗어날 때까지는 도로가 석판으로 깨끗이 포장되어 있다.

좌석의 쿠션도 푹신해서 아직은 젠지로도 큰 문제를 느끼지 않았다. 문제가 발생한다면 아마 수도를 벗어나 비포장 '소금 도로'에 진입한 이후일 터이다.

그런 생각을 하는 사이에 용차는 왕궁 문을 빠져나가 수도 중심가로 나아갔다.

"헤에……"

활짝 열린 창밖으로 보이는 도시 풍경을 보며 젠지로는 나이도 잊고 조그맣게 환성을 질렀다.

젠지로가 이렇게 직접 도심 거리를 누비며 바라보는 건, 결혼식 피로연 퍼레이드 이후 두 번째다.

당연한 얘기지만, 그때 젠지로는 결혼식에서 실수하면 안 된다는 생각으로 머릿속이 꽉 차서, 로봇처럼 잔뜩 긴장한 미소를 고정시키고 기계적으로 손을 흔드느라 정신없었다.

수도의 거리를 찬찬히 살펴보기는 사실상 이번이 처음이다.

(와아, 생각보다 잘 정비된 대도시구나. 발렌티아보다 훨씬 커.)

창밖으로 보이는 자연석 포장도로와 그 가장자리에 나란히 늘어선 건물들에, 젠지로는 새삼스럽게 호기심 어린 시선을 향했다.

왕족의 통행을 이유로 중앙도로가 통제되었지만, 이번엔 개선 퍼레이드도 아니고 딱히 행사도 아니라서 용차는 아무것도하지 않고 일정한 속도로 도심을 빠져나갔다.

그러나 금은보화로 장식한 거대한 8두 용차쯤 되면 아무것도 하지 않아도 주민들에게 충분한 구경거리다.

도로 양옆에 구경꾼들이 모여 이쪽을 가리키며 뭔가 흥미롭게 이야기 나누는 광경이 보였다.

그리고 작은 아이들은 인도 위를 달리며 열심히 용차를 따라왔다.

(아아, 이런 광경은 어디든 다르지 않구나.)

흐뭇한 풍경을 보자 젠지로의 뺨이 자연스럽게 허물어졌다.

그 모습에 그때까지 잠자코 있던 프레아 공주가 궁금해하며 말을 건넸다.

"젠지로 폐하, 뭔가 재미있는 것이라도 보셨습니까?"

아마도 대화의 물꼬를 틀 실마리를 찾고 있었으리라.

며칠씩 걸리는 긴 여행. 동석한 소녀와 내내 서먹하게 지낼 생각은 없다. 젠지로는 쓴웃음을 지으며 솔직하게 대답했다.

"아아, 이거 실례했습니다. 딱히 재미있는 걸 본 건 아닙니다만, 수도의 거리 풍경이 신기해서 저도 모르게 눈을 빼앗겨버렸나 봅니다."

프레아 공주는 놀라서 소리를 높였다.

"설마, 폐하는 수도를 처음 보시는 건가요?"

"뭐, 그렇지요. 엄밀히 말하면 처음은 아닙니다만, 사실상 처음이나 마찬가집니다."

"그건, 저기 뭐랄까……"

젠지로의 대답에 프레야 공주는 그만 할 말을 잃었다.

왕국 수도의 왕궁에 살면서 지금까지 거리 풍경을 본 적이 없다니.

이건 마치 젠지로가 후궁에 갇힌 공주님 같지 않은가.

여왕 아우라가 젠지로를 가둬버린 걸로 오해하면 곤란하기에, 젠지로는 웃으며 덧붙였다.

"그럴 기회는 종종 있었습니다만, 타고난 천성이 게을러서, 줄곧 기회를 흘려보내고 말았지 뭡니까. 프레야 전하는 바깥에서 보내는 시간이 많은 편입니까?"

다소 노골적인 전환이었지만, 모처럼 공략 대상이 먼저 꺼낸 화제에 동참하지 않을 수는 없다.

프레야 공주는 그렇게 생각하며 웃는 얼굴로 답했다.

"네. 부끄럽지만 저는 어릴 때부터 말괄량이였답니다. 강에서 물놀이, 빨리 달리기, 여우 사냥, 강둑 달리기 같은 놀이만 해서 아버님 어머님께 자주 야단맞곤 했지요."

"과연. 그렇다면 이런 장거리 여행도 전하께 큰 부담은 아니겠군요."

"예, 맡겨 주십시오. 이래 봬도 저, 고향에서는 롱 보트를 타고 며칠씩 강을 거슬러 오르며 탐험하고…… 사냥을 지휘한 경험도 있습니다."

"호오, 든든하군요."

"하지만 여우나 토끼를 잡은 적은 있어도 용류 사냥의 경험은 없습니다. 여행 중에 기회가 생기면 도전해보고 싶습니다."

아무래도 농담이 아닌 듯, 프레아 공주는 의욕으로 눈을 빛내며 허리에 찬 자귀를 탁 두드렸다.

"하하하, 그때는 저도 끼워주십시오. 단, 저는 걸림돌이 될 뿐, 사냥에 전혀 보탬이 되지 않을 테니까요. 대신 기사 나탈리오가 활약해 줄 겁니다. 나탈리오, 잘 부탁하네."

갑자기 자신에게 바통이 넘어오자 기사 나탈리오 말도나도는 깜짝 놀라서 움찔했지만, 곧 그 자리에서 오른손 주먹을 왼쪽 어깨에 갖다 대며 선언했다.

"예, 맡겨 주십시오. 젠지로 님께서 주신 용궁에 대고 맹세합니다."

그런 얘기를 나누는 사이에 용차는 수도를 벗어나 소금 도로로 진입하려 했다.

창밖으로 보이는 풍경도 어느새 목조, 석조 건물들이 사라지고, 그저 드넓은 초원과 저 멀리 빽빽한 수풀뿐이다.

"젠지로 님, 이제부터 길이 험해집니다. 조심하십시오. 만약 멀미가 나시면 아무 데서나 용차를 멈추겠사오니 언제는 분부해 주십시오."

"알았다, 이네스."

후궁 시녀가 배려를 보이자 젠지로는 웃으며 그렇게 대답했다.

(그렇구나. 여기서부터 가질 변경백령에 도착할 때까지 인적 없는 길을 나아가는 건가. 왠지 본격적인 여행이 시작된 느낌이네.)

젠지로는 활짝 열린 창문을 통해 들어오는 짙은 녹음의 향기를 맡으며, 자신이 인간의 터전 바깥으로 나왔음을 의식했다.

인간의 터전을 떠나왔다지만, 젠지로의 용차 앞뒤로는 수백의 기병들이, 그리고 동행을 신청한 귀족들이 거느린 사병들까지 우글우글했다.

웬만한 일이 일어나지 않는 한, 이 여행에 위험은 없으리라.

(자아, 어쨌든 트러블은 질색이니까. 탈 없이 도착하기를.)

젠지로는 주위를 살펴본 결과 어느 정도 안전을 확신했다. 그리고 느긋한 마음으로 창밖으로 유유히 흘러가는 경치를 즐겼다.

「이상적인 기둥서방 생활 7」에서 계속.

[부록] 주인과 시녀의 간접교류(인원교체)

후궁의 주인인 젠지로가 가질 변경백령을 향해 출발한 지 열흘 정도 지난 어느 날.

두 명의 시녀가 후궁의 책임자인 아만다 시녀장의 호출을 받고 시녀장실을 찾았다.

시녀장실의 호출을 받는다…… 이것이 만약 '문제아 3인방'으로 일컬어지는 페, 돌로레스, 레테에게 닥친 상황이라면, 벌써 뒤집어져서 대체 뭘 들켰는지 우왕좌왕하며 대책을 세우느라 정신없었을 것이다.

그러나 오늘 불려온 두 시녀는 한 점 거리낌 없는 모습으로 동요의 기색도 없이 침착하게 시녀장의 문을 두드렸다.

"아만다 님. 콘치타, 대령했습니다."

"사브리나도 대령했습니다."

"들어오세요."

시녀장의 허가를 받은 두 시녀는 "실례합니다"라고 알린 후 시녀장실의 문을 열고 안으로 들어갔다.

시녀장은 종종 이번처럼 시녀를 불러내서 개인지도를 하기도 한다. 그래서 시녀장의 방에는 아담한 응접실이 별도로 붙어 있다.

그 작은 응접실에서 두 명의 젊은 시녀——콘치타와 사브리나는 아만다 시녀장을 마주했다.

작고 둥근 테이블을 사이에 두고 간소한 목제 의자에 앉은 아만다 시녀장은, 마주 앉은 두 시녀의 얼굴을 골고루 바라본 후 단도직입적으로 용건을 꺼냈다.

"자네들은 키샤와 룸메이트이니 이미 예상했겠지만, 오늘 이 자리에 부른 건 다름이 아니에요. 콘치타, 사브리나. 자네들의 본가에서 돌려보내 달라는 요청이 들어왔어요. 자네들의 주인인 젠지로 님은 그 요청을 수락하셨어요. 그래서 조만간 자네들은 후궁 시녀를 퇴직하고 본가로 돌아가게 될 거예요."

아만다 시녀장의 설명에 콘치타와 사브리나는 예상대로 놀라는 기색도 없이 그저 담담하게 납득한 표정으로 끄덕였다.

호출이 왔을 때 이미 예상한 일이다.

콘치타와 사브리나가 룸메이트 겸 팀메이트인 키샤로부터 "결혼하게 되어 시녀를 그만두기로 했다"는 말을 들은 지 보름이 지났다.

키샤로부터 그 이야기를 들었을 때는 상당히 놀랐지만 이내 납득했다.

키샤와 콘치타, 사브리나는 동갑. 올해 스무 살이다.

세상 사람들이 말하는 결혼적령기의 마지막 나이. 속된 말로 '막차'다. '후궁 시녀'라는 타이틀 때문에 2, 3년 정도는 유예가 있지만, 그래도 빨리 결정되는 편이 좋은 나이다.

키샤와 동갑인 그녀들도 예외는 아니다.

키샤의 본가처럼 마르케스 백작가의 차기 당주쯤 되는 복권에

당첨되지는 못하더라도, 콘치타와 사브리나의 본가도 딸들의 혼담을 성사시키기 위해 움직이고 있을 터이다.

전후 사정을 모두 파악하고 있는 두 사람이기에, 본가의 귀환 요청이 전혀 뜻밖으로 여겨지지 않았다. 단지 올 것이 왔을 뿐이다.

"예, 알겠습니다."

콘치타가 풍성한 흑발을 찰랑이며 머리를 숙이자,

"여태까지 많은 지도편달 감사합니다. 아만다 님."

사브리나도 아름다운 빨간 머리카락을 늘어뜨리며 고개를 숙였다.

콘치타와 사브리나의 대답에, 아만다 시녀장도 아주 살짝 표정을 누그러뜨렸다.

업무 태도도 좋고 대답도 시원스럽고, 이미 후궁을 나간 키샤와 함께 그들 세 명은 무척이나 믿음직한 존재였다.

시녀로서 능력에 부족함이 없고, 정신적으로도 성숙하고, 담력도 갖춰서 좀처럼 겁을 먹지도 않는다.

담력으로 치면 최연소인 '문제아 3인방'이 최고지만 그들과 키샤네 팀을 나란히 비교하는 건 어불성설이다. 추위 견디기 대회에 북극곰을 출전시키는 꼴이랄까.

아무튼, 그 정도로 최고령 3인방은 능력과 인격의 균형이 잡힌 좋은 부하들이었다.

그런데 바로 퇴직하리라 생각한 두 사람에게, 아만다 시녀장은 예상을 뒤엎는 말을 전했다.

"자네들이 후궁을 나가 본가로 돌아가는 건 이미 결정사항이에요. 하지만 지금 당장은 아니에요. 후궁의 일손이 부족해지므로 어쩔 수 없어요. 다행이라고 하면 자네들에게는 실례지만, 키샤와는 달리 자네들은 결혼을 서둘러야 할 단계가 아니니까요. 그래서 먼저 후궁에 신입을 들일 거예요. 신입들을 교육해서 업무에 투입할 수 있게 되면 자네들의 퇴직을 허락할 겁니다. 이해했지요?"

"예, 아만다 님."

"잘 알겠습니다."

두 명의 시녀는 입을 모아 차분하게 대답했다.

우수한 시녀들의 대답을 듣고 아만다 시녀장은 만족스럽게 끄덕였지만 속으로 작게 한숨을 쉬었다.

(어째서 일 잘하는 아이들이 먼저 퇴직하고 문제아들은 그대로 남는 거지? 여기는 후궁. 최고의 인재들을 거둘 수 있는 곳이 아닌가.)

그러나 시녀장으로서 함부로 불평을 터뜨릴 수는 없다.

아만다 시녀장은 애써 엄숙한 표정으로 고개를 끄덕이고는, 퇴직이 결정된 두 시녀에게 설명했다.

"가까운 시일 내에 신입이 들어올 거예요. 자네들은 신입 한 명과 또 다른 시녀를 한 명 포함해 셋이 한 팀을 이루어 지도해 주기 바랍니다."

즉, '퇴직하는 시녀', '신입 시녀', '현역 시녀' 셋이 한 팀을 이루어 당분간 업무를 수행하라는 얘기다.

현시점에서 퇴직이 결정된 건 콘치타와 사브리나 두 명. 나머지한 팀은 현역 시녀 두 명과 신입으로 구성된다.

퇴직 예정인 콘치타와 사브리나만 신입 시녀를 지도하게 되면 두 사람이 나간 후에 인간관계가 꼬일 위험이 있다.

후궁은 폐쇄된 공간이다. 혹시라도 신입이 따돌림을 당하지 않도록 주의해야 한다.

"다행히 지금은 젠지로 님이 수도를 떠나 계셔서 후궁에 업무가 많지 않아요. 이럴 때 신입을 교육해 두어야 합니다."

새로 들어온 인력이 굉장히 우수한 경력자라면 몰라도, 보통 새 인원을 보충하면 일시적으로 조직 전체의 맨 파워가 떨어진다.

신입은 대개 수습 기간이 필요하고, 신입 교육에 베테랑 인원을 투입하기 때문에 업무 효율이 떨어질 수밖에 없다.

따라서 지금처럼 전체적인 업무량이 적을 때야말로 인원을 보충할 절호의 찬스다.

"무리가 발생하지 않게끔 우선 세 명만 신입을 들입니다만, 신입들이 어느 정도 능력을 갖추면 다음 신입 세 명을 들일 예정이에요. 그렇게 최소한 여섯 명, 최대 열 명에서 열두 명 정도 보충할 계획이니, 자네들도 그렇게 알고 있도록. 됐지요?"

"예, 아만다 님."

"알겠습니다."

만약 문제아 3인방이었다면 말로는 아니더라도 표정이나 태도로 불만을 표했겠지만, 예의 바른 콘치타와 사브리나는 전혀 속내를 드러내지 않았다.

한편 스스럼없는 태도를 좋아하는 주방담당 책임자 바네사를 상대할 때는 상황에 맞게 편안한 태도를 보인다. 그만큼 분위기를 읽는 데 탁월하다는 얘기다.

"좋아요. 그리고 자네들의 지금까지의 수고에 대해 젠지로 님이 내리는 선물이 있어요. 원래는 키샤처럼 직접 젠지로 님이 자네들에게 전해주실 건데, 후궁에 돌아오시기 전에 자네들이 후궁을 나갈 가능성도 있어요. 그래서 내가 대신 전달해요. 만약 자네들이 있을 때 젠지로 님이 귀환하시면 반드시 직접 감사 인사를 올리도록. 알겠지요?"

그렇게 다짐을 두면서 아만다 시녀장은 깨끗하게 손질된 좁고 긴 나무 상자를 하나씩, 콘치타와 사브리나 앞에 놓았다.

"열어 보세요."

시녀장의 허락이 떨어지자 두 시녀는 서로 얼굴을 마주보면서 각자의 앞에 놓인 나무 상자를 집어 들고 뚜껑을 열었다.

"이건……?"

"은 사슬? 아니, 팔찌?"

사브리나의 말대로 은팔찌였다. 만듦새는 비교적 단순하고, 비교적 고가품이지만, 이것 하나로 한 몫 잡을 정도는 아니다.

그러나 자세히 보면 은 체인 중 하나에 반짝반짝 빛나는 투명한 알갱이가 박혀 있음을 알 수 있다. 젠지로의 소지품인 비즈다.

단순히 색깔 들어간 유리조각일 뿐, 현대인의 감각에서 보면 없는 편이 더 고급스럽다. 솔직히 이쪽 세계의 미적 감각으로 봐도 그리 예쁘지는 않다.

그러나 젠지로가 비즈를 사용한 이유는 결코 모양새나 금전적 가치 때문이 아니다.

이쪽 세계에서 비즈의 모조품을 만들어내지 못한다는 점 때문이다.

두 시녀는 안쪽에 빨간색 안감을 댄 상자에서 조심조심 실버체인 팔찌를 꺼내 손에 들고 감촉을 음미했다. 아만다 시녀장이 그런 그녀들에게 고했다.

"그건 지금부터 자네들의 것이에요. '만약 필요 없으면 반납하도록.' 이라는 젠지로 님의 분부가 있었어요."

"설마!?"

"어떻게 그런 무례한 행동을……."

낯빛을 바꾸는 그녀들을 무시하고 아만다 시녀장은 말을 이었다.

"단, 반납할 때는 본인이 직접 가져올 것. 그 외의 반납은 인정하지 않는다. 무슨 일이 있어도 본인이 직접 가져와서 반납하도록. 그렇게 말씀하셨어요."

아만다 시녀장이 전달한 젠지로의 말을 듣고, 콘치타와 사브리나는 적지않이 당황했다.

귀족의 자녀이자 두뇌 명석한 두 시녀는 곧 팔찌의 '진정한 가치'를 깨달았다.

즉, 콘치타와 사브리나는 앞으로 단 한 번, 팔찌를 반납한다는 명목으로 젠지로를 직접 면회할 수 있다. 아마도 먼저 후궁을 나간 키샤도 같은 물건을 받았음이 틀림없다.

이건 단순한 장신구가 아니다. 국서 젠지로를 단 한 번 면회할 수 있는 일회용 티켓이다.

아만다 시녀장은 두 사람의 표정에서 그들이 팔찌의 가치를 정확히 이해했음을 읽고, 타이르듯이 말했다.

"자네들도 이해하고 있겠지만, 젠지로 님은 공평한 분이십니다. 그러므로 전 후궁 시녀라고 해서 자네들의 본가나 시가를 특별 취급하시는 일은 없을 겁니다. 그러나 반대로, 자네들의 본가나 시가가 불미스러운 일에 휘말려 부당한 상황에 부닥쳤을 때는 힘이 되어 주시겠지요."

아만다 시녀장이 한 말의 의미는 매우 무겁다.

귀족사회란 한 마디로 약육강식이다.

물론 왕가는 원칙적으로 나라의 모든 귀족을 두루 보살펴야 하지만, 구석구석까지 신경 쓰기 어려운 게 현실이다.

그래서 귀족 간의 분쟁이나 시비가 생기면 대개 왕가에까지 알리지 않고 암암리에 처리한다. 필연적으로 '어느 쪽이 옳은가'보다 '어느 귀족이 힘이 센가'에 의해 결론이 나는 경우가 많다.

사정이 이러하니 팔찌에 담긴 가치는 이루 말할 수가 없다.

한 번밖에 사용할 수 없으므로 쉽게 꺼내 들 수는 없지만, '여차할 때, 모든 절차를 건너뛰고 직접 왕가의 중추에 읍소할 수 있는 수단'이란, 대립하는 상대 귀족을 제어할 수 있는 무기가 된다.

"고맙습니다."

"소중히, 간직하겠습니다."

콘치타와 사브리나는 감동에 겨워 팔찌를 손에 꼭 쥐었다.

"이 은혜는 제가 후궁을 떠나는 그 순간까지 최선을 다해 일함으로써 갚겠습니다. 그런데 아만다 님. 저와 콘치타가 각각 다른 시녀와 조를 짜서 신입을 교육하라고 하셨습니다만, 저와 한팀이 될 시녀는 이미 정해졌습니까?"

감동으로 갈색 눈동자가 촉촉해진 사브리나는 명랑한 목소리로 시녀장에게 물었다.

사브리나는 물론 콘치타도 진지한 표정으로 시녀장의 대답을 기다렸다.

시녀장은 두 사람의 시선에 약간 압박감을 느끼면서도 회피하지 않고 한 번 헛기침을 한 다음 말을 전했다. "네. 이미 정해져 있어요. 콘치타는 페, 사브리나는 돌로레스와 함께 신입 교육을 담당해 주세요."

"페와?"

"돌로레스?"

페와 돌로레스. 그 유명한 문제아 3인방의 이름이다.

그 이름을 들은 콘치타와 사브리나의 표정에 빠지직 금이 갔다.

그로부터 며칠 후, 이른 아침.

평소처럼 후궁의 한 편에 모인 시녀들은 아만다 시녀장이 데리고 온 낯선 시녀 세 명과 처음으로 대면했다.

철저히 교육받은 후궁 시녀들이기에 수군거리거나 웅성거리는 자는 없었지만, 호기심마저 억누르지는 못했다.

선배들의 시선을 온몸에 뒤집어쓴 신입 시녀들은 아만다 시녀장 옆에서 딱딱하게 긴장해 있었다.

아만다 시녀장은 긴장을 풀어주기 위해 자연스럽게 소녀들의 등을 쓰다듬어준 다음, 평소의 엄한 목소리로 자리에 모인 시녀들에게 이야기하기 시작했다.

"올해 안에 후궁을 떠나게 된 사람이 몇 명 있습니다. 이미 후궁을 나간 시녀도 한 사람 있으니, 여러분도 소문으로 들었겠지요. 그래서 오늘부터 신입 시녀가 후궁에 배속됐어요. 세 명 모두 인사하세요."

아만다 시녀장은 그렇게 말하고 오른편에 선 유난히 왜소한 소녀의 등을 가볍게 두드렸다.

신호를 받은 소녀는 펄쩍 뛰어오를 만큼 몸을 움찔하고 떨리는 목소리로 자기소개를 시작했다.

"저, 저는 마노라 사르…… 가 아니고, 그, 마노라라고 합니다! 부족함이 많겠지만 잘 부탁합니다."

지나치게 긴장해서 가문 이름까지 밝힐 뻔한 소녀――마노라는 간신히 수습하고 무사히 인사를 마쳤다.

후궁만이 아니라 시녀로 일하는 자는 원칙적으로 사용인의 지위이므로 성을 말하지 않는다. 그렇지 않으면 여러 가지로 성가신 일이 생기기 때문이다.

가령 젊은 시녀 중에 아만다 시녀장보다 본가의 지위가 높은 자가 있다 치자. 양쪽 가문의 지위 차이 때문에 명령 계통에 지장이 생길 것은 불을 보듯 뻔하다.

그러나 귀족사회는 좁다. 일부러 성을 말하지 않아도 대략 누가 누군지 알기에 실질적인 효과는 별로 없다.

그래서 나중에 문제가 생기지 않도록, 시녀장 같은 상급 시녀는 어느 정도 격이 있는 가문 출신을 채용하게끔 되어 있다.

후궁의 각 부문 책임자 이상의 면면을 보아도 예외는 청소담당자 이네스 정도다.

마노라가 가까스로 무사히 자기소개를 마치자 아만다 시녀장은 이번엔 왼쪽에 있는 통통한 시녀의 등을 두드렸다.

"마찬가지로 오늘부터 후궁 시녀가 된 밀라그로스라고 합니다. 모쪼록 많은 지도편달 부탁합니다."

이쪽은 두 번째라서 그나마 마음의 여유를 찾았는지, 훨씬 침착하게 자기를 소개했다.

그렇지만 이 시녀――밀라그로스는 엄청난 실눈이라서 도무지 표정이 읽히지 않았다. 어쩌면 실제로는 마노라와 같은 정도로 긴장하고 있는지도 모른다.

두 명이 연달아 자기소개를 마친 다음이라서 세 번째는 신호를 주지 않아도 자연스럽게 타이밍을 알 수 있다.

이어서 밀라그로스의 옆, 유일하게 아만다 시녀장의 손이 닿지 않는 위치에 선 소녀가 자기소개를 시작했다.

"모니카라고 합니다. 오늘부터 여러분과 함께 젠지로 님을 모시는 영광을 안게 됐습니다. 모쪼록 잘 부탁합니다."

한 박자 쉬고, 아만다 시녀장이 젊은 시녀들 전체를 바라보며 입을 열었다.

"곧 그녀들도 여러분과 마찬가지로 셋이 한 팀을 이루어 업무를 맡게 될 거예요. 그러나 당분간은 서둘러 일을 배울 수 있게끔, 여러분과 섞어서 임시 팀을 짜겠어요. 임시 팀이 된 사람은 선배의 신분을 자각하고 솔선수범으로 지도할 수 있도록. 알겠지요?"

개별적으로 미리 이야기를 들은 콘치타와 사브리나 외에는 아닌 밤중에 홍두깨 같은 소리다. 하지만 아만다 시녀장의 명령이니 거역할 수 없다.

"예, 아만다 님."

시녀들은 입을 모아 대답했다. 시녀장은 엄격한 표정을 유지한 채 끄덕이며 조 편성에 대해 설명하기 시작했다.

"그러면, 발표하겠어요. 마노라는 사브리나와 페. 밀라그로스는 콘치타와 돌로레스. 모니카는 카리나와 크리스텔. 남은 레테와 케이트는 힘들겠지만 둘이서 주방을 맡아 주세요. 각각 맡은 바 업무를 수행하면서 신입 교육을 진행합니다. 알겠지요?"

젊은 시녀들이 후궁에 들어와서 처음 겪는 팀셔플이다. 사전에 얘기를 들은 두 사람을 제외하고 모두 당혹감을 감추지 못했다.

하지만 인사 결정권은 오로지 시녀장 아만다에게 있다.

"예, 알겠습니다."

결국, 시녀들은 한 목소리로 대답할 수밖에 없었다.

◆

신입 밀라그로스, 이미 퇴직이 정해진 콘치타와 함께 오늘은 청소담당을 맡게 된 돌로레스. 그녀는 거실을 향해 후궁의 복도를 걸어가면서 왼쪽에서 걷는 신입 시녀에게 말을 걸었다.

"지금 자기소개를 해 둘게. 난 돌로레스야. 너는 밀라그로스라고 부르면 되지?"

사사오입하면 180센티에 가까운 돌로레스와 중간키에 통통한 편인 밀라그로스가 시선을 마주치자 어쩔 수 없이 한 쪽이 올려다보는 모양이 되었다.

"네, 밀라그로스입니다, 돌로레스 씨. 오늘은 부디 잘 부탁합니다."

오른쪽 대각선 위를 올려다보는 모양으로 두 사람은 시선을 교환했다. 하지만 밀라그로스가 엄청난 실눈이었기 때문에 돌로레스는 도무지 눈을 맞춘 느낌이 들지 않았다.

"나도 소개할게. 내 이름은 콘치타. 너희와 교대로 퇴직할 몸이라 그다지 오래 함께 하지는 못하겠지만 잘 부탁해, 밀라그로스."

이어서 밀라그로스의 왼쪽에서 걷던 콘치타도 부드럽게 웃으며 말했다.

콘치타도 돌로레스만큼은 아니지만, 키가 큰 편이다. 그래도 170센티가 될까 말까한 정도라서 중간키인 밀라그로스와 어렵지 않게 시선을 마주쳤다.

"저야말로 잘 부탁합니다, 콘치타 씨. 아, 퇴직하신다는 건 콘치타 씨도 결혼하시는 건가요?"

나이가 어려도 역시 결혼, 연애 얘기에는 혹하는 법이다. 노골적으로 흥미를 보이는 밀라그로스에게 콘치타는 살짝 웃으며 밝혔다.

"네. 정식으로는 좀 더 나중 일이 되겠지만, 아버지가 좀 조급해 하셔서. 가까운 곳에서 좋은 상대를 찾아주실 것 같아요. 그쪽도 나와 같은 입장이 됐으니까 각오하는 편이 좋을지도 몰라요."

콘치타의 진심어린 충고가 아직 절실히 다가오지 않는지, 밀라그로스는 그 얇은 눈 사이에 약간 주름을 잡고 고개를 갸웃했다.

"각오, 말인가요?"

"그래요, 각오. 후궁 시녀로 일했다는 건 큰 간판이 돼요. 그래서 싫든 좋든 자신보다 지위가 높은 가문에서 혼담이 들어올 수도 있죠. 지금은 궁궐 바깥에는 왕족이 없는 상황이라서, 실낱같은 연줄이라도 엄청난 가치가 있는 모양이니까."

콘치타는 그렇게 말하며 어깨를 으쓱했다.

콘치타의 본가는 작위도 영지도 없는 하급귀족이다.

그러니 콘치타도 비슷한 하급귀족으로 시집가는 게 보통이다. 만약 약간이라도 영지를 보유한 귀족 집안에 시집가게 되면 땡잡았다는 소릴 들을 판국이다. 그 정도로 별 볼 일 없는 집안이라는 얘기다.

그러나 현재 콘치타의 본가에 영주 귀족의 차기 당주나 작위를 가진 귀족으로부터 혼담이 다수 들어와 있다고 한다. 그중에 저 유명한 명문 기젠 가에 가까운 친척도 있다니 놀라울 따름이다.

콘치타의 아버지는 이 상황을 도저히 감당할 수 없다고 판단했다. 그래서 알고 지내던 기사 집안과 오래전에 장난삼아 아이들끼리 맺어주기로 한 이야기를 서둘러 정식 약혼으로 발표함으로써 딸의 혼담을 성사시켜버렸다.

유력 귀족과 사돈지간이 된다고 하면 듣기에는 좋지만, 가문의 규모 차이가 지나치게 크면 머지않은 미래에 집안이 통째로 흡수돼버릴 가능성이 높다.

"하지만 그쪽한테는 아직 먼 얘기네요. 지금은 후궁의 업무를 익히는 게 제일 중요하겠죠."

"네. 열심히 하겠습니다."

콘치타는 앞서나간 대화를 수습하려고 웃었다. 밀라그로스도 실눈을 초승달 모양으로 만들며 웃어 보였다.

이야기를 나누다 보니 어느새 세 사람은 거실 앞에 도착했다.

돌로레스는 앞에 나서 거실문에 손을 대고 슬쩍 등 뒤에 선 밀라그로스를 쳐다보았다.

"이 안에는 이제껏 본 적 없는 물건들이 잔뜩 있어요. 우리가 취급 방법을 설명해 줄 테니까, 그 전에 손대지 않도록 주의해주세요."

"네, 알겠습니다."

밀라그로스가 끄덕이자 돌로레스는 천천히 거실문을 열어젖혔다.

"이건, 대체……"

거실에 들어간 밀라그로스는 괴이한 광경에 놀라서 가느다란 눈을 있는 대로 크게 떴다.

젠지로의 개인 소지품들이 가득한 거실 풍경은 그것을 처음 보는 사람에게겐 몹시 이상하게 비쳤다.

마주 놓인 소파를 둘러싼 여러 대의 LED 플로어 스탠드라이트.

방구석에서 낮은 소음을 내고 있는 5도어 냉장고.

허리 높이의 탁자 위에 자리 잡은 대형 액정TV.

방의 한 코너에 자리한 책상 위에 오도카니 놓인 컴퓨터와 그 옆에 설치된 프린터 복합기.

모두 이쪽 세계의 일반인이 평생 듣도 보도 못한 물건들이다.

LED 스탠드라이트는 얼핏 보면 촛대와 닮아서 어렴풋이 조명이 아닐까 짐작할 수 있을지 모른다. 냉장고는, 물체를 차갑게 만드는 장치에 대해 알지 못해도, 뭔가를 수납하는 물건이 아닐까 추측할 수 있을지 모른다.

그러나 TV, 컴퓨터, 프린터는 완전히 이해의 범주를 벗어난다. 기껏해야 TV나 컴퓨터를 '제구실을 못 하는 거울'로 착각하는 정도일까.

"이제껏 듣도 보도 못한 물건이 잔뜩 있죠? 이 물건들을 청소할 때는 절대 물걸레 금지. 그 밖에도 자잘하게 주의할 점이 있으니까 오늘은 내가 할게요. 밀라그로스는 당분간 눈으로 보고 익혀요."

"네, 알겠습니다."

돌로레스의 말에 신입 시녀 밀라그로스는 순순히 대답했다.

이어서 콘치타가 상냥한 어조로 말을 건넸다.

"그러면 밀라그로스는 그 밖의 청소를 해 줄래요? 그런데 청소 실력은 어떤가요?"

"네, 맡겨 주셔도 돼요. 후궁 시녀로 뽑히지 못하면 다른 곳에서 일할 생각이었으니까요. 시녀로서 갖춰야 할 최소한의 능력은 있다고 생각해요."

실눈의 신입 시녀는 자신감 넘치는 말과 표정으로 대답했다.

미루어 짐작하건대 밀라그로스는 하급귀족 출신인 모양이다.

중급 이상의 귀족 자녀일 경우, 왕실에 종사하는 후궁 시녀나 왕궁 시녀라면 몰라도, 다른 귀족의 저택에 일하러 들어가는 법이 없다.

물론 상급귀족 중에서도, 예를 들어 푸죠르 기젠이 여동생을 다른 집안에 신부수업 보낸 것처럼 아예 없다고는 못 하지만.

"그럼 실례하겠습니다."

밀라그로스는 재빨리 청소도구를 손에 들고 거실 청소에 돌입했다.

전자제품에 손대지 않고서도, 선반의 먼지를 털거나 소파를 걸레로 닦거나 마루를 빗자루로 쓰는 일은 문제없이 가능하다.

밀라그로스가 장담한 대로 꽤 익숙한 손놀림이었다.

후궁에 들어온 첫날이라서 긴장은 했지만, 상당히 집중해서 꼼꼼하게 일했다. 방을 깨끗이 한다는 부분에서는 만점짜리 실력이다.

그러나 돌로레스는 신입 시녀의 섬세하고 꼼꼼한 일 처리에 대해 가차 없는 지적을 날렸다.

"밀라그로스, 그래서는 늦어요. 지금은 젠지로 님이 안 계셔서 느긋하게 청소할 수 있지만, 평상시의 거실 청소는 시간과의 싸움이에요."

주의를 들은 밀라그로스는 소파를 닦던 손을 멈추고 당혹해하며 대답했다.

"죄, 죄송합니다. 이것도 나름 전속력으로 하는 건데요."

밀라그로스가 사죄인지 변명인지 모를 태도를 보이자, 돌로레스는 한심하다는 표정으로 질 낮은 훈수를 두었다.

"그렇다면 일단 눈에 띄는 더러움이나 얼룩만 대충 닦아내는 게 좋아요. 중요한 건 시간 안에 끝낼 수 있느냐지, 완벽함이 아니니까."

"이런, 돌로레스. 신입 시녀에게 처음부터 요령 피우는 방법을 가르칠 셈이야?"

곧바로 콘치타가 문제아 3인방의 일원을 나무랐지만, 그 표정에는 쓴웃음이 떠올라 있었다. 다짜고짜 신입 시녀에게 가르칠 내용은 아니지만, 돌로레스의 말에 틀린 점이 없기 때문이다.

콘치타는 쓴웃음을 지은 채 실눈의 신입 시녀에게 설명했다.

"그래도 뭐, 돌로레스가 하는 말이 틀리지는 않아요. 젠지로 님은 식사와 목욕 시간을 빼고 내내 거실에서 지내실 때도 많으니까.

그만큼 거실 청소를 재빨리 해치워야만 하는 거죠."

"하지만 일을 완벽하게 하지 않으면 꾸중을 듣잖아요?"

밀라그로스는 조금 겁먹은 표정으로 걱정을 표했다. 세상의 상식에 비추면 타당한 의견이지만, 젠지로가 주인인 이곳 후궁에서는 통하지 않는다.

"젠지로 님은 절대 꾸중하는 법이 없어요. 그분을 직접 뵙기 전엔 이해할 수 없겠지만, 아무튼 젠지로 님은 긴장 때문에 짜르르한 분위기를 제일 싫어하시니까. 그보다, 그렇게 어깨에 잔뜩 힘이 들어간 사람이 곁에 있으면 불편해하시니 좀 더 편하게 행동하는 편이 좋아요."

콘치타의 조언은 실로 적확했지만, 젠지로라는 인물의 내면을 전혀 알지 못하는 사람에게는 몹시 난해하게 들린다.

그래서 밀라그로스는 들은 내용 중에서 자기가 제대로 이해한 부분만 집어내 혼잣말처럼 되뇌었다.

"그러니까, 거실 청소에 할당된 시간이 짧으니까 서둘러 해치워야 한다. 하지만 젠지로 님은 긴장한 사람을 싫어하니까 긴장한 티를 내서는 안 된다는 거군요. ……죄송해요. 저에게는 후궁 시녀 일이 역부족인지도 모르겠어요."

실눈 시녀는 실의에 빠졌다.

확실히 그렇게 정리하면 말도 안 되는 조건이다.

재빨리 단시간에 일을 끝내라. 그러나 겉으로는 조급한 티를 내지 말고 느긋하라, 라는 의미로 들린다.

얼굴이 새파래진 신입 시녀의 모습이 우스웠는지, 돌로레스가 작은 목소리로 웃으며 밀라그로스의 걱정을 날려버렸다.

"그러니까, 그게 아니라, 밀라그로스. 젠지로 님에게 긴장한 티를 내지 말라는 게 아니라, 진짜 긴장하지 않으면 된다고요. 못 하는 일은 못 한다고, 죄송하다고 말하면 젠지로 님은 다 용서해 주시니까, 정말로 긴장할 필요 없어요."

"돌로레스는 조금 긴장해 주는 편이 좋겠는데 말이야."

돌로레스는 당당히 주인의 관용에 편승하리라 선언했지만, 콘치타는 골치 아프다는 듯이 오른손을 이마에 갖다 대며 낮은 목소리로 경고했다.

혹시, 자신이 지도해야만 하는 건, 신입 시녀들이 아니라 '문제아 3인방'인 게 아닐까?

순간 그런 생각이 머리를 스쳤지만, 현실적으로 후궁 시녀 중에 가장 젠지로 님의 총애를 받는 아이들이다. 마냥 혼내기도 어렵다.

하지만 갓 들어온 신입이 '문제아 3인방'에게 물드는 것만은 막아야 한다.

"돌로레스의 말 중에 반은 흘려들어 줘요. 완벽한 일처리를 추구하는 건 좋은 자세예요. 하지만 돌로레스의 말처럼 일처리가 완벽하지 않더라도 젠지로 님은 꾸중하지 않으시니까 마음 편하게. 단, 너무 풀어지면 젠지로 님이 아니라 아만다 시녀장이나 이네스 님에게 한바탕 설교를 들게 될 테니 조심할 것."

"아, 네. 알겠습니다?"

말꼬리가 의문문인 건, 도무지 이해한 건지 아닌지 스스로도 알 수 없었기 때문이다.

후궁에서 청소담당 시녀의 업무는 사실 청소 그 자체가 아니다.

청소는 대개 주인인 젠지로가 없을 때 해치우고, 젠지로가 돌아오면 옆방에서 부름에 대비하며 조용히 기다린다.

그러나 젠지로는 후궁 안에서도 웬만한 일이 아니면 시녀를 부르지 않는다. 아마도 이 세상에서 가장 번거롭지 않은 주인이리라. 한편 또 다른 주인이라 해야 할 여왕 아우라는 너무 바빠서 낮에는 거의 후궁에 없다.

게다가 지금은 젠지로가 멀리 가질 변경백령으로 여행을 떠나 자리를 비운 상황.

결과적으로 청소를 마친 돌로레스, 콘치타, 밀라그로스는 대기실에서 우아하게 티타임을 즐길 수 있게 됐다.

"콘치타, 주방에서 차와 함께 체리타르트를 가져왔어."

"어머, 좋아라. 돌로레스, 그럼 잘 먹을게."

문제아 3인방 중 하나인 돌로레스는 물론이고, 아만다 시녀장으로부터 신뢰가 두터운 콘치타마저, 지극히 자연스럽게 편안한 자세를 취했다. 그녀들은 구리 티포트로 목제 컵에 차를 따르고, 은나이프로 새콤달콤한 향기를 풍기는 체리타르트를 잘랐다.

둥근 타르트를 세 조각으로 나누기는 어려워서 여섯 개로 나누고 두 조각씩 세 개의 접시에 담았다.

"모처럼이니까 따뜻할 때 먹자. 자, 밀라그로스도 먹어요. 처음 보는 과자라서 당황스럽겠지만, 굉장히 맛있어요."

콘치타가 방긋 웃으며 밀라그로스 앞에 체리 타르트 두 조각이

든 나무 접시와 차가 든 목제 컵을 내밀었다.

"아, 네."

밀라그로스는 표정이 드러나지 않는 실눈임에도, 당혹스러운 기색이 역력했다. 물론 그 이유는 결코 '체리타르트가 처음 보는 과자라서'가 아니다.

"이걸 만든 건 바네사 님?"

"아니, 바네사 님도 조금 도와주셨지만 거의 레테가 만들었어. 오늘은 아우라 폐하도 한밤중까지 못 돌아오시니까."

아무런 주저도 없이 체리타르트를 나무 포크로 찍어 먹으며, 콘치타와 돌로레스는 태평스럽게 이야기를 나눴다.

그러나 전후 사정을 모르는 밀라그로스는 이 상황이 몹시 불편했다.

"저, 저기, 콘치타 씨. 우리, 일 안 하고 이런 데서 쉬고 있어도 되는 거예요?"

밀라그로스의 말에 콘치타는 오른손에 나무 포크를 든 채 굳어버렸다.

"에?"

"그러니까, 일도 하지 않고 이런 곳에서 한가롭게 놀고 있으면, 그야말로 꾸중으로 끝나지 않을 일 아닌가요?"

거듭 같은 질문을 받고서 콘치타는 겨우 밀라그로스가 하고자 하는 말이 무엇인지 이해했다.

그리고 동시에, 자기 자신도 돌로레스 못지않게 후궁의 비일상성에 물들어 있었다는 사실을 깨달았다.

아직 해가 중천인 대낮에 시녀가 테이블을 둘러싸고 앉아 과자를 먹으며 차를 마신다.

조금만 생각해보면 엄청나게 비상식적인 광경이다.

콘치타는 두려움에 떠는 신입 시녀를 달래기 위해 웃어 보였다.

"괜찮아요. 지금 우리가 이 방에 대기하는 자체가 업무니까. 이 방을 나가지 않는 한 뭘 해도 상관없어요."

청소를 마친 후의 청소담당 시녀의 업무란, 주인인 젠지로와 아우라의 자잘한 명령에 대처하는 일이다.

그래서 청소를 마친 후, 청소담당 시녀들인 이렇게 거실 옆에 있는 시녀 대기실에서 그저 호출이 오는 순간만을 기다린다.

오늘처럼 후궁에 젠지로와 아우라가 둘 다 없을 때도 예외는 아니다.

수도를 떠나 있는 젠지로는 그렇다 치고, 왕궁에서 정무를 보던 아우라가 예정을 바꿔 갑자기 후궁으로 돌아올 가능성이 있다.

그 만에 하나를 위해 시녀들은 계속 대기실을 지키지 않으면 안 된다. 그 대신, 대기실에 있는 동안에는 행동이 상당히 자유롭다.

지금 돌로레스 일행처럼 주방에서 도구를 가져와 다과회를 열어도 되고, 자수나 리본 공예 같은 취미활동을 해도 된다.

그래도 좁은 대기실에서 얌전히 있어야 해서, 참을성이 없는 페는 이 일을 싫어하지만, 반대로 빈둥거리기 좋아하는 돌로레스는 청소담당을 가장 좋아한다.

돌로레스와 콘치타에게서 그런 일련의 사정을 들은 실눈의 신입 시녀는 여전히 당혹감을 감추지 못하면서도 일단 납득했다.

"과연, 언제 부름을 받을지 모르는 상황에 대비해 여기서 대기하는 것이군요."

밀라그로스는 그렇게 대답하면서 이윽고 나무 접시로 손을 뻗었다.

처음 보는 체리타르트트를 선배들처럼 나무 포크로 잘라 입으로 가져갔다.

이쪽 세계의 체리는 현대 일본에서 판매되는 품종보다 알이 작고 씨가 큰데다 신맛과 떫은맛이 강해서, 젠지로가 준 레시피 대로 만들면 그다지 맛있지 않다. 그러나 식재료의 특징을 파악하는 데 선수인 바네사가 레시피를 개량해 새롭게 맛있는 디저트로 만들어 냈다.

단단하고 바삭하게 구운 타르트 반죽 위에 빽빽하게 채운 새빨간 체리. 신맛을 살짝 남기고 달콤하게 조린 체리와 단맛을 극도로 억제한 타르트 반죽의 맛이 입안에서 조화롭게 어우러졌다.

체리는 형태를 그대로 유지하고 있지만, 사실은 뒷면에 칼집을 넣어 씨를 빼냈기 때문에, 먹으면서 일일이 씨를 발라낼 필요가 없다.

"마, 맛있어요…… 이거, 정말 제가 먹어도 되는 거예요?"

밀라그로스는 한 입 먹어보고 저도 모르게 물었다. 이 음식에 사용된 식재료와 정성을 돈으로 환산하면 엄청난 값어치라고 생각했기 때문이다.

그러나 동시에 포크를 든 손을 멈추지 않았다. 그 맛에 완전히 매료된 모양이다.

신입의 말에 돌로레스는 마치 자기 일인 양 의기양양하게 말했다.

"괜찮아요. 오늘처럼 젠지로 님도 아우라 폐하도 후궁에 안 계실 때는 주방에서 젊은 시녀들이 요리 연습을 하니까. 당연히 바네사 님이 만든 요리보다 맛이 떨어지니까 젠지로 님 앞에는 못 내놓지만, 그렇다고 버리기는 아깝잖아? 그래서 우리 입으로 들어오는 거죠."

후궁 시녀의 특권이죠, 라며 돌로레스는 웃어 보였다. 밀라그로스는 "네에." 하고 여전히 석연치 않은 말투로 대답했다.

젊은 시녀의 요리 실력을 높이기 위해서는 실제로 요리를 만들어 보는 수밖에 없다. 하지만 실습한 요리를 주인인 젠지로나 아우라의 식탁에 올릴 수는 없다. 그래서 시녀들이 처리한다.

차를 내는 일도 시녀의 몫이기 때문에, 스스로 마실 차를 우려 보며 실력을 키운다.

일리가 있는 얘기지만, 이렇게 정성스럽게 만든 과자와 고급 차를 마시며 우아한 시간을 마시고 있으려니, '우리 집안의 대표로서 부끄러운 모습을 보이지 않겠다'며 잔뜩 기합을 넣었던 자기 자신이 바보처럼 여겨졌다.

시녀로 뽑혔을 때 아만다 시녀장은 "자네들에게 원하는 건 순수한 노동력입니다. 불손한 생각은 버리세요."라고 다짐을 했다. 하지만 이렇게까지 대우가 좋다면 단순히 노동력을 원한다는 말이 정말인지, 수상쩍은 느낌이다.

(아만다 님은 그렇게 말씀하셨지만, 역시 우리는 첩 후보인 게 아닐까?)

자기보다 집안이며 마력, 미모까지 뛰어난 아가씨들이 뽑히지 않았음을 알고 '단순한 노동력'이라는 말을 이해했건만, 이런 대우를 받으니 왠지 조금 기대를 품게 된다.

게다가 체리타르트를 다 먹은 후 콘치타가 또 한 번 놀랄만한 제안을 해 왔다.

"그런데 밀라그로스. 혹시 지금 잘 수 있어요? 그럼 저기 소파에서 조금 자 두는 편이 좋을 거예요."

"자다니요, 낮잠 말인가요? 지금은 활동기인데요!?"

카파 왕국은 혹서기에 노동자도 낮잠을 잔다. 그래서 낮잠 자체가 놀랄 일은 아니지만, 활동기에 낮잠을 권유하다니 좀처럼 드문 일이다.

밀라그로스의 반응을 이미 예상했는지, 콘치타와 돌로레스는 서로 마주보며 살짝 웃었다.

"우리는 이미 익숙해서 괜찮지만, 그쪽은 당분간 힘들 거예요. 청소담당 시녀는 주인인 젠지로 님과 아우라 폐하가 잠자리에 드실 때까지 여기서 대기해야 하니까."

"네에, 그건 그렇겠네요."

콘치타의 설명은 언뜻 듣기에 시녀로서 당연히 해야 할 일을 이유로 들고 있다. 그래서 밀라그로스는 고개를 갸웃할 수밖에 없었다.

"뭐, 이것도 공부죠. 괜찮아요. 도중에 잠들어도 우리가 방까지 잘 데려다 줄 테니까."

LED 스탠드라이트라는 조명기구를 사용하는 야행성 인간 젠지로. 그런 남편의 영향을 받은 여왕 아우라가 잠자리에 드는 시간은 카파 왕국의 상식에서 한참 벗어난 늦은 시간이다.

"도무지 무슨 말씀인지?"

의문의 안갯속에 갇힌 밀라그로스가 상황을 파악하려면 밤이 될 때까지 기다려야만 했다.

◆

같은 무렵, 오전 업무를 마친 정원담당 시녀 셋은 욕실에서 땀과 흙을 씻어내는 중이었다.

한밤중이면 젠지로가 빌려준 LED 랜턴의 백색광을 의지해야 하지만 지금은 대낮이다.

욕실의 높은 곳에 달린 창문이 활짝 열려 있어, 그리로 쏟아져 들어온 햇빛이 돌로 만들어진 욕실을 환하게 비추고 있었다.

"으햐아~ 기분 좋다~!"

나무바가지에 담은 냉수를 머리 꼭대기부터 뒤집어쓴 페가 어린애처럼 환호성을 질렀다.

지금은 활동기 후반이라 낮에도 기온이 그리 높지 않지만, 햇빛 아래에서 몇 시간 동안 잡초를 뽑다 보면 몸이 열기로 그득해진다.

"꺄악, 차가워!"

페가 끼얹은 냉수가 튀었는지, 옆에 앉아 있던 왜소한 소녀가 반사적으로 비명을 질렀다.

"아, 미안, 마노라. 튀었어?"

"아, 아뇨. 괜찮아요."

선배의 태평스러운 사과에, 작은 신입 시녀——마노라는 꺼져드는 목소리로 소곤소곤 대답했다.

"좋~아. 사과의 의미로 마노라의 몸을 씻어 줄게. 자, 여기 앉아."

혼자만 기운이 펄펄한 페는 그렇게 말하며 자기 앞에 놓인 나무 의자를 탕탕 두드렸다.

"네? 아, 아뇨, 그런, 괜찮아요, 저는……"

"사양하지 말고, 응?"

페는 오른손을 뻗어, 벗은 몸을 작은 수건으로 가리고 우물쭈물하는 후배의 왼손을 낚아채더니 확 끌어당겼다.

"아, 아뇨, 정말로, 괜찮아요…… 그, 고, 고맙습니다……"

결국, 마노라는 억지로 페 앞에 앉게 되었다.

기가 세고 막무가내인 선배와 심약하고 수동적인 후배. 이 조합에서 심약한 후배가 자신의 의사를 관철할 가능성은 없다.

물론 페에게 악의는 전혀 없다.

처음 생긴 후배에게 잘해주고 싶어 안달이 났을 뿐이다.

특히 이 마노라라는 소녀는 후궁 시녀 중에서 가장 키가 작은 페보다 손가락 두 개 정도 더 작았다. 페 입장에서는 실로 후배 취급하기 편한 후배다.

젠지로가 봤다면 이렇게 말했으리라. "아아, 축구부에도 있었어, 이런 녀석. 후배가 들어오자 좋은 선배로 보이려고 애쓰다가 좌충우돌하는 부류"라고.

이런 2학년 선배는 3학년 선배에게 꼭 한 소리 듣기 마련이다.

“페, 그만둬. 마노라가 곤란해 하잖아. 아직 후궁의 목욕법을 모르는 신입에게 이것저것 가르쳐주는 건 기특하지만 좀 더 차분하게. 응?”

부드러운 미소를 머금은 목소리로 살며시 페를 나무란 사람은 사브리나다.

입궁은 동기지만 나이는 두세 살 위인 사브리나가 그렇게 말하면 페도 더 강하게 나갈 수는 없다.

“칫……”

페는 입술을 삐죽이며 입을 다물었다.

“자, 어서. 마노라에게 가르쳐 줘야지. 목욕탕 사용법. 특히 새로 온 아이는 비누 사용법을 모를 테니 네가 잘 알려줘.”

사브리나는 페를 달래면서 살살 부추겼다.

원래 성격이 단순한 페는 사브리나의 말에 금세 만면의 미소를 되찾았다.

“그렇지, 참. 봐봐, 마노라. 후궁에서 일하는 시녀는 모두 이 비누로 몸을 씻어. 뭐, 오늘처럼 하루에 두 번 목욕 할 때는 둘 중에 한 번만 써도 되지만, 내친김에 지금 가르쳐 줄게.”

그렇게 말하며 페는 액체비누가 든 작은 통을 끌어당겨 그 내용물을 오른손으로 펐다.

“저기, 뭐예요, 그게?”

마주 앉은 작은 신입 시녀는, 걸쭉하고 하얀 액체를 손으로 퍼서 수건에 묻히는 페의 손끝을 들여다보려고 목을 쭉 뺐다.

심약하고 경계심이 강한 주제에 호기심은 더 강하다. 야생의 작은 초식동물처럼, 묘하게 애교 있는 행동거지다.

"이건 말이지, 비누라고 하는데, 몸을 씻는 데 쓰는 거야. 젠지로 님이 만드셨지. 자, 마노라도 써봐."

선배가 했던 것처럼 액체비누를 손으로 퍼낸 작은 신입 시녀는 상쾌한 향기를 맡고 환성을 올렸다.

"이건, 향유예요?"

"향유가 아니라, 비누. 하지만 향도 들어 있어. 페퍼민트 향."

제조법이 대략 확정된 시점에서 젠지로는 후궁 출입 상인에게 제조법을 밝히고 생산을 맡겼다.

이제는 만들어진 물건을 정기적으로 사들이는 형태를 취하고 있다. 역시 후궁 전속 상인이라서 그런지 젠지로가 직접 만든 것보다 품질이 안정적이고, 기름 냄새가 남아 있는 물건을 납품한 적도 없다.

이쪽 세계에서 만든 액체비누는 젠지로가 지구에서 가져온 바디클렌저에 비하면 거품이 약한 편이지만, 그래도 대용품치고 완성도가 꽤 높았다.

"그래, 그렇게 비누로 거품을 낸 수건으로 이렇게 몸을 닦는 거야."

"네, 이렇게 말이죠?"

"비누는 눈에 들어가면 굉장히 아프니까 조심해. 만약에 눈에 들어가면 바로 씻어내도록 해."

"알겠습니다, 사브리나 씨."

액체비누를 사용한 적이 없어도, 귀족 출신이라면 목욕을 할 줄은 안다.

그 후 마노라는 큰 문제 없이 몸에 비누칠을 마치고, 뜨거운 물로 거품을 씻어냈다. 그리고는 물에 젖은 작은 동물처럼 부들부들 몸을 떨었다.

이윽고 샤워를 마친 마노라가 사브리나와 함께 탕에 들어가자, 혼자 탕 밖에 남은 페가 작은 은병을 꺼내 그 내용물로 머리를 감았다.

"어머, 페. 그게 뭐니?"

사브리나는 탕 속에서 커다란 젖가슴을 둥둥 띄우며 느긋하게 쉬다가, 페가 손에 든 낯선 액체에 시선을 집중했다.

페는 작은 가슴을 내밀며 자만 득의양양하게 말했다.

"헤헤, 이건 젠지로 님이 주신 '샴푸'와 '린스'라는 머리카락용 비누! 아, 마노라는 쓰면 안 돼. 아니, 이건 나 외에는 쓰면 안 돼. 아직 시험 단계라서 무슨 문제가 생길지 모른대."

듣고 보니 결코 자만할 만한 내용이 아니다. 결국, 허울 좋은 실험 대상이라는 말이 아닌가.

"괜찮은 거야?"

걱정스러운 표정으로 미간을 찡그리는 사브리나에게, 페는 태평하게 대답했다.

"으응, 두피가 따끔거리거나 머리카락 상태가 안좋아지면 당장 그만두라고 젠지로 님이 말씀하셨어. 만약 그런 일이 생기면 보상으로 금화 한 닢을 주신대. 문제가 없어도 은화를 받을 수 있어. 물론 전쟁 후에 만들어진 새 은화로."

수제 샴푸와 린스는 사용했을 때 어떤 부작용이 생길지 모른다. 원래는 젠지로가 직접 사용해보고 싶었지만, 직책상 늘 단정한 매무새를 유지해야 해서 포기했다.

그래서 비누 때와 마찬가지로 시녀들에게 임상 실험을 부탁할 수밖에 없었다.

이번에 페에게 임상시험을 맡긴 이유는 그녀가 후궁 시녀 중에서 가장 머리카락이 짧기 때문이다.

머리카락이 짧다고 함부로 다뤄도 되는 건 아니지만, 최악의 사태가 일어나더라도 페의 머리카락 길이 정도면 삭발 후 1년이나 2년 사이에 원래 길이를 회복할 수 있다.

다른 시녀들처럼 허리까지 오는 길이에 비하면 짧은 시간에 원상복구할 수 있다는 점에서 젠지로의 죄책감이 덜하다.

"아, 이거 꽤 괜찮은데. 왠지 기분이 좋아. 머리가 상쾌한 느낌."

탕 속에 몸을 담근 후배와 동료가 지켜보는 가운데, 페는 수제 샴푸로 시원스럽게 머리를 감았다.

"어디 보자, 샴푸가 끝난 다음 깨끗하게 헹구고, 다음은 린스를 머리카락 전체에 발라……"

특별 보너스를 받는 일인 만큼, 페는 젠지로의 지시를 열심히 떠올리며 성실하게 실행에 옮겼다.

"마지막은 따뜻한 물로 꼼꼼하게 헹군다. 좋아, 이 정도면 되겠지."

바가지로 여러 번 물을 퍼서 끼얹으며 머리카락에 발랐던 린스를 완전히 씻어냈다. 그리고 페는 마지막으로 물기를 꼭 짜낸 타월로 머리카락의 물기를 닦았다.

"그럼 나도. 요즘 계절엔 탕욕도 나쁘지 않지."

페는 그렇게 말하며 마노라와 사브리나가 있는 욕조에 발을 담갔다. 원래 페는 탕욕보다 샤워를 좋아하지만, 활동기 후반인 이 계절에는 탕에 들어가는 것도 괜찮다.

"후아~"

"수고했어, 페. 어땠어? 그 샴푸랑 린스라고 했나?"

부드럽게 미소 짓는 사브리나에게, 페는 오른손으로 자신의 머리카락을 쥐고 감촉을 확인하며 대답했다.

"음~ 응. 꽤 좋은 느낌? 아직은 두피도 시원하고, 머리카락도 젠지로 님이 우려하신 뻣뻣함이나 푸석푸석함은 없는 것 같아. 완전히 말라야 확실하게 알 수 있겠지만."

"헤에, 좋겠다. 그것도 언젠가 상인에게 만들게 하시겠지? 그러면 나도 분발해서 결혼식 용으로 하나 사 둘까봐."

왕실 직속 상인을 통해 대량생산을 하고 있다지만, 아직은 액체 비누도 꽤 비싸다. 그런 상황을 감안하면, 샴푸와 린스도 틀림없이 당분간은 서민의 손에 닿지 않으리라.

사브리나는 명색이 귀족이지만 경제적으로 풍족하지 못한 하급 귀족 출신이다. 후궁을 나간 후에는 결코 쉽게 접할 수 없는 제품이다.

두 사람의 대화를 들으며, 작은 신입 시녀는 현재 자신이 처한 기묘한 상황을 새삼스럽게 인식했다.

"저기…… 우리, 정말로 이러고 있어도 괜찮은 거예요? 나중에 꾸중을 듣거나 하지 않아요?"

밀라그로스가 대기실에서 차를 마시며 품었던 의문과 똑같다. 그만큼 후궁 시녀들의 생활환경이 잘 모르는 사람이 보기에 몹시 기이하다는 얘기다.

그러나 페와 사브리나는 서로 마주보며 웃고 나서 신입의 우려를 일축했다.

"괜찮아. 마노라도 들었잖아? 정원담당 책임자 에밀리아 님이 우리한테 '욕실에서 땀을 씻어내고 오라'고 말씀하신걸."

"마노라는 아직 후궁의 규율을 몰라서 당황스럽겠지만, 여기서는 목욕이 거의 의무라고 보면 돼. 후궁에서 일하는 자는 가능한 한 몸을 깨끗하게 유지하라는 젠지로 님의 특별 지시야."

사브리나의 말은 사실이다.

물론 직접 표현한 적은 없지만, 젠지로는 더러워진 옷을 입은 사람이나 땀으로 범벅인 사람, 또 향유 냄새가 코를 찌르는 사람이 가까이에 있으면 싫어했다. 시녀장 아만다는 그런 젠지로의 의중을 파악하고 후궁 시녀들이 자주 목욕하고 옷을 갈아입게끔 규율로 정해 놓았다.

그러나 사브리나의 설명은 약간 부족한 데가 있었다. 적어도 마노라에게 다른 종류의 오해를 불러일으킬 만큼은.

"목욕이 의무…… 젠지로 님의 뜻…… 그건 즉, 그런 거죠? 아만다 시녀장은 그런 일은 없다고 하셨는데, 사실은 있었군요. 두 분은 벌써 경험하셨어요? 저, 저도 그, 부르심을 받게 될까요?"

놀람과 불안, 흥분과 미미한 기대감이 뒤섞인 마노라의 말에, 사브리나의 눈이 순간 휘둥그레졌다. 하지만 곧 그녀가 무엇을 착각하고 있는지 깨달았다.

목욕은 시녀 모두의 의무. 젠지로의 뜻에 따라 늘 몸을 청결히 하고 있다.

그 말만 들으면 누구라도 젠지로를 시도 때도 없이 시녀들에게 손을 대는 호색한으로 오해할 수 있다.

"아니야, 마노라. 그건 네 착각이야. 아만다 님 말씀처럼 밤에 불려갈 걱정은 붙들어 매. 적어도 우리는 지금까지 아무도 그런 경험을 한 적이 없어."

"저, 정말이에요? 불려간 분이 입을 다물고 있는 건 아닐까요?"

우려할 만도 하다.

실제로 시녀들 사이에서는 종종 주인의 총애를 받는 시녀를 시기해서 분란이 일어나기 때문에, 일부러 비밀에 부치는 경우가 드물지 않다.

그러나 사브리나는 웃음을 잃지 않고 고개를 저었다.

"그건 있을 수 없어. 우리는 모두 3인실을 쓰는걸. 누가 불려 가면 다 알려지게 돼 있어."

"애초에, 젠지로 님은 매일 밤 아우라 폐하와 같이 주무시고 말야. 다른 사람이 끼어들 여지도 없다니까."

페가 킬킬 웃으며 손을 퍼덕이자 마노라는 더욱 고개를 갸웃했다.

"네? 하지만 아우라 폐하는 얼마 전에 출산하셨죠? 꽤 오랫동안 폐하의 몸이 무거우셨을 텐데요."

"응. 그때도 마찬가지였어. 침실에 간이침대까지 들여서 젠지로 님이 거기서 주무셨어. 같은 침대에서 못 자더라도 최소한 같은 방에서 자고 싶다고 하셔서."

"우와, 멋져요."

마노라는 저도 모르게 눈을 반짝이며 물 위로 손을 마주 잡았다.

한창때의 소녀라면 누구나 그렇듯, 마노라도 타인의 연애 이야기에 사족을 못 썼다.

페는 말을 이었다.

"그러니까, 만약 시녀 중 누군가가 젠지로 님의 수청을 든다면, 아마 사브리나가 일번 타자일 걸. 사브리나가 부름을 받지 않았다면 다른 사람은 어림도 없어."

"다들 그런 말을 하는데 말이야, 좀 안이한 생각 아냐? 젠지로 님이 아우라 님을 사랑하시니까 나도 총애를 받을 거라니."

페의 말에 사브리나는 곤란해하며 쓴웃음을 지었다.

"어? 앗, 그렇구나! 사브리나 씨가 누굴 닮았나 했더니!"

그제서야 페가 한 말의 의미를 이해한 마노라는 어깨까지 탕에 담근 사브리나를 보며 놀라서 소리쳤다.

붉고 긴 머리카락에 170센티에 가까운 키. 그리고 가슴과 허리의

라인이 강조된 몸매. 사브리나는 후궁의 시녀들 중에서 가장 여왕 아우라에 가까운 용모다.

다만 전사로서 몸을 단련한 아우라와 달리, 근육이 부드럽고 어깨도 좁다. 얼굴 생김새도 눈꼬리가 처져서 순한 느낌이라, 두 사람이 닮았다고 하기엔 다소 무리가 있다.

게다가 사브리나의 말대로, 젠지로는 아우라의 외모에만 매료된 게 아니다. 따라서 사브리나와 다른 시녀들을 대하는 태도에 차이가 있지도 않았다.

"하도 주변에서 기대를 하니까 나도 조금은 기대를 품었던 적은 있지만."

붉은 머리 시녀는 살짝 혀를 내밀고 표정을 감추기 위해 창밖으로 보이는 파란 하늘로 시선을 향했다.

◆

그날 밤.

후궁에 들어와서 처음으로 완전히 다른 팀으로 나뉘어 하루 업무를 마친 문제아 3인방은, 방으로 돌아와 하루 만에 얼굴을 마주했다.

"이야~ 수고했어!"

"아~ 신입이랑 같이 일하는 거 생각보다 피곤해. 나중엔 대기실에서 신입이 꾸벅꾸벅 졸아서 힘들었어."

"페 짱도 돌로레스 짱도 모두 고생했어. 우리 쪽엔 신입이 없었지만 대신 나랑 케이트 짱 둘뿐이라서 꽤 힘들었어!"

페, 돌로레스, 레테는 각자의 침대에 앉아 피곤한 목소리로 서로의 수고를 위로했다.

늘 투닥거리긴 해도 가장 마음이 맞는 동료와 헤어져, 처음 보는 신입과 평소에 같이 일할 기회가 없었던 연상의 동료와 함께 일한다는 건 그 자체로 상당한 부담이다.

"그래도, 뭐, 내가 맡은 신입은 성실한 편이라서 금방 잘하게 될 것 같아."

돌로레스가 자기 팀의 신입을 옹호하며 말하자, 페가 빈정 상한 듯 입을 열었다.

"우와, 잘난 척하기는. 우리 마노라 짱도 엄청 괜찮은 애거든. 조그맣고 쭈뼛거리고 긴장해서 벌벌 떠는 모습이 얼마나 귀여운지."

"그거 좀 문제잖아? 그렇게 긴장하는 애는 젠지로 님 곁에 둘 수 없다고."

"괜찮아. 새로운 환경에 적응하느라 긴장했을 뿐이니까. 막상 젠지로 님을 뵈면 긴장 따위 금세 날아갈 걸"

"뭐, 그야 그렇지."

페의 무사태평한 변명에 돌로레스도 쉽게 납득했다.

지금 신입들은 아직 만난 적 없는 주인——말 그대로 생살여탈의 권리를 쥐고 있는 주인의 그림자를 두려워하고 있을 뿐이다.

그 주인의 실제 성격을 파악하는 순간 긴장 따위 사라진다. 문제아 3인방은 스스로의 경험을 통해 그 점을 익히 알고 있다.

"그나저나 키샤의 뒤를 이어서 콘치타와 사브리나도 결혼이라니.

눈 깜짝하는 사이에 나가버리는 느낌.”

웬일로 페가 조금 풀이 죽어서 말하자, 돌로레스는 애써 냉정하게 반박했다.

“당연하잖아. 그 세 명은 올해 스무 살이야. 일반 사람이면 올해가 마지막 찬스, 후궁 시녀라 해도 올해를 넘기면 힘들어.”

“응. 하지만 뭐랄까, 시간이 빨리 참 빨리 흐르는구나, 하는 실감이 들어서.”

잠옷 차림의 페는 그렇게 말하며 침대에 벌러덩 누웠다.

“태평한 소리 하고 있네. 이제부터는 시간이 더 빨리 갈 걸. 젠지로 님이 지금 누구랑 뭘 하러 갔는지, 너도 소문은 들었겠지?”

돌로레스의 말에 페는 물론, 그때까지 잠자코 둘의 대화를 듣고 있던 레테도 침대에서 벌떡 일어나 대화에 동참했다.

“맞아, 프레야 공주라고 했던가? 젠지로 님의 결혼식 파트너.”

“역시 나중에 젠지로 님의 측실로 들어오게 될까? 그러면 그 사람도 여기서 사는 거지?”

마침내 측실 1호가 후궁에 들어올지도 모른다.

그렇게 되면 싫든 좋든 후궁에 커다란 변화가 일어나리라. 시녀들의 인원교체와는 차원이 다른 본격적인 변화다.

“아직 완전히 결정된 건 아니라니까 앞으로 어떻게 될지 모르겠지만, 순조롭게 진행되면 그렇게 되겠지.”

방의 한 구석에서 타고 있는 등잔불에 비친 돌로레스의 옆얼굴에도 심각한 표정이 떠올랐다.

시녀들에게 개인적인 감정 표현이 허락된다면, 아마 아무도 측실을 환영하지 않을 것이다.

지금 후궁은 평화 그 자체다. 젠지로와 아우라의 사이는 부러움을 살 만큼 좋고, 둘 다 정신적으로 안정돼 있어서 시녀들을 함부로 대하는 일이 없다.

시녀로 일하기에 최적의 환경이다. 거기에 '이물질'이 들어오는 걸 시녀들이 좋아할 리 없다.

"뭐, 왕족이나 상급귀족의 혼담이 성사되려면 보통 1년 넘게 시간이 걸리니까 당장 코앞에 닥친 얘기는 아니지만."

돌로레스가 스스로를 다독이듯이 말했다. 페는 다리만 침대 아래로 내린 채 벌렁 누워서 앙탈을 부리는 것처럼 몸을 뒤척이며 작은 목소리로 비명을 질렀다.

"아아, 최소한 3년만 이대로 있어 주면 좋을 텐데. 3년만 지나면 나하고 상관없는 얘긴데."

"맞아. 3년 후에는 우리도 결혼 퇴직할 가능성이 크지. 무슨 뜻인지는 알겠지만, 너, 밖에서는 그런 얘기하면 안 돼."

완전히 자기 입장만 내세워 불평을 쏟아내는 룸메이트에게, 돌로레스는 주체할 수 없는 긴 다리를 꼬아 앉으며 씁쓸하게 웃어 보였다.

"알고 있거든. 우리끼리니까 하는 얘기라고!"

"너 같이 덜렁대는 애가 3년 후에 결혼한다니 도무지 상상이 안 돼."

"쳇, 나도 상상이 안 된다, 뭐."

페는 비꼬는 룸메이트에게 화도 내지 않고 동의했다.

실제로 이렇게 칠칠치 못한 자세로 뒹굴고 있는 페의 모습을 보면, 이 소녀가 지금 결혼적령기이고 3년 후에는 일반인의 결혼적령기를 넘게 된다고 생각하기 어려웠다.

페 일행이 후궁에 들어와서 두 번째의 새해를 맞았지만, 그 동안 아무것도 성장하지 않은 모습이다.

하지만 귀족의 딸로 태어난 이상, 결혼은 피할 수 없는 미래다.

"내가 아니라 레테라면 서로 데려가려고 할 텐데."

침대 위에서 상반신을 일으킨 페는 대각선 맞은편 침대에 앉은 다른 한 명의 룸메이트에게 시선을 향했다.

카파 왕국 여자로서 평균인 키. 색소가 연하고 부드러워 보이는 머리카락과 순하고 다감한 얼굴 생김새.

그리고 처음 만나는 남자가 백퍼센트 시선을 빼앗길 (누구나 한번은 보고, 아마 다섯 명 중 하나는 두 번 볼) 풍만한 가슴.

확실히 레테라면 남자들에게 인기도 많을 테고, 결혼해서 누군가의 곁에 있는 모습을 쉽게 상상할 수 있다.

그러나 룸메이트의 말에 당사자는 곤란한 표정으로 고개를 갸웃하고는,

"응, 하지만 나, 어쩌면 결혼하지 않을지도 몰라."

라고, 놀랄만한 소리를 했다.

"응? 어째서!?"

"본가에 무슨 일이 있었어, 레테!?"

페와 돌로레스는 지금이 한밤중이라는 사실도 잊고 큰 소리를 내는 바람에 레테는 황급히 손을 퍼덕였다.

"아, 아니야. 그게 아니라, 내 희망 사항. 아버님이 허락만 해주시면 난 이대로 후궁에 남을까 해."

"후궁에 남는다니, 레테, 너 측실이 되고 싶어?"

"그건 가시밭길이야. 안 그래도 시녀 출신 측실은 신분 차이로 맘고생이 심한데, 하물며 아우라 폐하를 상대로 애정 쟁탈이라니."

"그러니까, 그게 아니라니까. 그런 게 아니라, 오늘 바네사 님이 말씀해주셨어. '너라면 앞으로 3년 동안 실력을 쌓으면 내 자리를 물려줄 수 있다'고. 그래서, 그런 인생도 괜찮지 않을까 싶어서."

필사적인 레테의 설명을 듣고, 페와 돌로레스는 순식간에 맥이 빠졌다.

"아아, 그런 얘기구나."

"어휴, 깜짝이야. 놀래키지좀 마."

"미안. 처음부터 제대로 말했어야 하는데."

레테는 미안하다는 듯 방긋 웃었다.

레테의 의향을 이해하고 안심한 돌로레스는 잠깐 생각한 후 미간을 좁혔다.

"하지만 그건 그것대로 힘들어. 후궁에서 한 발짝도 나가지 않고 그대로 바네사 님의 뒤를 잇는다는 건, 평생 독신으로 살겠다는 애기잖아? 쉽게 결정할 일이 아니라고 생각해."

"응. 아만다 시녀장도 다른 부문 책임자들도, 이네스 님 외에는 모두 기혼이잖아? 레테도 한 번 나가서 결혼하고, 지금 바네사 님 정도 나이를 먹은 다음에 다시 후궁에 돌아오면 되지 않을까? 젠지로 님이라면 그렇게 해도 받아들여 주실 거야."

침대에서 아주 일어나 앉은 페도 진지한 표정으로 룸메이트의 장래에 대해 조언을 보탰다.

실제로 돌로레스와 페의 말처럼, 이쪽 세계에서는 귀족의 자녀가 '결혼하지 않는다'는 선택지를 택하기는 쉽지 않다.

여자의 행복은 곧 결혼이라는 가치관이 팽배하기 때문이다. 당연히 레테도 그런 가치관 속에서 자라왔다.

결혼하지 않는 인생을 선택하고 더 돌이킬 수 없는 나이가 된 후에 자신의 선택을 후회해도 소용이 없다.

룸메이트 두 사람의 열띤 조언에 레테도 조금 감동했는지, 숙연하게 시선을 바닥으로 떨궜다.

"응, 그래. 바네사 님이 내 요리 실력을 칭찬해 주셔서 조금 마음이 들떠 있었나 봐. 천천히 생각해 볼게."

레테의 말에 돌로레스는 안도의 한숨을 쉬었다.

"그러는 게 좋아. 어차피 아무리 빨라도 3년 후의 얘기니까, 3년 후에 다시 결혼을 선택해도 전혀 늦지 않고."

그동안 후궁에서 열심히 요리 실력을 닦고 마지막에 결혼을 선택한다 해도 결코 허튼짓이 아니다.

그렇다면 당분간은 요리 실력을 닦으면서 평범하게 후궁 시녀의 생활을 만끽하는 편이 좋다.

앞으로 3년.

젊은 시녀들에게 후궁에서 지내는 나날은 일종의 모라토리엄 기간인지도 모른다.

소란스러운 세상과 단절되어 느긋하고 편안하게 흐르는 시간.

왠지 모르게 경건해진 분위기를 날려버리려는 것처럼 페가 나직이 걱정을 털어놓았다.

"그렇지만 결혼해서 시집을 가면, 그 집에서의 생활이 기다리고 있겠지. 나, 제대로 적응할 수 있을지 걱정이야. 시집간 곳엔 없겠지? 한적한 오후의 과자 타임이나 대낮의 샤워. 무엇보다 혹서기의 얼음은."

"그건…… 아무리 생각해 봐도, 없겠지. 침실 청소가 아무리 힘들어도, 거기에 에어컨만 있다면……"

"……여, 역시 나, 이대로 열심히 요리를 배워서 평생 후궁에서 살까봐~"

그 누구보다 젠지로를 모시는 생활에 익숙해져 버린 문제아 3인방.

현대문명의 혜택을 누릴 수 없는 미래를 상상한 세 사람은, 본격적으로 자신들의 장래를 심각하게 걱정하기 시작했다.

신작 안내

엘프×비키니×머신건!

글 카미노 오키나 / 그림 bob
46판 / 296p / 7,000원

비키니를 입은 미녀들이 총을 난사합니다!

졸업까지 앞으로 1년 남은 어느 겨울날,
나는 친천들으 터무니 없는 강요로 전학을 가게 되었다.
마지막으로 작별인사를 하려는 생각으로
방과후에만 만날 수 있는 선배를 찾아 갔는데…….
학교에 알 수 없는 결계가 생성되었다.
부지 밖으로 도망치라는 선배의 외침을 뒤로하고
뛰어가는 도중에 새하얀 빛이 덮쳐온다.

보육기사와 몬스터소녀들

글 카미아키 마사후미 / 그림 모리쿠라 엔
46판 / 228p / 7,000원

마족 어린이집을 호위하러 갔으나,
맡은 일은 마족 어린이들의 육아…라고!?

오랜 전쟁 끝에 평화조약을 맺은 인류와 마족
양측은 평화를 유지하기 위한 증표로
인간과 마족의 공동 어린이 집을 운영하기로 한다!

갑옷 대신 앞치마를 두르고
몬스터소녀를 가르치는 일을 과연 해낼 수 있을까!?

부활했더니 레벨1이었으므로, 살아남기 위해 영웅소녀를 꼬시기로 했습니다.

글 히비키 유 / 그림 유란
46판 / 264p / 7,000원

그대 같은 소녀와는… 짐은 싸우지 않는다네.
후후, 죽어서도 말이지!

짐은 쓰러지며 최후의 일격을 날리려는 찰나,
순백의 긴 머리를 가진 젊은 소녀 모습인 영웅왕이 눈에 들어왔다.
그렇기에, 짐은 최후의 일격 대신 가장 멋진 미소를 건네 주었다.
짐은 죽으면서도 소녀에게 상처를 입히는 일은 할 수 없었기에!
그리고 다시 666년 동안 잠에 빠져든다.
다음 번에는 분명, 짐을 위한 하렘이 펼쳐질 것이라 믿으며…

가출천사 육성계약 ❹

글 박제후 / 그림 ice
46판 / 308p / 7,000원

대북방 전쟁이 시작된다!
유제아는 강북에서 몬스터와 일전을 치룰 것을
제의하지만 갈 길은 험난하기만 하다.

전쟁 반대론자들,
무슨 꿍꿍인지 알 수 없는 천사들,
그런 와중에도 몬스터들의 계략은 시시각각
유제아와 메타트론을 조여오는데…

마법소녀 육성계획 limited 前/後

글 엔도 아사리 / 그림 마루이노
46판 / 각 260p / 7,000원

'너희는 마법의 재능을 가지고 있어.'
방과 후 실험 준비실에 나타난 요정은
실내에 있던 여중생들을 마법소녀로 변신시켜 버렸다.

'마법소녀가 되어서 악한 마법사로부터 나를 구해 줘!'
만화나 애니메이션같은 전개에 술렁이는 소녀들.
이제 막 탄생한 일곱 명의 마법소녀는
요정에게 협력하기로 약속하는데…….

화제의 매지컬 서스펜스 배틀, 드디어 3막 스타트!

이상적인 기둥서방 생활 ❻

초판 3쇄 발행 2017년 7월 31일

저자 와타나베 츠네히코

발행인 원종우
발행처 (주)이미지프레임

주소 (13814) 경기도 과천시 뒷골1로 6, 3층
영업부 02-3667-2653 **편집부** 02-3667-2654 **팩스** 02-3667-2655
메일 edit01@imageframe.kr **웹** vnovel.blog.me

ISBN 978-89-6052-430-9 02830 **(세트)** 978-89-6052-269-5